KB059925

내
게

무
해
한

사
람

내게 무해한 사람

최은영 소설

문학동네

차
례

그 여름

1

이경과 수이는 열여덟 여름에 처음 만났다.

시작은 사고였다. 운동장을 가로질러 가던 이경이 수이가 찬 공에 얼굴을 맞았다. 안경테가 부러지고 코피가 날 정도의 충격이었다. 이경은 쩔쩔매는 수이와 함께 양호실과 안경점에 갔다. 고친 안경을 쓰고 수이의 얼굴을 봤을 때 이경은 처음 안경을 맞춰 썼던 때를 떠올렸다.

뿌연 갈색인 줄 알았던 나뭇가지에는 회색의 가느다란 줄무늬와 흰 동그라미 무늬가 있었고, 가지 위로 돋아난 이파리들은 흐리멍덩한 녹색이 아니라 여린 잎맥이 뻗어나가는 투명한 연둣빛이었다. 모든 게 또렷하게 보였지만 바닥이 돌고 있는 것처럼 어지러웠다.

그때의 기분을 이경은 수이의 얼굴을 보면서 똑같이 느꼈다.

안경점 밖으로 나오자 햇볕이 유난했다. 둘은 읍내를 걷다 다리 중간쯤에서 걸음을 멈췄다. 7월의 공기는 뜨거웠지만 다리 아래로 흘러가는 강물은 시원한 바람을 실어왔다. 전날 비가 내려 강물은 불어 있었고, 물속에 뿌리를 박고 자라는 식물들의 잎사귀는 검은 빛에 가까운 초록색이었다. 그 잎잎이 무성했다.

수이는 다리난간에 몸을 걸치고 강물을 가만히 응시했다. 말을 걸어도 되나 싶을 정도로 몰두해서 강물을 보았다. 날갯죽지가 긴 새 한 마리가 유속이 빠른 강 위를 위태롭게 날고 있었다.

"저 새 이름 알아?" 이경이 물었다.

"저 회색 새?"

"응."

"왜가리."

꿈에서 막 깨어난 것 같은 표정으로 수이는 이경을 바라보며 답했다. 각질이 심하게 일어난 입술과 검붉게 탄 얼굴에, 두 눈만은 반짝이고 있었다.

둘은 다리 위에서 이런저런 이야기를 나누었다. 대부분 이경이 묻고, 수이가 답하는 식이었다. 이경은 2반이었고, 수이는 9반이었다. 이경은 문과반이었고, 수이는 예체능반이었다. 이경은 인흥면에 살았고, 수이는 고곡면에 살았다. 이런 우연이 아니었다면 서로 얼굴도 모르고 지냈을 거라고 수이는 웃으며 말했다. 듣기 좋은 목소리라고 이경은 생각했다. 집으로 돌아와서도 이경의 귓가에는 수이의 목소리가 맴돌았다.

다음날 수이는 이경의 교실 앞으로 찾아왔다. 손에는 이백 밀리리터짜리 딸기우유가 들려 있었다. 우유를 내밀면서 수이는 쑥스럽게 웃었다.

"몸은 좀 괜찮아?"

"응. 괜찮아."

이런 식의 짧은 대화를 나누고 수이는 운동장으로 갔다.

그 주 내내 수이는 딸기우유를 들고 왔다.

"몸은 좀 괜찮아?"

"응. 정말 괜찮아."

그렇게 말하는 이경의 얼굴에도 결국 웃음이 돌았다. 아침에 학교에 갈 때면 이경은 오늘도 수이가 찾아올 것인지 기대했고, 수이가 오지 않더라도 상심하지 말자고 스스로를 달래기도 했다.

창가에 서서 밖을 보면 운동장을 달리고 있는 축구부 애들이 보였다. 창이 끌어당기기라도 하는 것처럼 이경의 시선은 자꾸 창가로 향했다. 같은 유니폼을 입고 같은 머리 스타일을 한 애들 사이에서도 수이를 찾아내는 건 어렵지 않았다. 이경은 운동장을 몇 바퀴씩 돌고 숨을 몰아쉬는 수이의 모습을, 진지한 표정으로 패스 연습을 하는 수이의 얼굴을 바라봤다.

청소 당번을 끝내고 집으로 돌아가던 그 주 토요일 오후였다. 멀리 보이는 다리난간에 수이가 기대서 있었다. 축구부의 하얀 유니폼을 입고, 운동화를 신고, 운동 가방을 든 채로. 이경은 바닥을 보고 걸어가면서 어색한 그 순간을 피하려 했다. 다리에 다다랐을 때 수이가 작은 목소리로 이경을 불렀다.

"김이경."

이경은 고개를 들어 수이를 봤다. 무슨 말이든 해야 한다는 압박 때문에 오히려 어떤 말도 할 수가 없었다.

"집에 가?" 수이가 물었다.

"응."

"왜 늦게 가?"

"청소 당번이라서."

"점심은 먹었어?"

"아니."

"그럼 나랑 점심 먹을래?"

수이는 이경의 얼굴을 제대로 쳐다보지도 못하고 그 말을 했다. 그 자신 없는 표정과, 간신히 힘을 끌어올려 짧은 문장을 말로 풀어내는 모습을 이경은 가만히 바라봤고, "뭐 먹을래?"라고 대수롭지 않은 척 대답했다.

둘은 라면을 먹고, 형광 색소가 잔뜩 들어간 삼백원짜리 슬러시를 마시면서 읍내를 걸었다.

"너 바쁘니?" 수이가 물었다.

둘은 읍내에서 사 킬로미터쯤 떨어진 둔치로 걸어가 지서댐이 코앞에 보이는 계단 위에 가방을 놓고 앉았다. 걸으면서 흘린 땀이 둔치에서 불어오는 시원한 강바람에 말랐다. 강물은 어느 쪽으로 흐르는지 짐작할 수 없을 정도로 잔잔했다.

둘은 별말 없이 커다란 콘크리트댐을 바라봤다. 매미 소리가 들렸고, 작고 투명한 풀벌레들이 다리 위로 올라왔다. 콘크리트 계단이 부서진 자리에서 길쭉하게 자란 강아지풀이 팔다리를 간질였다. 교복 치마가 땀에 젖은 허벅지에 달라붙었다. 이경은 수이 쪽으로 고개를 돌렸다. 수이는 다리를 꼬고 턱을 괸 채로 이경을 바라보고 있었다.

"눈동자가 갈색이구나." 수이가 말했다.

"어릴 때 애들이 개눈이라고 했었어." 그렇게 말하는 자신의 목소리가 미세하게 떨리고 있다고 이경은 생각했다.

"신경쓰니, 그런 말?"

이경은 고개를 저었지만 그건 사실이 아니었다. 누군가가 자신의 눈동자 색을 인지하고 그 말을 전할 때 이경은 언제나 옅은 수치심을 느꼈었다. 개눈. 이상한 눈.

수이는 자신의 눈을 가만히 바라보고만 있었다. 자신을 그렇게 바라보는 사람은 처음이었다. 사람이 사람을 이렇게 오래 바라볼 수 있구나. 모든 표정을 거두고 이렇게 가만히 쳐다볼 수도 있구

나. 그렇게 생각하면서 이경은 자신 또한 그런 식으로 수이를 바라보고 있다는 것을 알았다.

손가락 하나 잡지 않고도, 조금도 스치지 않고도 수이 옆에 다가서면 몸이 반응했다. 철봉에 거꾸로 매달린 것처럼 어지럽고 속이 울렁거렸다. 수이의 손을 잡았을 때, 세상에 이보다 더 좋은 건 없으리라고 생각했다. 창고 구석에서 수이를 처음 안으면서 이경은 자신이 뼈와 살과 피부를 가진 존재라는 것에 감사했고, 언젠가 죽을 때가 되면 기억에 남는 건 이런 일들밖에 없으리라고 확신했다.

둘이 함께한 첫해의 여름은 그렇게 흘렀다. 수이는 훈련 외의 시간을, 이경은 보충수업 외의 시간을 모두 서로를 만나는 데 사용하려 했다. 숨어서 서로의 몸을 만지는 건 어려운 일이었지만, 이경의 집이 비는 날엔 그곳에서 만나기로 하면서 그런 어려움은 줄어들었다.

그들은 오래도록 키스했다. 혀와 입술의 맛, 가끔씩 부딪치는 치아의 느낌, 작은 코에서 나오는 달콤한 숨결에 빠져서 시간이 어떻게 흘러가는지조차 인지할 수 없었다. 자신의 몸이라는 것도, '나'라는 의식도, 너와 나의 구분도 그 순간에는 의미를 잃었다. 그럴 때 서로의 몸은 차라리 꽃잎과 물결에 가까웠다. 우리는 마시고 내쉬는 숨 그 자체일 뿐이라고 이경은 생각했다. 한없이 상승하면서도 동시에 깊이 추락하는 하나의 숨결이라고.

둘은 사이좋은 자매처럼 같이 낮잠을 자기도 했다. 수이는 잠든 이경의 모습을 가만히 바라보는 일을 좋아했다. 얕은잠을 자면서도 이경은 수이의 시선을 느꼈고, 눈을 뜨면 자신을 쳐다보는 수이의 검은 눈동자를 볼 수 있었다. 같은 베개를 베고 서로의 눈을 마주볼 때면, 이경은 수이의 눈 속에서 수이의 얼굴을 담은 자신을 보았다. 그들은 따뜻하고 몽롱하게 서로의 눈 속에 잠겨 있었고, 그럴 때 말은 무용했다.

여자를 좋아하는 여자가 있다는 사실을 이경은 들어 알고 있었다. 초등학교, 중학교 때 아이들이 '레즈'라는 단어를 어떤 뉘앙스로 말하는지도 알았다. 레즈, 라는 말을 뱉을 때 아이들의 얼굴에 어리던 웃음은 레즈비언이 어딘가 은밀하고 야릇하며 더럽고 무섭고 우스운 사람이라는 뜻을 담고 있는 것 같았다. 자신에 대해 확실히 알지 못했을 때였는데도 이경은 아이들과 함께 웃을 수가 없었다.

수이와 함께 있을 때 이경은 자신이 다른 몸으로 태어난 것 같았다. 눈으로 볼 수 있는 풍경과 코로 들이마시는 숨과 피부에 닿는 공기의 온도까지도 모두 다르게 느껴졌다. 모든 감각기관이 한 꺼풀 벗겨진 느낌이었다. 수이를 만나기 전의 삶이라는 것이 가난하게만 느껴졌다.

하지만 수이는 '조심해야 한다'고 말했다. 같이 다니더라도 딱 붙어 걷지 말고, 운동장 스탠드에서도 떨어져 앉자고 했다. 그런데도 자꾸 몸이 수이에게 다가갔고, 그럴 때면 수이는 차가운 표정으로 이경을 바라봤다. "이거 봐." 그렇게 말하고 뚝 떨어져서 걸어가는 수이의 뒷모습을 볼 때면 이경은 버려지고 무시당한 것만 같은 기분에 눈물이 났다. 그런 이유로 수이에게 말도 없이 발걸음을 돌려서 자기 집으로 간 날도 여럿이었다. 그 문제로 둘은 자주 싸웠다. 이경이 친한 친구에게 자신의 연애에 대해 말하고 싶어했을 때도 수이는 화를 냈다.

"상대가 너라는 건 말하지 않을 거야."

"걔가 알아채지 못할 것 같아? 그게 나라는 걸?"

수이는 얼굴이 새빨개지도록 화를 내고 한동안 말을 하지 않았다. 하지만 언제나 먼저 사과하는 건 수이였다.

수이는 자기 정체성이 밝혀진 뒤 모두로부터 외면당하는 꿈을 자주 꿔왔다고 했다. 자신은 어린 시절에 이미 스스로에 대해 알았다고. 세상에 여자를 좋아하는 여자가 있다는 사실을 알기 전부터도.

"나는 내가 무서웠어."

그때가 수이가 자신의 가장 깊은 마음을 보여준 순간이었다.

이경과 수이가 사귄 지 한 달이 되던 무렵이었다. 그날도 강 위 다리난간에 기대어 이야기하고 있는데 어떤 키 큰 여자가 웃으며 걸어왔다. 이경을 쳐다보는 여자의 얼굴에 묘한 미소가 어렸다. 속을 아프게 찌르는 웃음이었다.

"사귀는 애니?"

여자는 그렇게 말하고 수이의 어깨를 툭 밀고 지나갔다. 중심을 잃은 수이가 이경 쪽으로 쓰러졌다. 여자가 시야에서 사라질 때까지 수이와 이경은 아무 말도 하지 않은 채 난간을 두 손으로 꼭 쥐고 있었다. 귀 끝까지 빨개진 수이가 이경을 보며 쓴웃음을 지었다.

"누구야?"

"중학교 선배." 수이가 조용히 말했다. 둘은 아무 일도 없었던 것처럼 말하고 행동했지만 그 일로 서로가 크게 상처받았다는 사실을 알았다. 그 여자는 수이가 사람이 아닌 것처럼 밀쳤어. 수이의 말이 옳았다는 것을 이경은 그제야 깨달았다.

같이 스쿠터를 타면 어떨까, 라는 생각이 든 건 그 여름이 다 지나가기 전이었다. 차고에서 스쿠터를 끌고 나오는 이경을 보고 수이는 인상을 찌푸리며 웃었다.

"너 날라리구나. 이런 거 타고 다니고."

"내가 어딜 봐서 날라리야."

"나쁜 짓만 골라서 하고."

"너한테 배웠지."

"정말 나쁘다. 나쁜 애야, 너."

'나쁘다'라는 말이 이경은 마음에 들었다. 수이 앞에서라면 얼마든지 더 나빠질 수 있을 것 같았고, 그러고 싶었다. 이경은 수이를 태우고 가장 긴 경로를 따라 스쿠터를 몰았다.

무력감에 잠길 때, 이경은 그때의 일을 기억한다. 강을 따라 돌고 돌아 가던 길에서 나던 물냄새와 풀냄새, 오래된 스쿠터의 엔진 소리와 자신의 허리를 감싸안던 따뜻한 팔의 감촉, 합숙소 근처까지 오고서도 아쉬워서 스쿠터에 앉았다 내렸다를 반복하던 수이, 그때 수이가 짓던 우스꽝스러운 표정, 집으로 돌아갈 때 스쿠터 백미러로 보이던, 점점 작아지던 수이의 모습.

사랑을 하면서 이경은 많은 일들을 사랑에 빠진 사람의 입장에서 이해할 수 있었다. 수이의 단단한 사랑을 받고 나니 그렇게 두려워하던 사람들의 시선과 자신에 대한 판단이 예전만큼 겁나지 않았다.

고등학교를 다니던 내내 이경은 머리를 검은색으로 염색해야 했다. 머리카락이 갈색이어서 교칙에 위반되었기 때문이다. 갈색 머리가 다시 자라나면 선도부에 불려가서 훈계를 듣고 그 부분을 검게 염색해야 했다. "넌 눈도 갈색이구나?" 자신을 바라보던 선도부장의 찌푸린 얼굴 앞에서 이경은 더이상 주눅들지 않았다. 당신은 사랑이 부족하구나. 아무도 당신 같은 사람을 사랑해주지 않을 테니까. 그 찌푸린 얼굴을 이경은 속으로 비웃을 수 있었다.

짧은 가을과 긴 겨울을 지나는 동안 이경과 수이는 더 깊은 이야기를 나눴다. 고등학교를 졸업하면 이곳을 떠나자는 이야기, 같은 도시로 가서 살자는 이야기였다. 수이는 어른이 되면 돈을 많이 벌 거라고 말했다. 대학 축구부에 들어가서 졸업 후 실업팀 선수로 뛰고, 그후에는 운동 관련 사업을 할 거라고 했다.

이경이 보기에 그즈음 수이는 너무 애쓰고 있었다. 훈련 시간 외에도 체육관에 가서 혼자 근력 운동을 했고, 이경과 데이트하던 주말까지도 모두 훈련에 쏟아부었다.

여자 축구부가 있는 학교가 얼마 없었기에 수이는 남자 중학교 선수들과 연습 시합을 하기도 했다. 그런 날이면 수이는 어느 때보다도 침울해졌다. 처음에는 이유를 몰랐지만 시간이 지나면서 이경도 차차 그 사정을 알게 됐다. 남자 선수들이 경기중에 여자 선수들의 몸을 만진다는 것이었다. 다른 선수들도 그런 일들을 겪지만 그저 욕을 하고 털어버리는 분위기라고 했다.

수이가 문제 제기를 하자 코치는 오히려 불쾌해했다. 운동선수가 운동이나 하면 되지 다른 일에 신경을 쓴다는 반응이었다. 그런 소리 할 시간에 운동이나 열심히 하라고, 남자애들은 원래 다 그런 거고, 짓궂은 장난에 감정적으로 대응하는 건 유치한 일이라고 했다. '짓궂다'는 말이 무슨 뜻인지 줄곧 생각해왔다고 수이는 이경에게 말했다.

"비열한 말이라고 생각해. 용인해주는 거야. 그런 말로 자기보다 약한 사람을 괴롭힐 수 있는 권리를 주는 거야. 남자애들은 원래 그렇다니."

이경은 눈물이 날 정도로 화가 나서 당장이라도 그 코치와 남자

애들을 찾아가 정강이를 걷어차주고 싶었다. 그런 일을 겪고 혼자 그 말들을 곱씹었을 수이를 생각했다. 그렇게까지 참아가면서 운동을 해야 하나. 훈련이라는 명목으로 허벅지에 멍이 들도록 맞아가면서, 모욕적인 말을 들어가면서까지 해야 할 가치가 있나.

"수이야, 힘들면 관두면 돼. 네가 참아가면서 사는 거 싫어." 이경은 자주 그렇게 말했다.

수이의 경기를 보러 간 적이 있었다. 관중도 별로 없는 썰렁한 구장에서 이경은 이리저리 달리는 수이의 모습을 지켜봤다. 선수들은 모두 긴장한 표정으로 경기에 임했다. 후반전까지 무득점으로 이어지던 경기는 연장전에서 상대편이 한 골을 넣으면서 끝났다. 수이 팀의 벤치 뒷자리에 앉아서 경기를 보는 내내 이경은 고통스러웠다. 연장전으로 가게 되면서 힘들게 숨을 몰아쉬는 수이를 보는 것이 괴로웠고, "야, 이수이!" 외치는 감독의 날카로운 목소리가 듣기 싫었다.

미드필더인 수이는 경기 내내 쉬지 않고 집중했다. 그런데도 번번이 공을 뺏겨 공격에 실패했고 쉽게 공간을 내줘서 상대 팀 공격을 제대로 막아내지 못했다. 두 팀 모두 비등비등한 실력이었지만 수이는 구장에서 뛰는 스물두 명의 선수 중에 가장 부진해 보였다. 무슨 일인지 감독이 선수 교체를 하지 않아 수이는 벌을 받듯 연장전까지 그 상태로 뛰어야 했다. 그 모습을 자신이 보고 있다는 사실을 알기에 더 괴로웠을 거라고 이경은 생각했다.

그 경기 이후 수이는 더 치열하게 훈련에 매진했다. 무언가가 되어야겠다고 생각해본 적이 없었던 이경으로서는 그렇게까지 해서 꿈을 이루려는 수이를 이해하기 쉽지 않았다. 그런 어려움을 다 겪고 나서야 이룰 수 있는 꿈이라면 포기하는 것이 더 나으리라고 생각했다. 매일 긴장 속에서 연습해야 하고, 경기에 들어가고, 자기 의지와는 무관한 경기 결과로 평가받아야 하는 일이라면.

"힘들면 그만두면 되잖아."

"그게 말이 되니." 수이가 대답했다. "그게 말이 된다고 생각해?"

"그래도……"

"아무것도 모른다, 넌."

수이는 화가 난 채로 집에 가버렸고, 한동안 이경에게 찾아오지 않았다.

이제 이경은 안다. 축구는 수이에게 선택하고 말고의 문제가 아니었다. 수이의 선택이었다고 하더라도 아주 적은 수의 선택지 중에서 고른 일이었을 것이다. 수이에게 축구는 세상과 자신을 연결시켜줄 수 있는 단 하나의 끈이었다. 그런 수이에게 이경은 선택에 대해 말했다. 자신에게 주어진 선택지가 수이보다 훨씬 더 많았다는 사실을 조금도 이해하지 못한 채로.

수이는 이미 중학교 3학년 때 십자인대 부상을 입었었다. 재활을 했고 조심했지만 고등학교 3학년 여름에 그 부위를 다시 다쳤다. 남자 중학생들과의 연습 경기에서 일어난 일이었다. 아무런 악의도 없었다던 남자애의 '장난'으로 수이는 돌이킬 수 없는 부상을 입고 말았다. 수이는 합숙소에서 짐을 빼고 부모의 집으로 돌아갔다. 더이상 과격한 운동을 해서는 안 된다는 최종 통보를 듣고 나서였다.

이경은 당시 수이가 어떤 상실을 경험했는지 짐작도 할 수 없었다. 그런 자신의 무지가 답답하고 괴로웠다. 자신이 할 수 있는 일은 수이를 스쿠터에 태워 돌아다니는 것뿐이었다. 그런 날이면 다리 위에 스쿠터를 세워놓고 하류로 흘러가는 강물을 한참 바라보기도 했다.

밤의 강물은 금속의 표면 같았고, 강변에 우거진 나뭇잎들은 바람에 흔들리는 검은 깃털들 같았다.

"계속 보면…… 정말 이상해." 수이가 말했다.

"뭐가?"

"강. 너무 큰 물이잖아."

"응……"

"자꾸 보고 있으면 이상해서."

"겁이 나나보다."

수이는 조용히 고개를 젓고는 다리난간을 두 손으로 꼭 움켜쥐었다. 수이의 시선은 강물을 향하고 있었지만 텅 빈 것처럼 보였다. 분명 강물을 보고 있었지만 아무것도 보지 않는 것 같았고, 두려워하면서도 매혹된 듯 보였다. 이경은 쳐다보지도 않고 내내 강물에 시선을 고정하고 있었다.

2

스무 살 봄, 이경과 수이는 서울로 이주했다. 이경은 서울 한복판에 있는 대학의 경제학과에 입학했고, 수이는 서울 외곽의 직업학교에서 자동차 정비 일을 배우기 시작했다. 수이는 부모로부터 어떤 경제적 지원도 받지 못했다. 이경은 기숙사에 당첨되었지만 수이는 보증금 없이도 계약이 가능한 '잠만 자는 방'에서 서울 생활을 시작해야 했다.

천식이 있는 이경은 습하고 환기가 잘 되지 않는 수이의 방에 오래 머무르지 못했다. "더 있을 수 있어." 이경은 말했지만, 수이는 한 시간도 지나지 않아 눈물 콧물을 흘리고 기침을 하는 이경을 붙잡을 수 없었다.

만족스러울 때까지 서로의 몸을 안고, 만지고, 같이 잠들 수 있는 시간은 그래서 언제나 부족했다. 성인이 되고 고향을 벗어나면 모든 일들이 그전보다는 나아질 거라고 생각했지만 상황은 오히려 악화된 듯 보였다. 수이는 직업학교를 다니며 갈빗집에서 설거지 아르바이트를 했다. 부모로부터 학비를 지원받고 틈틈이 용돈도 받는 이경은 그런 수이 앞에서 할말이 없었다. 학교 앞 밥집에서 아르바이트를 하기는 했지만 그야말로 여분의 돈을 마련하기위한 일이었지 수이처럼 절박한 돈벌이는 아니었다.

직업훈련과 아르바이트를 병행하느라 수이는 언제나 바빴고, 데이트는커녕 전화도 마음놓고 오래하지 못했다. 이경이 문자를 보내도 수이에게서 곧바로 답을 받지 못하는 때가 많았다. 이경은 기숙사 침대에 누워서 수이와 함께 지냈던 시간들을 그리워했다. 사랑하는 수이를 다른 사람을 그리워하듯 그리워한다는 사실에 새삼 서글퍼졌다. 함께 스쿠터를 타고 다니던, 자신의 집에 누워서 성인이 된 뒤의 자유로운 삶에 대해 이야기하던 그 시간이 쓸쓸하게 기억됐다. 눈을 감으면 흰색 유니폼을 입고 운동장을 뛰어다니던 열여덟의 수이가 보였다. 고작 이 년 전의 일이었지만 훨씬 더 오래된 일처럼 느껴졌다.

대학교 첫 여름방학이 시작되었다. 이경은 한강 변에서 자전거를 타기 시작했고, 레즈비언 바에도 처음 가보았다. 같이 가자는 이경의 제안에 수이는 시간이 없다고 하다가, 시간이 나도 그런 곳은 가기 싫다고 말했다. 너랑 나만 있으면 되지 왜 굳이 그런 곳까지 가야 하는지 모르겠다고 했다.

이경은 종종 직업학교 앞에서 수이를 기다렸다. 기숙사에서 버스를 타고 한 시간 삼십 분은 가야 했지만, 수이가 보고 싶은 마음이 차오르면 그렇게라도 해서 찾아갔다. 수이의 수업이 끝나면 둘은 김밥천국에 가서 오므라이스나 김치볶음밥 같은 음식을 시켜 먹었다. 이경은 어두운 조명 밑, 수이의 바짝 깎은 손톱을 가만히 바라봤다. 수이의 머리카락과 목은 온통 땀에 젖어 있었다.

이경은 수이가 언제나 하루를 최대치로 살아낸다고 생각했다. 어릴 때부터 운동을 시작하면서 자기 한계를 극복해나가는 것에 익숙해진 사람이라고. 단 하루도 허투루 보내지 않고, 누구에게도 의지하지 않으려 하고. 이경의 눈에 수이는 힘들어도 힘들다는 말을 하지 못하는 사람처럼 보였다.

"일 많이 힘들지 않아?"

"배우는 건데 뭐."

수이는 그렇게 말하고 오므라이스를 허겁지겁 먹었다.

"천천히 먹어. 저녁 좀 대충 때우지 말구."

수이는 별 대답 없이 이경을 향해 웃어 보였다.

"돈은 좀 있니."

"너보단 많지."

수이는 그렇게 말하고 윙크했다.

그런 수이를 보며 이경은 대학에서 알게 된 아이들을 생각했다. 주량에도 안 맞는 술을 잔뜩 마시고 울기도 하면서 주정하는 아이들을. 별로 궁금하지도 않은 자신의 일대기를 주절주절 늘어놓는 아이들을. 자신의 약점을 부끄러움 없이 노출하는, 억눌리지 않은 아이들의 자아가 이경은 신기했었다. 십자인대가 나가도, 평생의 꿈이 시들어버려도 그 슬픔을 한 번도 토로하지 않았던 수이가 그제야 이경은 낯설게 느껴졌다.

"나한텐 말해도 돼. 힘든 일 있으면."

"나 그렇게 안 힘들어. 진짜야. 배우는 것도 재밌고."

"수이야."

"시험만 끝나면 같이 놀러가자. 어디 갈까? 너 바다 보고 싶다고 했잖아."

텔레비전에서는 한국과 독일의 월드컵 4강 경기가 재방송되는 중이었다. 그해 여름은 어디를 가든 월드컵 이야기밖에 들리지 않았다. 음식점에서도, 거리에서도 매일 한국의 월드컵 경기가 재방송됐다. 수이와 음식점에 들어가면 이경은 수이가 텔레비전을 등지고 앉도록 텔레비전이 보이는 쪽에 자리를 잡았고, 수이의 흥미를 끌 만한 이야기를 하면서 방송이 들리지 않는 것처럼 행동했다. 세상이 작당한 듯이 아직 아물지 않은 수이의 상처를 들쑤시는 것 같았다.

"다음 월드컵은 독일에서 한다더라." 수이가 말했다.

"그래?"

"응. 그렇대. 그때 같이 갈래? 그때 되면 둘 다 여유도 생길 테고, 여름휴가 내면 될 테니까."

"그러자."

"약속했어."

그렇게 말하며 웃는 수이의 얼굴에 두려움이 비친 것 같다고 이경은 생각했다. 수이는 무엇을 두려워하는 것일까. 자신의 장래일까, 돈일까, 나와의 관계일까, 그 모든 것일까. 수이는 늘 미래에 관해서만 이야기해왔었다. 마치 자기는 과거나 현재와 무관한 사람이라는 듯이 성인이 되면, 대학에 가면 벌어질 미래의 일에만 관심이 있었다. 그리고 지금 수이는 사 년 뒤의 우리에 대해 이야기하고 있어. 그것도 한 치의 의심 없이 기다려온 미래에 배반당한 적 있는 수이가.

이경은 일주일 동안 고향집에 내려가 있었다. 수이는 자격증 시험 준비 때문에 같이 갈 수 없다고 말했지만 이경은 수이에게 다른 문제가 있다는 것을 직감했다. 수이는 자기 가족에 대한 이야기를 별로 하지 않았고, 가족에 대한 질문 자체를 거북해했다.

고향의 모든 공간은 수이와의 기억으로 뒤덮여 있었다. 수이와 이곳에서 함께 보낸 시간은 고작 일 년 반 정도였지만, 그 시간의 밀도는 수이를 만나기 전의 십칠 년을 압도했다. 강 위의 다리, 학교 운동장, 읍내 거리…… 수이를 만나지 않았더라면 이 공간은 책가방을 메고 도시락 가방을 들고 오갔던 외로운 곳으로만 기억

되었을 것이다.

　이경은 댐이 보이는 둔치 쪽으로 스쿠터를 몰았다. 읍내에서 사 킬로미터밖에 떨어져 있지 않았지만 그곳은 수이와 이경이 갈 수 있는 가장 먼 곳이었다. 그곳에서 그들은 조금이나마 자유로울 수 있었다. 이경이 계단 위에 앉은 수이의 무릎을 베고 누워 있기도 했고, 수이가 이경의 무릎을 베고 눕기도 했다. 수이의 무릎에 누워 올려다보던 하늘과 수이의 얼굴이 떠오른 순간, 어떤 생각이 이경을 스치고 지나갔다. 이제 그곳에 수이와 다시 올 순 없을 거라는 예감이었다.

　그곳은 수이가 자신에 대해서, 자신의 감정과 생각에 대해서 가장 많이 이야기한 공간이기도 했다. 이경은 수이에 대해 더 많이 알고 싶었고 그래서 많은 질문을 했다. 수이는 가족에 대한 이야기만 제한다면 거의 모든 질문에 성실하게 답했다. 왜 운동을 시작하게 되었는지, 가장 좋아하는 교사는 누구인지, 가장 친한 친구와는 어떻게 만나게 되었고 지금은 어떤 관계를 유지하고 있는지, 이경과 다리에 서서 처음 이야기했을 때 어떤 심정이었는지, 그 이후로 이경을 얼마나 보고 싶어했는지.

　수이가 자신에 대해 이야기하지 않게 된 건 언제부터였을까. 수이는 어느 순간 자신에 대해 말하는 법을 잊은 사람처럼 변해 있었다. 부상을 당했을 때도, 의사에게서 더이상 축구를 할 수 없다는 진단을 받았을 때도 수이는 좀처럼 입을 열지 않았다. 자동차 정비 일을 시작했을 때도 마찬가지였다. 왜 그 일을 택했느냐는 말에 수이는 어깨를 한 번 으쓱했을 뿐이었다.

둔치의 계단에 앉아서 이경은 서울에 올라온 뒤로 계속해서 부정하던 사실을 인정했다. 나는 수이와 만나면서도 이렇게 외로웠구나. 벽을 보고 말하는 것처럼 막막했었구나. 너에 대해 더 알고 싶었는데, 더 묻고 싶었는데, 너의 생각과 감정을 조금이라도 나누고 싶었는데 그게 잘 되지 않았어.

이경은 레즈비언 바 사장이 추천한 인터넷 카페에 가입했다. 기숙사에 혼자 있는 시간 동안 카페에 올라온 이야기들을 읽고 채팅을 하면서 이경은 수이가 아닌 다른 사람들과의 관계에서도 소속감을 느낄 수 있다는 것을 알아갔다. 용기를 내서 오프라인 정모에도 나갔다. 서로 나이도 다르고 하는 일도 가지각색인 사람들과 바에 모여 같이 술을 마시고 떠들어대면서 이경은 수이와 함께할 때 느낄 수 없었던 자유로움을 맛봤다.

새로 사귄 친구들은 이경을 좋아하는 것처럼 보였다. 부정적인 메시지를 전하거나 훈계하려거나 비꼬듯이 말하지 않았고, 이경과 보내는 시간을 진심으로 즐거워하는 것 같았다. 수이는 술을 단 한 잔도 마시지 않았지만, 새로 사귄 친구들은 아침해가 뜰 때까지 이경과 함께 술을 마셨다. 술을 마시면 긴장이 풀어지고 작은 농담에도 웃음이 났으며 함께 있는 사람들을 하나하나 껴안아주고 싶어졌다. 수이를 생각하면 그립고도 화가 나서 눈물이 났다.

그중에서도 이경은 누비와 가까웠다. 스물네 살의 웹디자이너인 누비는 주로 민소매 블라우스에 원색의 긴치마를 입고, 긴 머리는 까만 끈으로 묶고 다녔다. 이경은 이제 누비의 얼굴이 잘 기억나지 않는다. 하지만 걸어갈 때의 뒷모습만은 어쩐지 생생하게 기억한다. 걸을 때마다 높게 묶은 머리와 치맛단이 저 나름의 리듬으로 살랑살랑 움직이던 모습을.

누비와 이경은 술자리에 가장 늦게까지 남곤 했다. 친구들이 술에 취해 하나둘씩 집에 돌아가고 나면 남은 안주를 먹으면서 이런저런 이야기를 했다. 사는 곳도 지하철로 두 정거장 거리라서 첫차를 기다리며 편의점에서 같이 컵라면을 먹기도 했다.

"애인은 언제 보여줄 거예요?" 누비가 말했다.

"언젠가 오겠죠."

"우리랑 친한 거 질투하지 않아요?"

"그런 거 안 해요, 수이는. 자기 할 일도 바쁘니까."

"이것 좀 더 먹어요."

누비가 라면 면발을 덜어 이경에게 건넸다.

"수이는요." 이경은 이렇게 말하면서 어색함을 느꼈다. 누군가에게 수이에 대해서 이야기하는 건 처음이었다. "자기 얘길 잘 안해요. 그리고 한 번도, 제 앞에서 울었던 적도 없어요."

이런 이야기를 할 만큼 친한 사이는 아니라고 생각하면서도 한 번 말문이 터지자 걷잡을 수가 없었다.

"수이가 저를 믿지 못해서 그런 건 아니겠지만…… 그런데도 자꾸 그런 생각이 들어요. 내가 아닌 다른 사람이어도 그랬을까. 나보다 섬세하고 성숙한 사람이라면 수이도 저절로 마음을 열지 않았을까…… 수이가 얼마나 외로울지, 제가 아무것도 몰라서 아파요. 걘 지금 무슨 생각을 하고 있을까요."

오랫동안 생각해오던 일이었지만, 막상 말로 뱉고 나니 경솔한 행동으로 느껴졌다.

"예전 애인이랑 오 년을 만났어요. 통신에서 만났죠. 다른 애들도 모르는 이야기를 해볼까요." 누비의 얼굴에 피로한 미소가 어렸다. "오 년 만나는 건 꽤 어려운 일이잖아요. 그것도 어릴 때 만나서 이만큼 온 거니까. 우린 모든 걸 함께했고 저는 제 모든 걸 다 보여줬던 것 같아요."

편의점 창으로 보이는 세상이 점점 밝아지고 있었다.

"그리고 그 사람도 저에게 그랬죠. 확신할 수는 없지만 다른 사람에게는 절대로 말할 수 없는 부분을, 보이고 싶어하지 않는 부분을 저에게 보여줬어요. 저는 그 사람을 위로했고, 그 사람도 저를 위로했죠. 어떻게 우리가 두 사람일 수 있는지 의아할 때도 있었어요. 네가 아픈 걸 내가 고스란히 느낄 수 있고, 내가 아프면 네가 우는데 어떻게 우리가 다른 사람일 수 있는 거지? 그 착각이 지금의 우리를 이렇게 형편없는 사람들로 만들었는지도 몰라요."

누비는 남의 이야기를 전하듯이 덤덤하게 말을 이어갔다.

"자주 싸우고, 자주 헤어졌죠. 그 사람이 처음 헤어지자고 했을 때가 기억나네요. 두 달 사이에 십 킬로가 빠지고 심장이 너무 빨리 뛰어서 잠도 제대로 자지 못했어요. 그 사람, 두 달 지나고 다시 돌아오더군요. 둘이 붙잡고 후회하며 울었지만, 그 순간뿐이었죠. 영화의 속편 같은 거더군요, 헤어지고 다시 만난다는 건. 본편이 아무리 훌륭하고, 그래서 아쉬워도 소용없는 일이잖아요. 결국 모든 게 점점 더 후져지는 거지. 그 속에 있는 나 자신도 너무 초라해 보이고."

이야기를 마치고 누비는 활짝 웃어 보였다. 희미한 햇살이 누비의 얼굴을 비쳤다.

그런 대화를 나눈 지 얼마 되지 않아 이경은 누비의 옛 애인을 만나게 됐다. 모임의 친구가 연출한 연극이 레즈비언 바에서 열리던 날이었다. 연극이 시작되기 전 레즈비언 싱어송라이터가 기타를 치면서 노래했고, 여자 가수들의 뮤직비디오가 한쪽 흰 벽에 상영됐다. 이경은 바에서 일을 도왔다.

호리호리하고 키가 큰 사람이 입구로 들어왔다. 회색 남방을 입었는데, 윗단추 두 개 정도를 풀어서 긴 목이 더 부각되어 보였다. 손목에는 은색 시계를 차고 있었다. 그녀는 무표정한 얼굴로 테이블에 가방을 내려놓고 이경 쪽으로 걸어왔다. 시원한 향수 냄새가 났다.

"병맥주 주세요. 아무거나."

이경은 병맥주의 뚜껑을 따서 그녀에게 건넸다.

"아꼬 안녕." 그녀는 이경 옆의 아꼬에게 인사를 하고 구석에 가서 한참을 가만히 서 있었다.

"은지잖아. 누비 옛 애인. 누비가 쟤 때문에 많이 울었어. 서로 연락 안 한다고 들었는데 여기 왜 왔나 몰라." 아꼬가 말했다.

누비는 은지 쪽으로는 고개도 돌리지 않고 다른 사람들과 열심히 이야기했다. 은지는 다시 이경 쪽으로 와서 맥주 한 병을 더 달라고 말했다. 맥주를 건네받고 은지는 이경 바로 앞 스탠드에 자리를 잡았다.

"누구 기다리는 사람 있어요?" 은지가 물었다.

"그쪽은요?"

"아까부터 입구를 보셔서 물어봤어요."

"애인 기다리고 있었어요."

"그렇군요."

연극은 한 시간 정도 진행됐다. 할머니 레즈비언들의 이야기였는데, 2002년에서 오십 년이 지난 2052년이 배경이었다. 어린 시절부터 오십 년을 만나온 레즈비언 커플이 결혼식을 준비하면서 과거를 회상하는 내용이었다. 역할은 할머니였지만, 주인공을 맡은 두 배우는 모두 이십대였고, 의상과 메이크업, 연기 모두 배우

나이에 맞췄다. 마치 할머니들 속에 그 이십대 여자들이 그대로 남아 있다는 듯이. 둘은 처음 만났던 해에 찍은 사진과 영상들을 관객과 함께 봤다.

커플이 하얀 드레스를 입고 서로 손을 잡은 채 행진하면서 연극은 끝났다. 서른 명 정도의 관객들은 두 사람을 향해 꽃가루를 뿌려주고 오래도록 박수를 쳤다. 다들 코를 훌쩍이면서 배우들에게서 눈을 떼지 못했다. 연극이 끝나고도 몇몇은 바에 남아서 뒤풀이를 했다.

수이는 새벽 한시가 되어서야 바에 왔다. 이미 어느 정도 사람이 빠져서 이경도 의자에 앉아 쉬고 있었다. 수이는 티셔츠에 무릎까지 오는 반바지를 입고 검은 얼룩이 진 러닝화를 신고 있었다. 평소와 같은 차림이었지만 이경은 수이의 옷차림이 무성의하다고 생각했고, 수이에 대해 그렇게 생각했다는 사실에 놀랐다.

이경의 친구들은 수이를 반갑게 맞았다. 술을 마시지 않는 수이를 위해서 무알코올 칵테일을 만들어줬다. 수이는 칵테일을 조금씩 마시면서 약간 피곤한 표정으로 주변을 둘러봤다. 그런 수이에게 이경의 친구들은 돌아가면서 이런저런 것들을 물어보았다. 수이가 이 공간을 불편해하고 있다는 것을 눈치로 알아차리곤 모두 더 과장해서 쾌활한 척을 하고 있다고 이경은 생각했고, 문득 그런 상황이 부끄러워졌다.

"수이씬 몇 학번이에요?" 아꼬가 물었다.

"저 학생 아니에요." 수이가 답했다.

"맞다. 알고 있었는데 너무 학생처럼 보여서……" 아꼬가 말끝을 흐렸다.

"저 대학 못 갔어요. 머리도 나쁘고 돈도 없고 그래서." 수이는 무표정하게 말했다.

수이답지 않은 말이었다. 수이가 저렇게 비꼬는 투로 말하는 것을 이경은 들어본 적이 없었다. 짧은 순간이었고 대화 주제가 바뀌어서 다들 웃고 떠들고 했지만, 수이는 내내 침묵했고 질문을 받으면 겨우 대답하는 수준으로만 대화에 참여했다. 아무리 피곤하다고 하더라도 친구들 앞에서 그런 식으로 자신에게 무안을 줄 수는 없는 일이라고 이경은 생각했다.

집으로 돌아가는 길에도 수이는 내내 말이 없었다.

"피곤하니?" 이경이 물었다.

"……"

"수이야."

"응?"

"아꼬 말에 꼭 그렇게 대답해야 했어?"

"……"

"그냥 웃으면서 넘어갈 수 있는 일 아니야? 무안해하잖아, 다들. 일부러 그런 것도 아닌데."

"……"

"그러면 너도 상처받지 않아?"

"넌 모르잖아."

수이가 작은 목소리로 말했다.

"이경이 넌 모르잖아."

그렇게 말하고 수이는 이경을 보고 웃었다. 그 웃음이 '넌 나보다 훨씬 편하게 살아왔잖아'라고 힐난하는 표정처럼 느껴졌다.

"네가 네 이야기를 해주지 않는데 내가 어떻게 널 알 수 있겠어." 화가 날수록 이경의 목소리는 차분하게 가라앉았다. "다들 너에게 잘해주려고 했어. 근데 넌 모두를 무안하게 했지……"

수이는 아무 대답 없이 건너편 길을 응시하고 있었다.

"네가 쟤네를 보는 표정을 봤어. 표정 관리가 안 되더라, 너. 한심하고 이상한 사람들이라는 표정으로."

"난 그냥 그렇게 시끄럽고 사람 많은 곳이 싫었을 뿐이야. 그래서……"

"이런 게 싫었으면 그냥 싫다고 말하고 안 왔음 됐을 거야."

"여기에 네가 있잖아."

"쟤들은 적어도 자기 이야기, 숨기지 않고 해. 힘들면 힘들다고 말하고 싫으면 싫다고 말하고. 넌 아니잖아. 그렇게 못하잖아."

"비교는 하지 마라, 이경아."

수이는 그렇게 말하고 큰길가로 걸어갔다. 잘 가라는 말도 없이, 잘 가겠다는 말도 없이, 뒤도 한 번 돌아보지 않고 빠른 걸음으

로 이경으로부터 멀어져갔다. 이경은 문득 이 모든 일들이 지겹고
도 피로하게 느껴졌다. 수이는 나 말고는 만나는 친구도 없지. 같
이 운동하던 친구들과도 더이상 연락하지 않는다고 수이는 말했
었다.

그날, 이경이 수이에게 느꼈던 감정은 부끄러움이었다. 초라한
옷차림에 더러운 러닝화, 새로운 사람들과 쉽게 어울리지 못하는
촌스러움. 자기 학력을 부끄러워하는 것 같은 모습까지도 부끄러
웠다. 친구들 앞에서 멋진 애인을 보여주지 못한 것 같아 부끄러웠
다. 부끄러움을 느꼈다는 걸 인정하기 싫어서 이경은 수이 탓을 했
다. 수이를 다른 사람들의 시선으로 판단했다는 사실을 인정하고
싶지 않아서였다.

3

그해 겨울, 수이는 보증금 오백만원을 마련해 이경의 기숙사와
가까운 원룸으로 이사했다. 직업학교 졸업을 앞두고 견습생으로
카센터에서 일을 시작했고, 시간이 날 때마다 달리기를 했다. "돈
이 좋아." 수이가 말하면 "정말 돈이 최고"라고 이경이 동의했다.
보증금 오백만원은 이경과 수이의 관계를 부드럽고 편안하게 해
주었다. 웃풍도 없고, 깨끗한 부엌과 샤워실이 딸린 집에서 이경과

수이는 서울에 올라온 지 일 년 만에 아무 걱정 없이 서로를 안고 잘 수 있었다.

그해 겨울이 얼마나 따뜻하고 충만했는지 이경은 기억한다. 아직도 눈을 감으면 수이의 집이, 가습기가 뿜어내던 하얀 증기가, 김이 서려 뿌연 유리창에 수이가 손으로 찍어놓은 아기 발바닥 모양의 낙서가 보이는 것 같다.

운동을 관두면서 수이의 얼굴과 몸은 조금씩 변했다. 예전에는 단단하기만 했던 몸이 조금 부드럽고 물렁해졌고, 날카롭던 얼굴선이 둥그스름해졌다. 그런데도 입을 약간 벌리고, 완전히 의식을 잃은 채로 아이처럼 자는 모습은 예전과 똑같았다. 수이는 베개에 머리를 대자마자 잠에 빠지고는 낮게 코를 골았다. 이런 수이의 모습을 아는 건 자기뿐이라는 생각에 이경은 부드러운 기쁨을 느꼈다.

일을 시작하고서부터 수이는 자기 일에 대해서 여러 이야기들을 했다. 자동차 엔진과 부품에 대해 이야기할 때 수이의 눈에는 어느 때보다도 밝은 빛이 돌았다. 수이가 말하는 도중에 이해하기 어려운 단어가 나오면 이경은 놓치지 않고 질문했다.

"토크가 뭐야?"

"회전 힘이야. 한 축을 이용해서 물체를 돌리는 힘. 토크가 강하면 순간적인 힘이 좋다는 거야." 수이는 기다렸다는 듯이 이경의 질문에 답했다.

그해 겨울을 지나면서 이경은 수이가 자신과는 여러 면에서 다른 사람이라는 점을 깨닫게 됐다. 수이는 자동차를 포함한 기계에 매력을 느꼈고, 정리정돈과 청소를 열심히 했으며, 외모를 가꾸고 새로운 사람을 만나는 일에는 어떤 관심도 없었다. 반면 이경은 자기 자신에 대해 알아가는 일을 좋아했고, 다른 사람들에 대해서도 관심이 많았다.

이경은 서서히 이해하게 됐다. 수이가 자신에 대해 별로 말하지 않았던 건 수이의 그런 성향 때문이라고. 수이는 '자기 자신'이라는 것에 대해 이경만큼의 생각을 하지 않는지도 몰랐다. 수이는 생각보다 행동이 앞서는 사람이었고, 선택의 순간마다 하나의 선택을 하고 그에 따른 책임을 지려고 노력했다. 자신의 선택에 따른 결과에 대해서는 어떤 변명도 하지 않는 것이 수이의 방식이었다. 수이는 자동차 정비 일을 하면서 그것이 자기 인생에 어떤 의미로 작용하는지를 그다지 중요하게 생각하지 않았다. 자신이 선택한 일이니까 최선을 다할 뿐이었다. 반면 이경은 자신의 행동이 어떤 의미인지 끊임없이 생각했고, 어떤 선택도 제대로 하지 못해서 전전긍긍했다. 자신이 무엇을 하고 싶은지조차 알지 못했는데, 어떤 선택을 하더라도 결국 후회가 더 크리라는 것만은 확신할 수 있었다.

수이가 아닌 다른 사람을 좋아한다는 것을 이경은 상상할 수 없었다. 수이는 이경이 태어나 처음으로 사랑한 사람이었고, 다른 사람에게는 그 비슷한 감정조차 느껴본 적이 없었으니까. 그래서 이경은 은지에 대한 자기 감정을 이해할 수 없었다. 수이를 사랑하면서 어떻게 은지에게 심하게 끌릴 수 있는지 알 수 없었고, 뒤죽박죽이 된 마음으로 자주 울었다.

이경이 은지를 다시 만난 건 스물한 살의 봄이었다. 학교 앞 빵집에서 아르바이트를 시작하고 얼마 되지 않아서였다. 계산을 마친 은지가 이경에게 물었다.

"누비 친구 맞죠?"

"네?"

"저번 가을에 아꼬랑 누비랑 같이 있지 않았어요?"

은지는 그렇게 말하면서 이경을 빤히 바라봤고, 이경은 얼떨결에 고개를 끄덕였다. 그제야 혼자 바에 앉아서 맥주를 마시던 은지의 모습이 흐릿하게 떠올랐지만, 같은 사람이 맞는지 확신할 수 없었다. 그저 키가 크고 뼈대가 가는 사람이었다는 것만이 기억날 뿐이었다. 어두운 곳이었고, 아주 잠깐 본 사이인데도 어떻게 자기 얼굴을 기억하는지 이경은 의아했다.

"기억 못하시는구나." 은지는 애써 웃었다.

"기억나요. 그때 스탠드에 앉아 계셨죠."

이경의 대답을 듣고 은지는 고개를 끄덕였다.

"저 여기 바로 앞에서 일해요. 저 병원에서."

"저도 여기 대학 다녀요."

"그건 저도 알아요. 몇 번 봤어요."

마주보고 서 있는 것이 어지러울 정도로 아름다운 사람이라고 이경은 생각했다. 매끄러운 피부에, 짙은 눈썹은 깨끗하게 정리되어 있었다. 얇은 속쌍꺼풀에 눈꼬리가 조금 위로 올라가 있었는데, 아주 예민하고 신경질적인 사람이라는 느낌을 줬다.

"손이 왜 이래요?"

이경은 흉한 모습을 들켰다는 부끄러움에 손을 주머니에 넣었다. 그전 아르바이트를 할 때, 달궈진 돌솥에 덴 자국이었다.

"보여줘봐요, 손."

이경은 손을 꺼내 보여줬다.

"어디에 뎄구나. 물집이 터져서…… 소독이라도 좀 했어요?"

은지는 가방에서 주머니 하나를 꺼냈다. 알코올을 묻힌 솜으로 상처 부위를 소독하고, 연고를 바르고, 반창고를 붙였다.

이경이 은지에게 끌리기 시작한 순간은 그렇게 짧았다.

빵집의 통유리창으로는 대학병원 입구가 보였다. 이경은 오후 네시부터 밤 아홉시까지 그곳에서 일했고, 은지는 거의 매일 빵집에 들렀다. 흰 셔츠에 청바지를 입고 흰 운동화를 신은 모습이 그림 같았다. 끈이 긴 크로스백을 옆으로 메고 진열대를 골똘히 들여다보는 은지를 이경은 가만히 바라봤다. 자신의 시선을 그녀가 눈치챌지 모른다는 것을 알면서도 눈을 떼지 못했다.

"어디 살아요?" 카운터에 빵을 올려놓으며 은지가 물었다.

"충무로요."

"통학은 안 힘들어요?"

"버스 한 번이면 와요."

"그렇구나."

은지는 무슨 말을 하려다 말고 창가 테이블로 갔다. 여섯시. 마지막 햇빛이 창으로 쏟아져 들어오는 시간이었다. 그곳에 앉아서 그녀는 천천히 빵을 먹었다. 카운터에서 계산을 하고, 포장을 하면서도 이경은 그녀에게서 눈을 뗄 수 없었다. 그녀는 비스듬하게 앉아 바깥을 바라보고 있었다. 빵을 반쯤 먹고는 쟁반에 내려놓고 가만히 밖을 쳐다보다 다시 빵을 집어 천천히 먹었다. 다리를 창가쪽으로 꼬고 이경에게서 등을 돌린 채여서 얼굴을 제대로 볼 수 없었지만, 그런 이유로 이경은 은지를 마음놓고 바라볼 수 있었다.

"또 봐요."

쟁반을 카운터 위에 올려놓으면서 은지는 늘 그렇게 말했다. 또봐요. 그녀가 가고 나면 그녀를 볼 수 있었다는 행복감과 그만큼 더 커진 그리움에 마음이 얼얼했다. 가끔 은지가 오지 않는 날이면 시간은 더디게 갔고, 작은 일에도 쉽게 침울해졌다.

이경은 그날도 그런 날인 줄 알았다. 퇴근하려고 정리하고 있는데 은지가 빵집 안으로 들어섰다.

"저녁은 먹었어요?" 은지가 물었다.

이경은 고개를 저었다.

"그럼 같이 먹어요."

그렇게 말하고 은지는 밖으로 나갔다. 빵집 밖에서 자기 쪽을 보고 있는 은지의 모습이 이경은 낯설었다. 이경은 그녀에게서 멀찍이 떨어져서 걸었다. 오랜만에 걸어보는 사람처럼 자기 걸음걸이가 어색하게 느껴졌다.

"빵 많이 좋아하시나봐요."

이경의 말에 그녀는 대답 없이 웃기만 했다.

"공짜 빵 받으면 드릴게요."

그녀는 잠시 웃다가 "그런 거 있으면 이경씨 애인 줘요"라고 말했다.

은지와 이경은 샤브샤브집에 갔다. 맑은 육수에 깨끗한 야채와 고기를 익혀 먹으니 속이 든든하고 개운했다. 값싼 백반집의 자극적인 순두부찌개나 제육볶음과는 전혀 다른 맛이었다.

"그때 그 연극 어떻게 봤어요?" 은지가 물었다.

"오십 년 뒤에는 여자끼리도 결혼할 수 있을까…… 너무 늦은 건 아닌가 싶기도 하고. 다른 곳도 아닌 한국에서 그런 일이 일어날까 싶고……"

"전 그게 좋았어요. 주인공 둘이 작은 추억들을 나누는 장면이. 너무 이상주의적인 이야기라고 비판할 수도 있겠지만, 그 시간을 같이 견뎠다는 게……"

그런 말을 하며 비스듬히 테이블 구석을 바라보는 은지의 모습을 보면서 이경은 문득 아득해졌다.

누가 먼저 그러자고 말한 것도 아닌데 그들은 목적지도 없이 종로 거리를 걸었다. 시간이 있는지 없는지도 묻지 않았고, 지금이 몇 시인지도 묻지 않았다. 사람이 많은 길을 지날 때는 팔이 부딪치기도 했다. 그렇게 무작정 걷다보니 세종로 칭경기념비각이 나왔다.

"손은 다 나았어요? 흉은 안 졌고?"

이경은 오른손을 그녀 앞으로 뻗었다.

"선생님 덕분에 다 나았죠."

"내가 왜 선생님이에요."

"그럼 뭐라고 불러요."

"이름 부르면 되잖아요."

그렇게 말하고 은지는 부드러운 표정으로 이경을 바라봤다. 웃지 않고 있을 때는 예민하고 날카로워 보이던 눈에 장난기가 어려 있었다. 이경은 망설이다 입을 열었다.

"은지, 씨."

"좋네요. 그렇게 부르니까."

"은지씨."

은지는 가만히 서서 이경을 바라봤다. 더이상 차갑지 않은 바람이 불었다. 바람에 은지의 짧은 머리칼이 이리저리 날렸다. 당신도 알고 나도 알고 있어. 걷는 것 말고는 하는 일도 없지만 그저 같이 있어서 좋다는 것을, 어딜 가고 싶어서가 아니라 그저 헤어지기 싫어서 이러고 있다는 것을. 이경은 은지가 자신의 마음을 읽어내리라는 걸 알았다. 이토록 서로에 대해 아무것도 모르면서 말하지 않고서도 순간의 감정을 이해할 수 있다는 사실도. 둘은 마주서서 서로의 눈을 가만히 바라보고 있었다.

"자꾸 생각이 났어요."

이경이 말했다. 은지는 골똘한 표정으로 이경을 보았다. 당신, 이라는 말이 빠져 있었지만 그녀는 묻지 않았다. 마치 이경의 마음을 다 알고 있다는 듯이, 아니, 아무것도 모른다는 듯이.

당신은 어떻게 이렇게 생겼을까. 이경은 생각했다. 얇은 피부, 가느다란 머리카락, 마른 입술을 달싹거리는 모습이 아름다웠다. 약간 안쪽으로 몰린 왼쪽 눈동자와 웃지 않아도 위로 올라간 입꼬리와 작은 턱. 이런 얼굴을 본 적이 없어. 그 얼굴이 차가울지, 따뜻할지 손을 뻗어 만져보고 싶었다.

그날 이후 이경은 얕은잠을 겨우 이어 자면서 온갖 꿈들을 꿨다. 얼굴에 커다란 뾰루지가 났고 계단을 올라가다 이유 없이 몇 번 엎어졌다. 다른 사람의 말을 집중해서 들을 수가 없었다. 은지의 웃는 얼굴이, 자신의 얼굴을 똑바로 쳐다보고 또박또박 말하는 모습이 눈앞에서 떠나지 않았다. 아무리 물을 마셔도 입이 말랐고 밥맛이 없었다. 이러다 말겠지 싶었지만 시간이 지날수록 모든 감각이 그녀를 다시 만나고 싶다는 요구에 집중되었다. 보고 싶어 몸이 아팠다. 혹시나 문자나 전화가 올까 싶어서 핸드폰을 손에 꼭 쥐고 잤다.

은지와 자주 만났던 것은 아니었다. 네 달 동안 둘은 고작 여섯 번을 만났다. 그런데도 그 여섯 번의 데이트는 십삼 년이 지난 지금까지도 이경에게 분명한 인상으로 남아 있다.

은지는 별로 망설이지도 않고 자기 이야기를 털어놓았다. 자긴 딸만 넷인 집의 셋째라는 것, 부모로부터 진심 어린 사랑을 받아보지 못했다는 것, 그래서 자기도 자신을 어떻게 좋아해야 하는지 몰라 아직도 힘들다는 말을 은지는 점심으로 무얼 먹었는지 말하듯 대수롭지 않게 했다.

"이런 얘기 아무한테나 막 하고 다녀요?"

이경이 묻자 은지는 눈을 내리깔고 웃었다.

"나도 사람 봐가면서 말해요. 그리고 이경씨는 아무나가 아니니까."

은지는 가족이 다 모인 자리에서 동생에게 아우팅을 당해 아빠와 삼촌들에게 몰매 맞은 이야기도 아무렇지 않게 했다. 머리카락이 뭉텅이로 뽑히고 이마가 찢어져 꿰매야 했다는 이야기였다.

"단 한 명이 필요했어요. 단 한 명. 내 편을 들어줄 단 한 사람. 때리지 말라고 말해줄 사람. 그런데 모두 다 구경만 하는 거죠. 남자 어른들의 일이니까 끼어들 수 없단 듯이."

은지는 자기 머리칼을 장난스레 헝클어뜨렸다.

"괜찮아요. 이젠 보지 않고 사니까. 지금이 중요한 거 아니에요? 보고 싶은 사람만 보고 살아도 짧은 인생인데."

은지는 그 말을 하고 이경을 빤히 쳐다봤다.

그날 이후로 은지는 한참 동안 이경을 찾아오지 않았다. 같이 밥 먹을 사람이 없어서 빵집을 찾아오고, 심심하니까 함께 걸었을 뿐인데 나 혼자 애가 타고 입이 말랐구나. 당신은 내게 마음이 없지, 하고 이경이 생각하는 날이면 그녀는 다시 찾아왔다. 자기가 무슨 짓을 하고 있는지 조금도 알지 못한다는 태연한 얼굴로. 이경이 얼마나 엉망이 된 마음으로 그녀와 함께 밥을 먹고 길을 걷는지 그녀는 짐작도 못하는 것처럼 보였다. 시간이 흐르고 그녀에 대한 마음이 커질수록 이경의 속은 점점 더 어두워졌다. 창가에 앉아 천천히 빵을 먹는 은지를 보는 것조차도 고통스러웠다.

수이는 은지의 존재를 이경에게 들어 알고 있었다.

"아꼬 친구 있잖아. 그 병원 간호산데, 혼자 밥 먹기가 싫은가 봐."

이경이 말하면 수이는 그저 고개를 끄덕였다. 이경은 수이에게 어떤 행동도 숨기지 않았다. 이경의 말 그대로 이경과 은지는 가끔씩 저녁을 같이 먹고 일상적인 대화를 하고 종로 거리를 걸었을 뿐이니까. 단지 이경의 마음만은 그런 행동이 수이를 배신하는 것임을 잘 알고 있었다. 아무것도 속이지 않았지만 사실 모든 것을 속인 것과 마찬가지라고. 이경은 은지를 만나지 않기로 마음먹었다.

이경은 학교에서 조금 떨어진 곳에 있는 피자집으로 아르바이트를 옮겼다. 수이에게는 빵집에 이상한 손님들이 많이 들어서 피곤하다는 거짓말을 한 후였다.

아르바이트를 관두기 전날, 이경은 은지와 같이 저녁을 먹고 인사동 골목길을 걸어다녔다. 같은 골목을 몇 번 왕복하다가 이경이 말했다.

"저는 운이 좋은 편이었던 것 같아요. 아무 시행착오 없이 수이를 만났으니까."

"그래요."

"자기가 좋아하는 사람이 자기를 좋아해주는 경우는 별로 없잖아요. 그렇게 서로를 알아보고 사랑할 수 있다는 게 지금 생각해보면 정말 운이 좋았다고밖에는……"

"그래요. 좋아 보여요, 이경씨." 은지가 말했다. 웃고 있었지만 약간의 화가 묻은 말투였다. 자기를 바라보며 웃는 은지의 아름다운 얼굴을 이경은 똑바로 쳐다볼 수 없었다.

"그럼 저는 먼저 가볼게요." 이경은 그렇게 말하고 뒤도 한 번 돌아보지 않은 채 큰길로 걸어갔다. 안국역까지 같이 가기로 했지만, 그곳에서는 아무렇지 않은 얼굴로 헤어질 수 없을 것 같았다. 이렇게 미리 사라지는 편이 낫다고 생각했다.

그날 밤, 이경은 잠들지 못하고 수이 곁에 누워 있었다.

"빵집에서 얼마나 일한 거지?"

"이번 학기 내내 했으니까 네 달 됐지."

"그 일이 확실히 고생이었나봐. 너 그동안 살이 너무 많이 빠졌어."

"맞아."

이경은 그렇게 대답하고 베개에 얼굴을 묻었다. 울음이 치받쳐서 목울대가 뻐근해졌다.

"너 우니, 이경아."

"아니."

"그런 것 같은데."

자신을 걱정해주는 수이를 마음으로 배신했다는 사실과 이제 더이상 은지를 볼 수 없다는 사실이 하나로 뒤섞여서 이경은 참았던 눈물을 터뜨렸다. 수이는 아무 말 없이 이경의 등을 쓰다듬었다.

"수이야."

"응."

"난 욕심꾸러기들이 싫었다."

"알아."

"막 욕심내고 그런 사람들 있잖아. 만족을 모르고."

"그래."

"수이 넌 나를 사랑하지."

"그럼."

"수이 네가 없는 곳에 행복은 없어."

그 말을 하기 전까지 이경은 수이가 없는 곳에 행복은 없다고 진심으로 믿었었다. 하지만 막상 그 생각을 말로 표현하고 나니 그 말이 껍데기만 번지르르한 거짓처럼 느껴졌다.

작은 소리로 코를 골며 자는 수이 옆에서 이경은 잠들지 못하고 누워 있었다.

수이를 만나기 전, 세상이 얼마나 삭막하고 외로운 곳이었는지 이경은 기억했다. 자기를 좋아해주는 사람도 없었고, 무리를 이뤄 다니는 아이들과도 좀체 어울릴 수 없었던 기억. 아무리 아이들을 따라 하려고, 비슷해지려고 노력해도 그렇게 되지 않았고, 자기 자신이라는 존재를 애써 바꿔보려 했지만 불가능했으며, 그렇다고 바뀌지 않는 자신을 사랑할 수 있는 것도 아니었다.

수이와의 연애는 삶의 일부가 아니었다. 수이는 애인이었고, 가장 친한 친구였고, 가족이었고, 함께 있을 때 가장 편하게 숨쉴 수 있는 사람이었다. 수이와 헤어진다면 그 상황을 가장 완전하게 위로해줄 수 있는 유일한 사람은 수이일 것이었다. 그 가정은 모순적이지만 가장 진실에 가까웠다. 그런 수이에 비하면 은지는 얼마나 가볍게 잊을 수 있는 사람인가. 그녀의 아름다운 얼굴과 부드러운 말투는 얼마나 쉽게 지울 수 있는 허상에 가까운가.

혹시나 연락이 올까 싶어 겁이 났지만 은지에게서는 아무런 연락도 없었다. 마음을 독하게 먹었으면서도 은지를 마음에서 몰아내는 일은 어려웠다. 한순간만이라도 얼굴을 볼 수 있으면 좋겠다는 생각에 병원 쪽으로 향하는 발걸음을 멈추는 일도, 은지에게 문자를 보내고 전화를 하고 싶은 마음을 참는 것도 힘들었다.

그리고 은지는 이경을 찾아왔다.

은지는 이경의 집으로 가는 길목, 대한극장 앞 벤치에 앉아 있었다. 은지는 이경을 발견하고 자리에서 일어나 이경 쪽으로 걸어왔다. 이경은 골목길로 발걸음을 돌렸다. 백 미터 달리기를 했을 때처럼 심장이 빠르게 뛰면서 귀에서 쿵쿵대는 소리가 울렸다. 이경은 상가 건물로 숨어 들어가서 이층 계단에 앉았다.

─이경씨는 나를 봤어요. 난 이경씨가 인사도 하기 싫을 정도의 사람이 된 거죠.

은지의 문자였다. 이경은 그 문자가 은지의 일부라도 되는 것처럼 핸드폰 액정을 가만가만 만져봤다. 한 달 만에 은지의 얼굴을 볼 수 있었다. 그 한 달이 얼마나 길고 괴로운 시간이었는지를 이경은 은지의 얼굴을 마주친 순간 이해했다.

─놀랐다면 미안해요. 이러려고 온 건 아니었어요.

얼마 지나지 않아 은지는 다시 문자를 보내왔다.

─보고 싶었어요.

이경은 아직도 그 문자를 받았을 때 느꼈던 캄캄한 기쁨을 기억하고 있다. 당신은 나보다 더 못 견딜 정도였는지도 모른다고, 나 혼자만의 고통은 아니었다고. 그렇게 이경은 은지의 고통을 감각하고 행복해할 수 있었고, 그것만으로도 충분하다고 생각했다. 이경은 어떤 답도 보내지 않고 그 자리에서 은지의 문자를 다 삭제해버렸다. 이미 은지의 번호는 지워버린 상황이었지만, 머릿속에서까지 지울 수는 없었다.

얼마나 그곳에서 그렇게 있었을까. 상가에서 나와 집에 가는 길에 이경은 건물 유리창에 비친 자신의 모습을 봤다. 해골처럼 마른 얼굴에 막대기 같은 다리, 쪼글쪼글한 무릎. 마음 같아서는 은지에게 전화를 걸고 싶었다. 한 번만이라도 은지를 안아보고 싶었다. 그렇게 한 번만이라도 은지를 몸으로 감각한다면 여한이 없으리라는 생각이 발작처럼 들었고, 그 생각에 잠식당할 것 같은 두려움에 수이에게 전화를 했다. 수이가 아무것도 눈치채지 못하리라고 믿으면서.

그다음날부터 이경은 고열에 시달렸다. 침을 삼키기 어려울 정도로 목이 부었고 가만히 누워 있으면 바닥이 한쪽으로 기울어져서 몸이 아래로 굴러떨어질 것 같았다. 겨우 잠이 들면 괴이한 이미지들이 눈앞에 떨어지는 꿈을 꿨다. 병원에 가서 주사를 맞고 약을 타왔지만 증세는 나아지지 않았고, 밤이 되면 누군가가 머리를 발로 걷어차는 것 같은 두통이 찾아왔다. 죽조차 제대로 먹을 수 없는 지경이 되어서야 이경은 수이의 부축을 받아서 병원에 입원했다. 눈을 뜨자 자기를 보고 있는 수이의 얼굴이 보였다가, 다시 눈을 뜨니 밤이었다. 보조침대에 누워 자는 수이의 모습을 이경은 가만히 바라봤다.

"정신 좀 들어?"

이경의 기척에 잠에서 깬 수이가 물었다.

"이리 와."

이경의 말에 수이는 병상 위로 올라가 그 옆에 누웠다.

"볼살이 다 빠졌네."

수이는 손으로 이경의 얼굴을 조심스레 쓰다듬었다.

"더 못생겨졌지."

"그러네."

수이는 그렇게 말하면서 이경의 코를 검지로 꾹 눌렀다. 둘은 서로를 바라보고 있었다. 서로의 눈을 통해 신기한 세상을 바라볼 수 있다는 듯이, 골똘히 서로의 얼굴을 마주봤다.

"말 안 해도 돼. 너 목 다 부었잖아."

수이의 말에 이경은 고개를 끄덕였다.

"너 꼬박 열두 시간 잤어. 수액을 그렇게 맞아도 화장실 한 번을 안 가고. 탈수가 있었나봐. 영양 상태도 좋지 않다고 의사가 혼냈어. 너랑 같이 사는 언니라고 했거든. 내가 네 동생처럼 보이진 않잖아?"

이경은 웃으며 고개를 끄덕였다. 얼마나 시간이 지났을까. 수이가 입을 열었다.

"날 용서해줄래."

수이는 그렇게 말하고 입술을 깨물었다.

"내가 널 힘들게 했다면. 그게 뭐였든 너에게 상처를 주고 널 괴롭게 했다면."

이경은 고개를 저었다. 그때 이경은 수이의 오해에 마음이 아팠다. 네가 아닌 다른 사람에 대한 갈망 때문에 이렇게 되어버린 건데. 용서를 구해야 하는 쪽은 네가 아니라 나라고.

시간이 지나고 나서야 이경은 수이의 그 말이 단순한 오해에서 비롯된 것만은 아니었으리라고 짐작했다. 수이는 이미 그때 이 연애의 끝을 보고 있었는지도 모른다. 무너지기 직전의 연애, 겉으로는 누구의 것보다도 견고해 보이던 그 작은 성이 이제 곧 산산조각 날 것이라는 예감을 했는지도 모른다. 그랬기에 최선을 다해서 마지막을 준비했는지도 모른다.

말도 안 되는 용서를 비는 수이를 보며 이경은 어떤 말을 해야 할지 알지 못했다. 너에겐 아무 잘못이 없어, 넌 나에게 상처를 주는 사람이 아니야, 라는 말조차 수이에게 상처를 입힐 것 같아서였다. 이경은 아무 말도 하지 않은 채로 수이의 동그랗고 부드러운 뒤통수를 어루만졌다. 아무리 애를 써도 웃음이 나오지 않았고, 그건 수이도 마찬가지였다.

4

눈을 뜨니 보조침대에 앉아 있는 은지의 얼굴이 보였다. 은지는 가방을 무릎 위에 올려놓고 굳은 채로 어색하게 앉아 있었다. 이경은 자리에서 일어나 앉아 은지를 바라봤다.

"어떻게 왔어요?"

"전화했어요. 이수이씨가 받더군요. 병원이라고."

"수이한테 뭐라고 했어요?"

"이경씨 친구라고 했죠. 수이씨도 절 알더군요. 얘기 들었다고."

"……"

"이렇게 아프다니 놀라서……" 은지의 목소리가 떨렸다.

"……놀랄 것 없어요. 찾아올 일도 아니었고."

"이경씨."

은지의 모습이 또렷이 보이지 않았지만 이경은 안경을 끼지 않았다. 안경을 끼고 은지를 본다면, 그 아름다운 얼굴을 다시 본다면, 자기가 무슨 말을 하고 어떤 행동을 할지 장담할 수가 없어서였다.

이경은 은지에게 쉰 목소리로 천천히 말했다. 수이에 대해, 수이가 자신에게 준 새로운 삶이라는 선물에 대해, 수이와 자신이 만든 세계가 얼마나 견고하고 완전한지에 대해, 그곳에는 누구도 개입할 수 없다는 사실에 대해.

그렇게 말하면서 이경은 그 말이 진실하지 않다는 것을 알았다. 은지를 설득하기 위해 한 말이었지만, 그 말은 오히려 숨겨둔 자신의 마음을 수면 위로 떠오르게 했다.

은지는 이경이 이야기를 끝내자 다시 연락하겠다는 말을 남기고 병실을 나섰다. 바람이 심하게 불던 날이었다. 그때 이경은 자신이 절대 할 수 없다고 생각했던 선택을 목전에 두고 있었다. 이제 손을 뻗으면 모든 것은 무너지고 망가질 수밖에 없을 것이었다. 스물하나의 이경이 수이에게 줄 것은 그것밖에 없었다.

그 일은 지금도 이경에게 악몽으로 반복된다.

꿈에서 이경은 그때의 자신의 모습을 창이 달린 엘리베이터 안에서 바라본다. 말하지 말라고, 이제 그만 말하라고 아무리 소리쳐도 그 소리는 스물하나의 이경에게 닿지 않고, 엘리베이터는 갑자기 위로 올라갔다가 아래로 떨어지기를 반복한다. 그곳에서 빠져나갈 수 있는 방법은 없다. 그리고 그 모든 층에는 그때의 이경과 수이가 있다. 그들은 아직도 함께 있다. 이경의 꿈속에서, 오로지 그 고통스러운 순간의 모습으로만.

이경은 수이의 일터 맞은편 골목길에 쭈그리고 앉아서 수이를 기다렸다. 창이 얇은 슬리퍼를 신은 발에 아스팔트의 열기가 그대로 전해졌다. 골목길에서는 시큼한 음식물 쓰레기 냄새가 코를 찔

렀다. 이경은 쓰레기봉투에서 흘러나온 오렌지빛 액체를 바라봤다. 이 여름이 너무 길었다.

수이는 이경을 발견하고 손을 흔들었다. 이경도 수이에게 손을 흔들었다. 수이는 머리를 왼쪽 오른쪽으로 조금씩 기울이며 뛰어왔다. 축구를 할 때 생긴 습관이었는데, 마치 발 앞에 공이 있는 것처럼 달리는 자세였다. 수이는 기분이 좋을 때만 그렇게 달렸다.

이경과 수이는 근처 술집으로 향했다. 감자전, 소주 한 병, 콜라 한 병을 주문하고 둘은 마주보고 앉아 있었다. 감자전이 나오기 전에 수이는 오백 시시 잔에 담긴 얼음물을 다 마셨다. 술집으로 걸어오는 동안 수이는 평소와는 달리 많은 말을 했다. 잠시라도 말의 공백이 생기면 큰일이라도 날 것처럼 다급하고도 절박하게.

"할말이 있어."

이경의 말을 듣는 수이의 얼굴은 그저 차분해 보였다. 수이는 팔짱을 끼고 가만히 이경의 이야기를 들었다.

이경은 수이가 최소한으로 상처받기를 바랐다. 그래서 수이에게 은지에 대해 말하지 않기로 했고, 그것이 수이를 위한 일이라고 철저히 믿었다. 수이를 속이기로 마음먹은 순간 이경은 자기 자신조차 완벽하게 속일 수 있었다. 이경은 자신의 기만이 선의의 거짓말이라고 믿고 싶었고, 실제로 그렇게 믿었다. 그 거짓말이 비겁함이 아니라 세심하고 사려 깊은 배려에서 나온 것이라고 생각했다.

배려라니. 지금의 이경은 생각한다. 배려라니. 그 거짓말은 수이를 위한 것도, 자신을 위한 것도 아니었다. 단지 끝까지 좋은 사람으로 남고 싶은 욕심이고 위선일 뿐이었다는 것을 그때의 이경은 몰랐다. 수이는 그런 식의 싸구려 거짓을 받아서는 안 될 사람이라는 사실도.

이경은 그때 수이에게 무슨 말을 했는지 기억한다.

우린 서로 너무 다른 사람이 되었어. 너도 느끼고 있었겠지. 서울에 올라온 이후로 모든 게 다 변해버렸잖아. 넌 네 얘기를 나에게 하지 않잖아. 네가 날 좋아하는지도 모르겠어. 내가 너에게 가장 좋은 사람인지도 모르겠다. 널 위해서 따로 뭘 해줄 수 있는 것도 아니고. 넌 나보다 더 좋은 사람을 만나야 해. 네 잘못은 없어. 다 나 때문이야.

그 위선적인 말들을 이경은 기억한다. 아무 대답 없이 고개를 숙이고 있는 수이에게 이경은 괜찮으냐고 물어보기까지 했었다. 수이는 가만히 고개를 끄덕였다.

"살다보면 이런 일도 있는 거니까…… 다들 이렇게 사는 거니까…… 그러니까 너도 너무 걱정하지 마."

분노도, 슬픔도, 그 어떤 감정도 읽을 수 없는 무미건조한 말투로 수이는 말했다. 무엇이 수이를 체념에 익숙한 사람으로 만들었을까. 이경은 시간이 지나고 나서 생각했다. 걱정하지 말라니, 그것이 버림받는 사람이 할 수 있는 말일까.

"너 때문이 아니야. 넌……"

"이렇게 좋은 일은 없다고 생각했어. 나에게 이런 좋은 일이 생길 리 없다고…… 널 영원히 만날 수 있다고는 기대하지 않았어. 그럴 주제가 아니니까…… 이제 네가 아플까봐 다칠까봐 죽을까봐 더는 걱정하지 않아도 되겠지. 그런데도…… 아니야. 다 지나가겠지. 그럴 거야."

수이의 목소리는 점점 작아지다가 나중에는 겨우 알아들을 수 있는 정도로 줄어들었다. 앞에 이경이 있다는 사실을 잊은 것처럼, 혼잣말하듯 말했다. 처음에 이경을 향하던 시선은 테이블 모서리에 가 있었다. 이경은 테이블 위에 올라온 수이의 손을 잡았다. 수이는 포개진 두 손을 정물을 응시하듯이 가만히 바라보기만 했다.

"마음먹었으면 돌아보지 말고, 가." 수이는 작은 목소리로 중얼거렸다. "가. 가줘."

다음날 이경은 수이에게 받은 물건들을 정리해서 수이의 집으로 가져갔다. 수이를 기다리면서, 수이 집에 있는 자기 물건도 정리했다.

수이는 자정이 넘어서야 들어왔다. '대성 카센타'라는 로고가 박힌 초록색 폴로셔츠를 입고 있었다. 현관 앞에 서 있는 이경을 수이는 잠시 쳐다봤다. 자신을 보는 눈빛에 미움이 조금이라도 묻어 있기를 바랐지만 수이는 이경을 보고 엷게 웃었다. 그러고는 화장실에 들어가서 천천히 샤워를 하고 나왔다.

"밥은?"

"먹고 왔어. 너는?"

"나도 먹었어."

"짐은 다 쌌어?"

그때 자신을 바라보던 수이의 얼굴이 어땠는지 이경은 정확히 기억하지 못한다. 단지 얼굴이 많이 상해 보였다는 것, 자신을 보고 싶지 않지만, 그런 마음을 읽힐까봐 애써 자신을 바라보던 눈은 기억난다. 혹시나 자신이 마음을 바꾸진 않을지 기대하는, 어떻게 그들이 이렇게 끝날 수 있는지 아직 실감할 수 없다는 눈빛이었다. 수이는 창가 아래에 앉았다. 이경은 박스를 하나 내밀었다. 대부분은 서울에 올라온 후에 수이가 이경에게 쓴 편지와 엽서였고, 수이가 빌려준 시디와 책들도 들어 있었다. 수이는 그 박스를 물끄러미 바라봤다.

"이걸 왜 날 줘. 갖든 버리든 네가 알아서 해."

"그래도……"

박스는 수이와 이경 사이에 놓였다. 둘은 멀찍이 떨어져 앉아서 그 박스를 바라보고만 있었다. 새벽 두시가 다 된 시간이었다.

"열여덟에 널 만났어. 열여덟 7월에."

침묵을 깨고 수이는 박스를 바라보며 말했다.

"행복했었어. 그때만 말하는 게 아니라 너랑 같이 지냈던 시간 전부 말이야."

자꾸 목이 잠겨서 수이는 헛기침을 했다.

"이경이 너도 날 불쌍하게 생각했는지 모르겠다. 그래, 다른 사람들 기준으로 보면 나, 안된 사람인지도 모르지. 형편없는 부모에, 부상당해서 운동도 관둬야 했고, 대학은 엄두도 못 내고. 그냥 밖에서 보면 말이야, 이런 인생 살고 싶다는 생각은 안 들겠지."

수이는 이경을 보며 작게 웃었다.

"근데 아니었어. 나 너랑 만나면서 세상 누구도 부럽지 않았다. 부상 때문에 운동 관둔 것도 괜찮았어. 그만큼 운동 좋아했던 것도 아니었으니까. 아니, 싫었지. 지긋지긋했어. 근데 할 수 있는 게 그거밖에 없으니까 했던 거야. 그거라도 잡고 살아야 했으니까 그랬던 거야. 운동 계속 못해도, 대학 못 가도 아무렇지 않았어. 이경이 네가 날 좋아하는데, 내가 널 사랑하는데, 보고 싶을 때 언제고 널 볼 수 있는데 내가 뭘 더 바라. 참 힘들게 사는구나, 누가 그렇게 말하면 속으로 비웃었지. 나 사실 힘들지 않은데, 바보들, 그러면서."

거기까지 말하고 수이는 한동안 아무 말도 하지 않았다. 옆집에서 남자와 여자가 싸우는 소리가 들려왔고, 누군가가 현관문을 세게 닫는 소리도 들려왔다.

"이경아."

"응."

"우리 처음 만났던 날 기억해?"

"그럼."

"내가 찬 공에 맞았잖아."

"그래. 안경 부러지고 코피 나고."

"주저앉아 울었었지. 눈물이랑 코피랑 섞여서 턱밑으로 떨어지고."

"그게 내 첫인상이었겠네."

수이는 고개를 끄덕이고 이경을 가만히 바라봤다. 자기가 찬 공에 맞아서 코피를 흘리던 열여덟 이경을 보던 표정으로, 자기가 다친 것처럼 놀라고 아픈 사람의 얼굴로. 그렇게 이경을 보던 수이의 눈에 눈물이 고였다.

"수이야."

"이제 네가 날 부르는 소리도 들을 수 없겠지."

그 말을 하고 수이는 오래 울었다. 어떻게든 울지 않으려고, 말을 이어가려고 노력했지만 잘 되지 않았다. 수이는 시위하듯 우는 것이 아니었다. 이경을 공격하기 위해서, 이경에게 죄책감을 주기 위해서 감정을 과장하는 것이 아니었다. 수이는 단 한 번도 자기 상처를 과시한 적이 없었다. 자기 상처로 누군가를 조종하는 일이 가장 역겹다고 믿는 사람처럼 그런 가능성 자체를 차단했다. 누구도 원망하지 않으려 했고, 그게 무엇이든 모든 것을 삼켜내려 했다. 그런 수이가 소리 내지 않으려고 애쓰며 울고 있었다.

이경은 벽에 등을 대고 앉았다. 수이의 울음이 자신의 마음을 아주 조금도 돌려놓을 수 없다는 사실에 놀란 채. 수이 또한 이경의 그런 마음을 알았을 것이다. 이경은 울 자격이 없었다.

"잘 자."

수이는 그렇게 말하고 불을 껐다. 동이 틀 때까지 이경은 한숨도 자지 못한 채 뒤척였다. 수이가 화장실에 들어가는 소리, 샤워를 하고 나와 드라이어로 머리를 말리는 소리, 현관문을 닫고 나가는 소리를 들었다. 수이가 돌아볼까봐 이경은 수이의 뒷모습을 바라볼 수조차 없었다.

수이가 방을 나서고서야 이경은 참았던 눈물을 흘렸다. '잘 자', 그렇게 말하면서 불을 끄던 수이. 그것이 이경이 마지막으로 본 수이의 모습이었다. 냉장고 안에는 언제 사다놓았는지 모를 딸기우유 팩들이 나란히 줄 서 있었다.

5

은지와의 연애는 일 년도 가지 않아 끝났다. 은지는 누비를 잊을 수 없다고 말했다. 자신의 첫사랑, 오 년을 만났던 사람에 대한 마음을 끊어낼 수 없다고 고백했다. 이경 또한 은지의 마음을 느끼고 있었다. 온전히 자신을 향하지 않은 마음은 은지가 아무리 숨기려 해도 드러나게 마련이었고, 이경을 얼게 했다.

종국에는 특별한 뜻이 없는 은지의 말과 행동이 비수가 되어 이경에게 날아왔다. 은지가 뒤돌아 누워 있는 것조차도 이경을 슬프게 했다. 은지는 손끝 하나 움직이지 않고도, 말 한마디 하지 않고도 이경을 상처 입힐 수 있었다.

이경은 수이처럼 담담하게 상황을 받아들이지 못했다. 울면서 매달리고, 이렇게 쉽게 끝을 정하지 말라고, 한 번만 더 생각해보라고 빌었다. 이경은 자기가 이렇게 비굴해질 수 있는 사람이라는 것을 알고 놀랐지만, 매일매일 이렇게 살더라도 은지와 함께하고 싶었다. 내가 이런 인간이었나 자문했지만 과거의 자신이 어떤 사람이었는지조차 제대로 기억할 수 없었다.

은지와의 관계에서 자신이 한순간도 죄책감이나 불안함 없이 행복하지 못했다는 사실을 이경은 인정했다. 은지의 말처럼 이경과 은지는 너무 비슷한 사람들이었고, 그 이유 때문에 빠르게 서로에게 빠져들었지만 제대로 헤엄치지 못했으며 끝까지 허우적댔다. 누구든 먼저 그 심연에서 빠져나와야 했을 것이다. 하지만 그 또한 순간이었다. 은지와 함께했던 기억은 하루하루 떨어지는 시간의 무게를 버티지 못하고 부서져 흘러가버렸고, 더는 이경을 괴롭힐 수 없었다. 그렇게 시간은 갔다.

은지에게서 연락이 온 건 서른넷의 늦은 봄이다.

둘은 이경의 직장 근처 카페에서 만나 겨우겨우 말을 이어갔다. 지난 십삼 년간의 일을 고작 한 시간 동안 요약해서 정리할 수는 없었고, 그럴 필요도 느끼지 못했다. "자기가 날 만나줄 줄은 몰랐어요." 그렇게 고백하는 은지에게서 이경은 이상한 안도감을 느꼈다. 은지는 더이상 자신을 아프게 한 사람으로만 남아 있지 않았다.

"나는 변덕스러운 사람이었어요."

"알아요, 그 마음. 나도 그랬으니까." 이경이 답했다.

그 말을 하고 둘은 한참이나 말을 잇지 못했다. 그러다 은지는 수이의 안부를 물었다. 이경이 당연히 수이와 연락한다고 믿는 것처럼.

"십삼 년 전이 마지막이었어요."

"연락이 없었나요?"

그렇다고 말하려는데 입을 열 수가 없어서 이경은 그저 고개를 끄덕였다. 수이가 살아 있는지 죽었는지조차도 모르게 됐어요. 이경은 속으로 말했다. 둘은 커피 한 잔을 다 마시고 자리에서 일어났다. 은지와의 만남은 이경을 지난 시간으로 끌고 들어갔다. 수이는 다시 만날 수 없는 사람이었다. 한 번쯤은 마주칠 수 있지 않을까 생각했지만, 차라리 그런 우연이 없기를 바랐다.

수이는 시간과 무관한 곳에, 이경의 마음 가장 낮은 지대에 꼿꼿이 서서 이경을 향한 시선을 거두지 않았다. 수이야, 불러도 듣지 못한 채로, 이경이 부순 세계의 파편 위에 우두커니 서 있었다. 그곳까지 이경은 손을 뻗을 수 없었다. 은지를 만나지 않았다면 수이와 헤어지지 않았을까. 그 가정에 대해 이경은 자신이 없었다.

은지와 만나고 몇 달이 지나 이경은 고향집에 들렀다. 땀에 젖은 등에 티셔츠가 달라붙는 더운 날이었다. 엄마가 새로 산 스쿠터를 타고 이경은 동네를 몇 바퀴 돌았다. 이경이 안경을 수리한 안경점도, 수이와 처음 점심을 먹었던 분식집도, 심지어 수이의 집도 이미 사라진 지 오래였다. 수이의 집이 있던 자리에는 짓다 만 콘크리트 건물이 붉은 철근을 드러낸 채 방치되어 있었다. 이경은 그것들을 지나 다리로 갔다.

　이경은 다리 가운데쯤에 스쿠터를 세워두고 난간에 기대 하류로 흘러가는 강물을 바라봤다. 그곳에서, 시간으로부터 놓여난 것처럼 하염없이 강물을 바라보던 시절이 생각났다. 왜 우리는 그렇게 오래 강물을 바라보고 있어야 했을까, 서로 가까이 서지도 못한 채로.

　그곳에는 '김이경', 그렇게 자신을 부르고 어색하게 서 있던 수이가, 강물을 바라보며 감탄한 듯, 두려운 듯 '이상해'라고 말하던 수이가, 그런 수이를 골똘히 바라보던 어린 자신이 있었다. 이경은 입을 벌려 작은 목소리로 수이의 이름을 불러보았다.

　강물은 소리 없이 천천히 흘러갔다.

　날갯죽지가 길쭉한 회색 새 한 마리가 강물에 바짝 붙어 날아가고 있었다. 이경은 그 새의 이름을 알았다.

601,
602

우리 가족이 광명의 주공아파트로 이사한 건 내가 다섯 살이 되던 해였다. 광명에서 부천 역곡으로, 안산 반월을 거쳐 다시 광명으로 돌아온 것이다. 엄마 아빠의 눈에 1988년식 신축 주공아파트는 주거비 부족으로 서울에 진입하지 못하는 아쉬움을 잊을 만큼 훌륭했던 것 같다. 깨끗한 새 아파트는 연탄을 때야 했던 구식 아파트와는 차원이 달랐고, 육층 남향집 거실에는 밝은 꿀빛 햇살이 고였다.

한 층에 여덟 가구가 들어선 복도식 아파트에서 효진이는 우리 옆집에 살았다. 우린 같은 나이에 생일도 이틀 차이였고 키도 몸무게도 비슷했다. 심한 사투리 때문에 처음엔 그애가 무슨 말을 하는지 제대로 알아듣지 못했던 기억이 난다. 칠곡에 살던 효진이의 가족은 효진이 아빠가 서울에서 일을 하게 되면서 광명에 자리를 잡았다고 했다.

아주 어린 시절의 일인데도 효진이가 해준 몇몇 이야기들은 아직도 선명히 남아 있다. 천장에서 밤마다 바스락거리는 소리가 들렸는데 알고 보니 뱀이 천장에 알을 까서 어미 뱀과 아기 뱀들이 득시글했다는 이야기, 시골에는 아기들 무덤이 따로 있는데 어두운 밤에 보면 파란 도깨비불이 이리저리 날아다닌다는 이야기 같은 것들이었다. 효진이의 얘기를 듣는 순간만큼은 나도 그애를 따라 한 번도 가본 적 없는 칠곡이라는 곳으로 갔다.

효진이네 집은 적어도 한 달에 한 번은 제사를 지냈다. 제삿날이면 활짝 열어놓은 현관문 밖으로 남자들이 술을 마시고 시끄럽게 떠드는 소리가 흘러나왔고, 신발장에는 뒤축이 구겨진 구두들이 벌여져 있었다. 제사지내는 저녁이 되면 효진이는 심부름을 하러 서둘러 집으로 돌아갔다.

언젠가 엄마 심부름으로 효진이네 집에 갔을 때가 떠오른다. 더운 날씨에 그 좁은 집에서 여러 명의 어른들이 부대끼는 모습을 봤다. 고조할아버지 윗대를 기리는 제사라고 했다. 여자들은 땀을 흘리며 부엌에서 남자들이 먹을 상을 차리느라 분주했고, 남자들은 검은 정장을 갖춰 입고 선풍기 바람을 쐬고 있었다.

제사가 시작되자 모두가 입을 다물고 엄숙한 표정을 지었다. 부엌에 있던 여자들도 그때만큼은 하던 일을 멈추고 남자들의 모습을 지켜봤다. 남자들의 정장 바지는 엉덩이 부분이 반들반들했다.

정장은 검은색으로 같았지만 양말은 다 달라서 어떤 남자는 뒤꿈치 부분이 닳아 살이 비치는 검은 양말을, 어떤 남자는 회색 발가락 양말을 신고 있었다. 기준도 남자들의 대열에 나란히 서서 짐짓 어른스러운 표정을 지었다.

나는 기준을 증오했고 증오하는 만큼이나 두려워했는데 당시에는 그것이 무슨 감정인지 몰라 몸을 사리기만 했다. 그때 나와 효진이는 여덟 살, 기준은 열세 살이었다. 국민학교 1학년 아이에게 6학년 아이가 얼마나 커 보였는지, 기준은 우리 아빠나 효진이 아빠보다도 더 어른 같았다.

어른이 되어 그때 그의 모습을 사진으로 본 적이 있다. 그토록 커 보이던 기준은 그저 작고 살집 있는 어린애일 뿐이었다. 사진 속의 그는 아파트 주민 단합대회에서 마이크를 쥐고 노래를 부르고 있었다. 기억한다. 그가 능청스레 가수 흉내를 내서 모두를 웃게 했던 일을. 91년 여름밤이었고, 나는 그날을 기억한다.

그날 기준은 효진이의 어깨를 벽에 밀어붙이고 무릎으로 그애의 배를 가격했다. 내가 이해하지 못할 욕을 하면서 연속해서, 몸의 반동으로 그애를 때렸다. 맞을 때 사람의 몸에서 무언가 터지는 소리가 난다는 걸 나는 그때 알았다. 폭죽이 터지는 소리처럼 펑, 펑. 효진이는 머리를 앞으로 수그린 채로 맞고 있었다. 벗어나려고 몸부림쳤지만 그럴수록 고개가 더 꺾였다. 애를 죽이겠어. 한번 더 때렸다가는 분명 효진이가 죽으리라는 생각에 무서워져 그의 팔과 허리를 잡고 효진이에게서 떼어내리려고 애썼다. 내가 자기 몸에 달라붙자 그는 나를 향해 씩 웃어 보이고는 방밖으로 나갔다. 효진이는 두 손으로 배를 감싸쥐고 앉았다. 팔로 가린 얼굴은 보이지 않았지만 동그란 귀는 빨갛게 달아올라 있었다.

"아 잡겠다. 적당히 해라."

효진이 아빠가 심드렁하게 말했다. 효진이의 부모는 거실에서 코미디 프로를 보며 웃고 있었다. 효진이는 옷장 앞에 쭈그려앉은 채 울음이 섞인 딸꾹질을 했다.

"효진아."

"주영이, 니, 아무한테도 말하지 마라."

효진이는 눈물이 그렁한 눈으로 나를 올려다봤다.

"내, 맞구 산다꼬, 말하지 말란 말이다."

나는 효진이의 방에 가만히 앉아 텔레비전에서 개그맨들이 하는 농담과 어른들의 웃음소리를 들었다. 숨도 제대로 못 쉬고 딸꾹질을 하면서도 효진이는 눈물을 흘리지 않았다.

"약속했다."

"그래."

"느그 집에 가라."

나는 풀죽은 강아지처럼 효진이 곁을 떠나지 못했다. 효진이가 걱정되어서도 그랬지만 그 집의 공기에 위축되어서였다. 효진이의 부모와 기준이 있는 거실을 지나야 한다고 생각하자 가슴이 뛰고 속이 울렁였다.

"안 가고 뭐하노?"

효진이가 대놓고 싫은 내색을 하고 나서야 나는 그애의 방에서 나왔다.

"니 가나? 또 놀러온나!"

아줌마가 말했다. 효진이 아빠와 기준은 나를 쳐다보지 않았다.

그날 저녁, 아파트 주민 단합대회에서 기준은 코믹한 표정으로 트로트를 불렀고, 나는 웃는 사람들 가운데서 땅바닥을 보며 우두커니 앉아 있는 효진이의 얼굴을 봤다. 약속대로 나는 그날 일에 대해 누구에게도 말하지 않았다. 효진이를 위한 배려 때문만은 아니었다. 효진이와의 약속에 어떤 주술적인 힘이 있어서 내가 그 약속을 깼다가는 효진이에게 다시 그런 일이 일어날 것 같았기 때문이다. 그리고 나에게도.

나와 효진이는 같은 반은 아니었지만 학교가 끝나면 놀이터에서, 아파트 복도에서, 내 방에서 놀았고 숙제도 같이 했다. 가끔씩은 우리집에서 함께 자기도 했는데 어른들의 코 고는 소리가 들리는 한밤중까지 서로 이야기하느라 잠들지 못하기도 했다. 가끔 효진이는 울어서 부은 얼굴로 우리집에 왔다. 무슨 이유로 얼굴이 엉망인지 말할 법한데도 그애는 별말이 없었고, 시간이 지나면 오히려 더 명랑하게 이야기했다. 효진이가 아무리 숨기려고 하더라도 나는 그애의 얼굴이 왜 그런지 짐작할 수 있었다.

학교에서 효진이는 가장 똑똑한 아이였다. 월말고사를 보면 올백을 맞거나 한두 개를 틀리는 정도였다. 내가 모든 과목에서 칠십 점대 점수를 받는 것과는 달랐다. 나의 부모는 아주 뒤떨어지는 것은 아닌 수준의 점수를 받아오는 나를 걱정했다. 엄마는 서점에서 『문제은행』이라는 두꺼운 문제집을 사와 나에게 풀게 했지만 어려운 문제를 틀리고 설명을 들어도 잘 이해하지 못하는 나를 답답해했다.

엄마는 겸손의 표시로 다른 사람들 앞에서 자신의 딸을 번번이 깎아내렸다. 아줌마 앞에서 효진이를 칭찬할 때면 그 칭찬의 번제물로 나의 모자람을 바치곤 했다.

"우리 주영이는 머리가 안 좋은지 수련장을 풀게 해도 팔십 점을 못 받아요. 효진이랑 맨날 같이 노는데 타고난 머리가 달라 그런지. 벌써부터 이렇게 차이가 지면 나중엔 효진이 발끝에도 못 미치겠어요."

"가스나가 공불 잘하면 뭐에 쓸니꺼. 계집아들은 살림 밑천이라 조신하게 있다 돈이나 벌고 시집이나 잘 가면 다행 아닙니꺼. 쓸데없어예. 아 헛꿈 꾸지 말그로 그런 말씀 마시이소."

엄마는 저런 엄마 밑에서 자라는 효진이가 불쌍하다고 말했다. 요즘 저런 집이 어디 있느냐고, 딸이 쓸데없다고 말하는 집이 어디 있느냐고.

나의 아빠는 맏아들이었고, 결혼한 지 십 년이 지나도록 아들을 낳지 못한 엄마는 친인척들이 모인 자리에서 늘 은근한 지탄의 대상이 되곤 했다. 그 잘난 맏며느리, 밖에서 일한다고 살림도 소홀히 하고 아들도 낳지 못하는. 그것이 엄마 이름 김미자 앞에 붙은 무겁고도 끈적이는 수식이었다. 엄마의 일부는 그 수식이 부당하다는 것을 알고 있었지만, 그보다 더 큰 엄마의 일부는 그 수식을 수의처럼 입고 있었다. 아들을 낳지 않는 한 벗어버릴 수 없는 무거운 옷. 딸 아들 운운하며 효진이를 깎아내리던 아줌마의 말은 사실상 아들 없는 엄마의 처지를, 아무리 잘 키워봤자 그저 '가스나'일 뿐인 나를 향한 말이기도 했던 것이다.

효진이네와 우리는 이웃간의 흔한 다툼 한 번 없이 지냈다. 먹을거리를 주고받기도 하고, 복도에서 마주치면 웃으며 소소한 이야기를 나누기도 하면서. 그러나 이웃끼리 응당 그 정도는 해야 한다는 당시의 분위기를 따른 것이지, 속으로도 서로를 좋아했던 건 아니었다. 아빠는 시끄럽게 가족 모임을 하는 옆집의 유난함에 혀를 내둘렀고, 엄마는 아줌마의 교양 없음에 대해 진저리를 쳤다. 그러면서도 한편으로는 엄마나 아빠나 기준을 좋게 평가했다. 어른에게 깍듯하고 공부도 잘한다는 말이었다. 엄마 아빠 말이 맞았다. 기준은 어른들을 만나면 고개 숙여 인사했고, 넉살도 좋아서 어른들의 비위를 잘 맞춰줬다.

나와 효진이가 3학년에 올라가던 해에 기준은 중학교 2학년이 됐다. 그 무렵의 일들은 조금 더 생생하게 기억난다. 기준이 항상 앉아 있던 책상 앞에는 학력고사 수석의 인터뷰 기사가 붙어 있었고 책상 주변에는 무겁고 긴장된 공기가 고였다. 그는 자기 부모가 있을 때나 없을 때나 효진이에게 욕을 했다. 효진이가 어떤 행동을 해서가 아니라, 습관적으로 하는 말 같았다. 자기 힘으로 막을 수 없는 발작이나 경련 같은 것처럼.

어느 날, 효진이네 식탁에 앉아 있을 때였다. 그가 손으로 효진이의 머리를 쳤다. "밥충이 같은 년." 그는 우리를 지나서 냉장고로 갔다. "니가 먹었나. 내 우유. 니가 먹었제." 그러고는 다시 효진이에게 와서 아까처럼 손으로 그애의 머리를 툭툭 쳤다. 붉어진 얼굴의 효진이는 눈을 아래로 깔고 내 시선을 피했다. 그는 집요하게 효진이의 머리를 쳤다.

"그래. 내가 먹었다." 효진이가 자리에서 일어나 소리쳤다. 그 모습을 본 기준은 나와 효진이를 번갈아 보며 웃었다. 텔레비전을 보던 아줌마가 부엌 쪽으로 걸어왔다.

"시끄럽다. 이기 어디서 큰소리고, 큰소리는." 아줌마가 말했다. "아가 억세서 이런 걸 누가 데려가겠노."

아줌마는 중학교에 들어간 기준을 어른 대하듯 했다. 동등한 존재로서 존중한다는 의미가 아니라, 자기보다 높은 사람으로 모신다는 느낌이었다. 기준은 아랫사람 대하듯 자기 엄마에게 충고를 늘어놓고 큰소리를 치기도 했다. 내 눈에는 그가 마치 작은 효진이 아빠처럼 보였다. 효진이 아빠도 아줌마에게 그렇게 소리치곤 했으니까. 그럴 때면 아줌마는 아들의 기분을 살피며 머쓱한 웃음을 짓곤 했는데 그 이상한 웃음이 아들에 대한 노골적인 굴종의 포즈라는 것을 나는 나중에야 이해하게 됐다.

시간이 지나면서 효진이네 집에는 좀처럼 가지 않게 됐다. 기준이 나에게 따로 해코지를 한 적은 없었지만 내가 있는데도 효진이를 위협하고 자신의 엄마를 함부로 대하는 태도에서 나를 향한 부정적인 감정이 느껴져서였다. 그의 공격성에는 일종의 징그러움이 있었다.

우리가 처음으로 같은 반이 된 건 4학년 때의 일이다. 자기 집안의 분위기와 관계없이 효진이는 점점 빛나는 아이가 되어가는 것 같았다. 반에서 효진이는 누구보다도 눈에 띄는 아이였다. 공부도 잘하고 운동도 잘하고 그림도 잘 그렸지만 무엇보다도 그애에게는 사람을 끌어당기는 타고난 매력이 있었다. 같은 반이 된 후 효진이는 학교에서 나를 여러 친구 중 한 사람으로 대했다. 나를 바라보고, 내 말에 대답하는 방식이 그애의 완벽해진 서울 억양만큼이나 낯설고 차가웠다. 그러다가도 학교가 끝나면 우리집 초인종을 누르고 내게 다정하게 말을 걸었다.

어느 수업 시간에 우리는 자기 가족과 가훈을 소개해야 했다. 나는 가족사진을 붙인 도화지에 사인펜으로 가족 소개글과 엄마가 급조한 가훈을 써서 코팅한 것을 학교에 가져갔다. 부모님이 맞벌이를 하고 형제가 없다는 말을 하는 것이 부끄러웠던 기억이 난다. 가족을 소개한 종이는 학급 게시판에 붙여졌다.

효진이는 발표를 잘했다. 두려워서 떨리는 목소리로 겨우겨우 말하던 나와는 달리 여유로운 효진이의 발표에는 아이들이 책상을 치며 웃게 하는 유머가 있었다. 효진이는 가족사진을 붙인 소개글을 가리키며 발표를 했다.

"우리 가족은 경상북도 칠곡에서 올라왔습니다. 저 빼고는 모두 경상도 사투리를 써요."

그애는 그렇게 말하고는 경상도 사투리 시범을 보였다. 애들은 눈물이 나도록 웃으며 효진이의 발표를 들었다. 효진이의 입에서 묘사된 효진이네 가족은 모두가 부러워할 만한 사람들이었다. 성실하고 재미있는 아빠, 조건 없이 자길 좋아해주는 엄마, 늘 유쾌하고 친구처럼 지내는 오빠.

효진이의 그 태연한 표정을 보며 나는 효진이가 그 순간만큼은 자기가 하는 말을 믿고 있다는 걸 알 수 있었다. 표정 하나 바꾸지 않고 거짓말을 하는 효진이가 미우면서도 그 거짓말을 이해할 수밖에 없었으므로 나는 그애를 가만히 바라보기만 했다. 효진이는 자신을 향한 가족의 관심과 사랑이 귀찮아서 그 소중함을 몰랐던 적이 많았다며 앞으로 착한 딸, 착한 동생이 되겠다는 말로 발표를 끝마쳤다.

학급 게시판에 붙어 있는 효진이의 가족사진은 완벽한 가족의 한때를 붙잡아놓은 것처럼 보였다. 유원지에서 찍은 그 사진 속에서 네 사람 모두 카메라를 바라보며 활짝 웃고 있었다. 효진이는 누구보다도 즐거워 보였다.

그해 겨울방학부터 우리는 도서 대여점에서 『윙크』『밍크』 같은 만화 잡지와 이미라, 원수연의 단행본을 빌려 읽었다. 만화 속 인물들은 커다란 눈에 별빛을 담았고, 저속함과 남루함과는 한참이나 동떨어진 아름다운 세계에 속해 있었다. 그 만화들을 읽으며 우리는 어쩐지 하늘에 붕 뜬 것처럼 우쭐하고 어지러운 고학년의 세계로 진입했다.

효진이네 집에서의 만남은 뜸해지다가 그즈음 거의 끊어졌다. 기준이 고등학교에 들어가면서 집에서 웃고 떠들어서는 안 된다는 규칙이 생겨서였다. 나 또한 그 집 안에서 느껴지는 무거운 공기를 피하고 싶었다. 엉덩이 부분이 반들반들한 바지를 입은 남자들은 여전히 한 달에 한 번씩 효진이네 집에 찾아와 제사상에 절을 했지만 늦게까지 술을 마시지는 못했다. 기준의 공부에 방해가 되어서는 안 되었기 때문이다.

한번은 집으로 돌아가는 길가에서 기준을 본 적이 있었다. 친구들의 장난에 수줍은 미소로 몸을 사리는 모습이 선해 보였고, 기본적으로 배열이 잘된 이목구비가 호감 가는 인상을 줬다. 내가 그를 바깥에서 알았다면 누구보다도 먼저 그에게 반했을지 모르겠다는 생각을 했다. 저 선량한 얼굴로 집에 들어가서 엄마와 동생에게 폭언을 하고 자기 마음 내킬 때마다 동생을 때린다는 사실을 이해할 수 있는 방법은 세상 어디에도 없었다.

그리고 엄마가 우는 밤이 있었다. 수도꼭지 트는 소리, 코를 푸는 소리가 전부였지만 나는 엄마가 거의 매일 밤 울고 있다는 걸 알았다. 엄마 아빠는 내게 아무 말도 하지 않았지만 나는 그게 무슨 문제 때문인지 어렴풋이 짐작하고 있었다.

작은 숙모는 딸을 둘 낳고 결혼 칠 년 만에 아들을 출산했다. 하도 오랫동안 아이가 생기지 않아 더는 오가지 않던 이야기가, 작은 숙모의 출산 후, 자연스럽고 노골적으로 어른들 사이에 돌았다. 엄마는 작은 숙모에게 축하한다고 말하고 아기를 귀여워했지만 그 웃음에는 언제나 자기 처지에 대한 난처함이 깃들어 있었다.

"너가 착하게 굴어야지 엄마가 아들 낳지."

할머니는 엄마가 보는 앞에서 나에게 그런 식으로 말했고, 나는 그게 엄마를 괴롭히는 말이라는 것을 느끼면서도 마땅히 대답할 말을 찾지 못해서 할머니를 더 미워할 수밖에 없었다. 엄마는 그 새로운 분위기 속에서 쩔쩔맸다. 아줌마의 고루함을 비웃던 엄마도 꼭 아들이 필요하다는 어른들의 말에 심정적으로 동의하고 있었던 것이다.

"자꾸 여자애가 들어서더래. 그래서 계속 지웠다나봐. 응. 두 번

지웠대. 그렇게까지 해서라도 대를 이어야 했다고 말하는 거야. 아버님은 첫 손자라고 얼마나 예뻐하시는지…… 응. 주영이는 자고 있어……"

아니, 나는 자고 있지 않았다. 따뜻하고 귀여운 사촌동생의 탄생 이야기는 내가 들었던 그 어떤 말보다 비정하고 아팠다. "아들이 뭐라고." 그렇게 말해왔으면서도 결국 엄마가 속한 세계는 그런 곳이었다. 자식 사랑하지 않는 부모가 어디 있니, 어른들은 내게 그렇게 말했지만 그 말조차 완전한 진실은 아니었다. 어른들은 사람을 해쳐서는 안 된다고 했고, 아무것도 훔치지 말라고 했으면서, 아들을 얻기 위해서라면 어떤 짓이든 할 수 있는 사람들이었다. 모두 한통속이었다. "너희 할아버지는 네가 딸이라고 처음엔 쳐다보지도 않으셨단다." 이런 이야기를 하며 웃던 친척들의 웃음을 나는 곱씹어보았다.

효진이는 문이 닫힌 방 안에서 셀 수도 없이 맞았던 것 같다.

그애가 기준에게 얻어맞는 모습을 다시 본 건 5학년 여름이었다. 효진이에게 빌린 만화책을 가져다주려고 찾아간 날이었다. 기준의 방에 효진이가 있다는 아줌마의 말을 듣고 문을 열자, 교복 차림의 기준이 그애를 바닥에 눕혀놓고 뺨을 때리고 있었다. 그는 한 손으로는 효진이의 티셔츠 목 부분을 잡고 다른 손으로는 때리면서 욕을 했다. 효진이는 작은 편에 속했고 그는 덩치가 큰 남자였다. 그는 내가 방에 들어온 걸 아는지 모르는지 계속 효진이를 때렸다.

"그만, 그만해요."

그를 효진이에게서 떼어내려고 노력했지만 내 완력으로는 상대할 수 없었다. 나는 거실로 갔다.

"아줌마, 지금 효진이 맞고 있어요. 가서 좀 말려보세요."

아줌마는 피곤하다는 듯이 소파에 누워서 내 말에 대답하지 않았다.

"아줌마, 효진이 맞는다고요."

"맞을 짓을 했으니까 맞겠지."

"네?"

"주영이 니는 말이 너무 많다. 오라비가 지 동생 단도리한다는데 니가 무슨 관계고. 몇 대 맞는다고 안 죽는다."

"아줌마!"

"아가 말이 많아 쓰나. 골 아프게스리."

아줌마는 자려는지 눈을 감았다. 나는 다시 기준의 방에 갔다. 그는 효진이의 몸 위에서 내려와 이번에는 웅크린 효진이를 발로 차며 욕했다.

"내가, 니를 보면, 속이, 시끄럽다, 안 하나, 쓰잘데도 없는, 밥충이 년, 같은 게."

기준의 방에 매운 공기가 가득했다. 무언가 내 머리를 쾅 치고 지나가는 것 같았다. 앞이 하얗게 보였다.

나는 그의 책장에 전시된 로봇 장난감을 바닥으로 던졌다. 로봇의 일부가 부서져 바닥에 뒹굴었다. 그때까지도 그는 효진이를 때리느라 무슨 일이 벌어졌는지 제대로 알지 못했다. 나는 로봇 두 개를 양손에 들고 벽에 집어던졌다. 로봇이 산산조각나자 그제야 그는 효진이의 몸에서 떨어졌다.

"이기 뭐꼬?"

그는 부서진 로봇을 쥐고 나를 쳐다봤다. 나는 보란듯이 나머지 로봇 하나도 바닥에 집어던졌다. 어느새 아줌마까지 와서 넋이 나간 표정으로 나를 바라보고 있었다.

"이기 미쳤나."

화를 낸 건 오히려 아줌마였다. 기준은 지금 자기가 어떤 상황에 처했는지 이해하지 못하는 표정이었다. 나는 발길을 돌려 집으로 갔다. 방에 들어오고 나서야 긴장이 풀리고 다리의 힘이 빠지면서 울음이 터졌다.

나는 방으로 온 엄마에게 모든 이야기를 다 했다. 기준이 어떻게 효진이를 때리고 욕하고 괴롭혀왔는지, 효진이의 부모가 그 모든 것들을 얼마나 태연하게 방관하고 있었는지에 대해서. 엄마는 무표정하게 내 이야기를 듣더니 말했다.

"남의 집 일에 나서는 거 아니야."

"엄마."

"네가 나선다고 뭐가 달라져?"

"그래도 엄마……"

"오늘 넌 그저 운이 좋았을 뿐이야."

그 말을 하는 엄마의 입술이 일그러졌다.

"넌 여자애야."

엄마는 미간을 찌푸린 채로 나를 바라보다 밖으로 나갔다. 엄마는 거짓말을 했어. 엄마는 늘 친구를 도와야 한다고 했지. 옳은 일을 해야 한다고. 나는 슬픔 속에서도 엄마의 반응에 분노를 느꼈다. 외로움이 서린 분노였다. 나는 나중에 아줌마에게서 엄마가 로봇을 부순 것에 대한 보상을 했다는 말을 들었다. 보상금은 어린 내가 상상할 수 없는 액수였고, 나는 깊은 죄책감을 느낄 수밖에 없었다.

얼마 지나지 않아 엄마는 오래 다니던 직장을 그만뒀다. 그것이 임신을 위한 퇴사였다는 것을 나는 나중에 친척들에게 들어 알았다. 에미가 되어서 돈 번다고 애를 방치한다는 말을 듣던 엄마는 막상 직장을 관두고서는 남편 잘 만나 집에서 속 편하게 노는 여자라는 말을 들어야 했다.

그 사건이 있은 후로 효진이의 부모는 효진이가 우리집에 놀러 오는 것을 금지했고, 우리는 조금 서먹해진 채로 아파트 광장이나 학교 놀이터에서 잠깐 만나는 것으로 서로에 대한 마음을 달래야 했다. 그리고 그해 가을, 효진이는 칠곡으로 떠났다.

서울에서 돈을 모으는 데 성공한 효진이 아빠가 칠곡에 주유소를 차렸다는 것을 나는 엄마를 통해 들었다. 나는 효진이가 그 사실을 내게 직접 이야기하기를 기다렸지만 효진이는 아무 일도 없는 것처럼 굴었다. 전학 가기 이틀 전에야 효진이는 우리집 초인종을 눌러 나를 불러냈다.

우리는 도서 대여점에 가서 다 읽은 만화책을 반납하고 우리가 자주 가던 팬시점에 들러 편지지와 소품들을 구경했다. 돌아오는 길에는 놀이터에 들러 뺑뺑이를 탔다. 내가 타면 효진이가 돌려주고, 효진이가 타면 내가 돌려주는 식으로 놀았다. 이사에 대해서는 아무 말도 하지 않은 채로. 손에서 쇠냄새가 나고 어지러워 속이 울렁거릴 즈음 우리는 놀이터를 떠났다.

"나 방학에 놀러올게. 전화는 못한대. 비싸다더라."

"그러면."

"편지 보낼게. 가자마자 보낼게."

나는 새끼손가락을 내민 효진이의 손을 치우고 울면서 집으로 돌아갔다.

우리는 중학교에 들어가서도 편지를 주고받았다. 나는 그때 처음으로 글을 썼다. 숙제로 일기나 독후감을 쓰긴 했지만 그것은 순전히 억지에 불과했음을 나는 효진이에게 편지를 쓰며 깨달았다.

생일에는 라디오에서 나오는 좋은 노래를 녹음한 믹스 테이프와 효진이가 좋아하던 꿈틀이 젤리를 소포로 보내기도 했다. 그러나 그런 식의 교류는 애초에 오래갈 수 없는 것이었다. 우리는 하루하루 다른 사람이 되어가고 있었다. 얼굴과 몸이 변하고 키가 자라고 세상을 이해하는 방식이 변해서 고작 일 년이 지났을 뿐인데도 일 년 전의 일이 아주 멀게 느껴지기도 했다. 우리의 편지는 중학교 1학년이 끝날 무렵 끊어졌다.

나는 내가 효진이와 전혀 다른 사람이라고 오래도록 생각해왔다. 그애가 처한 상황을 보며 그런 집에서 태어나지 않았다는 사실에 안도하기도 했고, 그애가 자기 자존심을 지키기 위해 애쓰는 모습에 반감을 느끼기도 했다. 그러면서도 내가 그애보다 나은 처지라는 것을 스스로에게 확인하기를 원했다.

"엄마가 아들을 낳았어. 나에게도 남동생이 생겼다." 나는 효진이에게 보내는 마지막 편지에 그렇게 썼다. "이제 우리는 누구보다도 행복해질 거야. 우리는……"

지나가는 밤

주희의 집은 생각보다 컸다. 거실과 큰 방이 있었고 오래된 화장실에는 욕조도 딸려 있었다. 빛이 잘 들지 않아 대낮인데도 저녁인 것처럼 어둑했다. 윤희는 트렁크를 거실 한쪽에 놓고 집을 구경하기 시작했다.

썰렁하리만큼 세간이 적은 집이었다. 자질구레한 물건은 전혀 찾아볼 수 없었고, 커다란 가구라고는 장롱이 유일했다. 거실에는 3단 책장 하나, 다리를 접어 한쪽에 세워놓은 플라스틱 밥상 하나가 놓여 있었다. 커튼도 달려 있지 않은 창문은 지문 자국 하나 없이 깨끗했다. 베란다에는 청소기와 쓰레기통, 그 옆으로 수건처럼 깨끗한 걸레가 보였다.

작은 밥솥에는 쌀밥이, 냉장고에는 맑은 콩나물국과 고추장아찌, 볶음김치, 장조림이 있었다. 모두 윤희가 좋아하는 것들이었다. 윤희는 텅 빈 거실에 상을 펴고 밥과 반찬을 그릇에 담아 천천히 먹기 시작했다. 맞아. 주희는 음식을 맛있게 잘했지. 얼마 만에 먹어보는 주희의 밥인지 알 수 없었다. 입맛이 돌아 밥을 반 공기 더 먹고 윤희는 바닥에 누웠다. 밥 먹었으면 설거지해야지, 그러다 소 된다, 언니. 주희의 목소리가 들리는 것 같아서 윤희는 일어나 설거지를 시작했다.

주희는 일 년 전 이맘때 이혼했다. 여섯 살짜리 아이의 양육권은 전남편에게 갔다. 전남편과 그의 가족이 약속을 어기고 아이를 보여주지 않아 주희는 가정법원에 면접교섭 이행 명령을 신청한 상태였다. 시청역 근처 우동집에 앉아서 주희는 그 이야기를 천천히 했다. 무슨 수를 써서라도 아이를 다시 보고야 말 거라고 이야기하면서 어색하게 웃었다. 그 얼굴을 보고 무슨 말을 해야 할지 몰라 윤희는 물만 들이켰다.

"내가 또 속상하게 했지." 주희의 말에 윤희는 고개를 저었다. 주희가 결혼 생활을 한 약 오 년 동안 윤희는 미국 유학중이었고 주희의 삶에 대해서는 애써 무관심해지려 노력했었다. 주희의 결혼에 대해 자신이 왈가왈부할 입장이 아니라 생각했고, 사는 모습이 속상해 돌아보고 싶지도 않아서였다. 이기적인 선택이라는 것을 알면서도 그랬다.

유학을 가기 전, 좋은 마음으로 밥을 먹으러 나간 자리에서 주희는 아이를 가졌다고 고백했다. 벌써 칠 개월에 접어들었다고. 그 말을 전하는 주희의 얼굴에 순진한 미소가 어렸다. 주희의 남자친구는 주희보다 열두 살 많은 제약회사 영업사원이었다. 주희는 웃으며 "오빠가 나한테 참 잘해줘"라고 말했다. 이미 남자의 집에 들어가 살기 시작했다고, 결혼식은 생략하고 혼인신고만 하고 같이 살 거라고 했다. "언니도 오빠 만나봐."

그게 시작이었다. 중국집 홀에서 둘은 말다툼을 했다. 윤희는 주희의 무책임함과 순진함에 대해 신랄하게 비난했고, 주희도 지지 않고 맞받아쳤다. 윤희는 고작 십 분 뒤면 후회할 모진 말들을 내뱉었다. 처음에는 윤희의 말에 대응하던 주희가 밥값을 식탁 위에 올려놓고 밖으로 나갔다.

"언닌 그냥 내가 쪽팔린 거잖아. 항상 그랬잖아."

그것이 윤희가 유학 가기 전, 주희에게 들은 마지막 말이었다. 뱉었던 말은 후회스러웠지만 윤희는 주희에 대한 분이 풀리지 않았다. 그애의 충동적인 선택에, 자기에게 조금이라도 잘해주는 남자라면 무조건 마음을 열고 보는 어리석음이 초래한 결과에 분노가 치밀었다.

윤희가 유학 생활에 적응해나가는 동안 주희는 아이를 낳고, 아이 이름을 짓고, 남편과 아이와 함께 동물원으로 소풍을 가고, 남편의 가족 행사에 참여했다. 윤희는 그 모든 과정을 주희의 페이스북 게시물로 확인했다. 가끔 '좋아요'도 눌렀지만 댓글은 달지 않았다.

유학 간 지 이 년이 지났을 무렵에 주희에게서 페이스북 메시지가 왔다.

─언니, 잘 지내?

미색 말풍선에 적힌 검은 글자를 윤희는 물끄러미 바라봤다. 화면에는 메시지를 작성하는 중이라는 뜻의 회색 말풍선이 보였다. 오랜 시간, 회색 말풍선은 부풀어올랐다가 사라지고, 다시 부풀어올랐다 가라앉았다.

─잘 지내. 너도 잘 있지?

이번에 주희는 활짝 웃고 있는 얼굴 이모티콘을 보냈다.

─응. 하윤이도 이제는 많이 컸고. 나도 좋아, 언니.

주희는 그렇게 말하고 아이 사진 여러 장을 보냈다. 짱구 이마에 작은 이목구비, 통통한 볼, 맑은 침을 흘리며 웃고 있는 해사한 표정의 아이 모습들을.

─아이 예쁘다. 잘 지내는 것 같아 좋아.

윤희는 지금 한국 시간이 새벽 세시 반이라는 사실을 떠올렸다. 그후로도 그 시간쯤에 종종 주희는 메시지를 보냈다. "언니, 잘 지내?"

대화라고 할 것도 없었지만 윤희는 그런 메시지를 주고받은 날이면 어쩐지 기운이 났다. 윤희가 먼저 말을 건 적은 없었다. 아무도 도와주는 사람 없이 혼자 육아를 하는 것이 얼마나 고되냐고 마음을 토닥여주는 말 한마디도 하지 못했다. 왜 이 새벽까지 자지 않고 있는지, 혹시 잠을 잘 수 없는 건 아닌지, 기댈 구석 하나 없는 결혼 생활이 어떤지 묻고 싶었지만 그럴 수도 없었다. 자신에게 그럴 자격이 없다는 생각이 커서였다.

　주희의 거실 책장에는 어학 책들이 꽂혀 있었다. 『영단어 3000』 『입을 떼는 잉글리시 스피킹』『초급 중국어 노하우』『탄탄 니혼고』 같은 책들이었다. 책을 펼쳐보니 연필로 줄을 긋고 메모한 흔적이 가득했다. "invoice-송장" 옆에 "시체가 아님"이라고 써놓는 식의 메모였다. 스프링 연습장에도 단어를 가득 적어놓았다. 한국어로 예문을 적고, 그것의 영어 문장을 빼곡히 써내려간 노트도 있었다. "형제가 있나요?" "네. 언니가 있습니다." "취미가 뭐예요?" "취미는 산책이에요." "하와이에 가보았습니까?" "아니요. 하지만 가보고 싶습니다." 혼자 밥상 앞에 앉아 이런 문장들을 적어내려갔을 주희의 모습이 눈에 그려졌다.

　윤희는 작년에 사회학 박사학위를 받고 시카고에 있는 한 연구소에서 포스트 닥터로 일하고 있었다. 임시직이어서 계약이 끝나면 갈 곳이 없는 상황이었다. 미국과 한국의 대학들에 서류를 보냈지만 면접까지 올라가기가 어려웠다. 그러다 서울의 한 대학에서 면접을 보러 오라는 연락을 받고 허둥지둥 짐을 쌌다.

　학위를 받았지만 윤희는 어느 때보다도 허전했다. 무언가를 이

룬 게 아니라 잃은 것 같은 기분이었다. 가장 큰 성취를 이루었을 때조차 그 순간을 즐기지도, 자신을 격려하지도 못하는 자기 모습이 익숙하고 한심했다. 그렇다고 이런 감정을 털어놓을 수 있는 사람이 있는 것도 아니었다. 윤희의 곁에는 아무도 없었다.

오 년 반 만의 서울행이었다. 다니던 대학 근처 모텔에 방을 잡아두고 만나야 할 사람 몇 명을 만났다. 일주일 일정이었고, 넷째 날에 면접을 보는 스케줄을 잡았다. 주희를 보고 갈까도 생각했지만 엄두가 나지 않았다. 어렵고, 어색했다. 반년 전쯤 주희가 페이스북을 탈퇴한 후로는 메시지를 주고받는 시간도 사라졌다. 면접을 보고 나오는데 카톡이 하나 왔다.

ㅡ언니 지금 서울이야?

주희였다. 카톡 프로필에 써놓은 한국 체류 기간을 보고 연락을 준 것 같았다. 머리를 하나로 묶고 창밖을 응시하는 주희의 옆모습이 프로필 사진으로 보였다. "친구로 등록되지 않은 사용자이니 메시지에 주의하세요." 윤희는 친구 추가 버튼을 눌렀다. 새로운 친구 명단에 주희가 등록됐다.

ㅡ시간 되면 밥이나 같이 먹자.

둘은 하루 뒤에 주희의 직장 근처인 시청역에서 만나 점심을 먹기로 했다.

처음 본 신시청사는 구시청사를 곧 덮칠 파도 같았다. 대낮의 햇빛을 받아 번쩍이는 유리 건물을 보지 않으려고 윤희는 프라자 호텔 쪽을 응시했다.

"언니!" 주희의 목소리가 분명한데도 윤희는 그쪽으로 고개를 바로 돌리지 못했다. 상황에 맞는 표정을 지으려고 애쓰고 있을 때 주희가 눈앞에 나타났다. 윤희의 얼굴을 보는 주희의 눈자위가 붉었다.

오 년 반 사이에 주희는 다른 사람이 된 것 같았다. 긴 시간이라고는 하지만 그래봤자 스물셋에서 스물여덟이 되었을 뿐이다. 아직 이십대였고 옅은 화장에 염색하지 않은 긴 머리를 하나로 묶은 모습에서 어린 태가 났다. 그런데도 자신의 눈앞에 앉아 있는 주희가 윤희는 낯설었다. 한 톤 낮아진 목소리에 조금 부드러워진 말투, 감정적으로 동요될 만한 이야기를 하면서도 덤덤한 모습이 그랬고, 윤희가 말을 할 때 끊지 않고 끝까지 들어주는 모습이 그랬다.

윤희가 모텔에서 지내고 있다고 하니 주희는 마지막날이라도 자기 집에서 지내라고 말했다. 거실 하나에 방 하나여서 따로 공간도 있고, 조금만 걸어나가면 공항버스 정류장도 있다고 윤희를 설득했다. 우리가 그 정도 사이가 되는 걸까, 묻고 싶었지만 그 제안을 받는 순간 가슴이 뛰었고, 예상치 못했던 감정의 동요가 당황스러웠다.

윤희도, 주희와 함께 있고 싶었다.

오 년 반 전, 윤희와 주희가 싸웠던 날은 엄마의 기일이었다.

엄마가 좋아하던 중국집에 가서 요리를 시켜놓고 같이 술을 마시는 것이 윤희와 주희가 엄마의 기일을 보내는 방식이었다. 생전의 엄마는 말술이었다. 유리잔에 캔맥주를 따라서 벌컥벌컥 마셨고, 정종을 큰 병째로 사서 저녁 반주로 곁들였다. 기분이 내키는 날에는 소주를 물컵에 따라 마셨다. 퇴근한 복장 그대로 술을 마시고는 발냄새를 풍기며 냉장고에 기대어 자던 때도 많았다. "윤희야, 엄마 양말 좀 벗겨줘. 엄마는 있잖아, 우리 똥강아지들이 너무 좋아." 술주정을 하며 자신을 품으로 끌어당기는 완력이 얼마나 셌는지 숨이 막힐 정도였다.

엄마는 호텔에서 메이드 일을 했다. "너희 엄마는 일당백이야." 엄마의 직장 동료들은 엄마를 그렇게 칭찬했다. 키가 크고 힘이 좋아서 둘이 해야 할 일을 혼자서도 잘하고 웬만해서는 지치지도 않는다는 말이었다. 돌이켜 생각해보면 그 말은 반만 맞았다. 엄마는 휴일이 되면 죽은 사람처럼 내리 잠만 잤으니까. 저녁마다 술을 마신 것도 엄마 나름대로 고단함을 씻는 방법이었을 거라고 윤희는 생각했다.

밤 열시가 되어서야 주희는 집에 돌아왔다. 주희는 구두를 벗으면서 현관 앞으로 나온 윤희에게 어색하게 웃어 보였다. 둘은 나란히 거실로 가서 바닥에 앉았다.

"이러니까 꼭 옛날 같다." 주희가 말했다.

"그러게."

"어디 불편한 건 없어? 집이 좁아서."

"술 없어서 사다놨지."

"아."

"좀 마실래?"

"아니야, 언니. 나 이제 술 안 마셔. 끊은 지 일 년 정도 됐어. 언니 마셔. 컵 줄까?"

"그랬구나. 그럼 나도 됐어."

주희는 방에 들어가서 옷을 갈아입고 나왔다.

"언니도 왔는데 기분이지. 한잔 마시자."

둘은 작은 밥상을 펼쳐놓고 마주앉아 장조림과 조미김을 안주로 삼았다. 대체 무슨 이야기를 해야 하는 건지 감이 오지 않아서 둘은 서로의 눈치만 보고 있었다.

한때, 서로가 사무치게 미워서 말을 하지 않았던 시기가 있었다. 엄마가 죽고 일 년도 지나지 않아서였다.

윤희가 갓 대학생이 되고, 주희가 중학교 3학년에 올라가던 때였다. 윤희가 보기에 그때 주희는 이미 궤도를 벗어나 있었다. 지각과 조퇴를 자주 했고 술 담배에도 손을 댔다. 남자애들과 술집에서 서로 만지고 키스하는 사진을 수업 시간에 돌려보다가 교사에게 걸렸다. 윤희는 자신의 모교이기도 한 주희의 중학교에 가서 자신을 아끼던 교사들에게 고개를 숙이고 동생에 대한 선처를 빌었다. 주희는 일주일간 유기정학을 당하고 학교 청소를 하는 벌을 받았고, 윤희는 처벌의 수준에 감사해야 했다.

교문 밖으로는 벚나무가 길게 심어져 있었다. 그 길을 주희는 발랄하게 걸어갔다. 정학 처분을 받은 게 대수롭지 않은 일이라는 것처럼. 언니, 난 이런 일 같은 건 아무렇지 않아, 라고 과시하는 것처럼. 주희는 벚나무를 올려다보면서 히죽 웃기까지 했다. 짧은 교복 치마를 입고, 오리 캐릭터가 그려진 발목 양말에 삼선 슬리퍼를 신고 지그재그로 걸어가는 주희의 모습을 보면서 윤희는 피로를 느꼈다.

단 한순간도 윤희는 동생을 이해할 수 없었다. 어떻게 밥먹듯이 결석할 수 있는지, 어떻게 공부도 안 하고 시험을 볼 수 있는지, 왜 얼빠진 애들이랑 어울려 다니면서 자정이 넘어서야 집에 돌아오는지, 대체 그런 식으로 살아서 어떤 미래를 바라는 것인지. 화를 내도, 설득을 해도 주희는 요지부동이었다.

학교에서 돌아온 주희는 티브이를 큰 소리로 틀어놓고 가요 프로그램을 봤다.

"넌 아무렇지도 않아?"

주희는 윤희의 말에 대꾸하지 않았다. 윤희의 말이 들리지도 않는 것처럼 두 손으로 턱을 괴고 티브이만 응시했다.

윤희는 손에 잡히는 모든 것을 주희에게 던졌다. 주희의 책가방, 주희가 빌려온 비디오테이프, 주희가 초등학생 때 만들었던 지점토 연필꽂이, 슬리퍼, 윤희의 플라스틱 파일철 같은 것들을. 주희는 피하지 않았다. 두 손으로 머리를 움켜쥐고 자신에게 날아오는 것들을 맞으며 울고 있었다.

그로부터 일 년 정도, 둘은 같은 집에 살면서도 말을 섞지 않았다. 꼭 해야 할 말이 있으면 쪽지에 써서 식탁에 던져놓았고, 집에서 마주쳐도 서로가 보이지 않는 것처럼 행동했다.

고등학교에 진학하면서부터 주희의 생활은 조금씩 잠잠해졌다. 밖으로 나돌지 않고는 못 견디던 아이가 음악을 크게 틀어놓고 방 안에 머무는 생활을 시작했다. 일주일에 이틀은 돈가스집에서 저녁 아르바이트를 하기도 했다. 윤희에 대한 이해할 수 없는 냉소와 증오도 시간이 지나면서 조금씩 흐려졌다. 그 무렵부터는 서로 얼굴을 보고 말할 수 있었지만, 그렇다고 해서 다른 자매들처럼 허물 없이 서로를 대할 수 있는 건 아니었다.

주희는 고등학교를 졸업하고 백화점 화장품 매장에 취직했다. 윤희가 대학원 석사과정에 입학한 것도, 집주인이 전세금을 무리하게 올려달라고 요구했던 것도 그즈음이었다. 엄마와 셋이 같이 살던 집은 윤희의 대학원에서도 두 시간 거리였고, 주희의 직장에서도 한 시간 반 거리였다. 차라리 전세금을 빼서 각자의 집을 구하는 게 나으리라고 그때의 윤희는 생각했고, 주희도 그 생각에 동의했다.

윤희가 스물넷, 주희가 스물이던 그해 가을, 둘은 엄마와 같이 살던 그 집을 나왔다. 그때는 몰랐지만 동거가 끝나자 윤희와 주희의 관계를 이어줄 마지막 명목조차 사라졌다. 형식적으로나마 남아 있던 일말의 유대가 끊어지자 둘은 더욱 데면데면한 사이가 됐다. 엄마 기일에 만나 밥을 먹고 서로의 생일에 짧은 문자를 보내는 것이 고작이었다.

"집이 조용하다." 한참의 침묵 뒤에 윤희가 먼저 입을 열었다.

"그치? 바로 앞이 대로인데도 이 골목이 유난히 조용해. 북향인 거 빼고는 집이 참 좋아. 어차피 낮에는 집에 없으니까."

"일은 안 힘드니."

"할 만해. 애 키우고 보니까 밖에서 하는 일들은 그렇게 힘든 것도 아니더라구."

"사대 보험은 보장해주고?"

윤희의 말에 주희는 재미있는 이야기를 들었다는 듯 웃었다.

"당연히 안 되지. 언니, 나 같은 학력에 경력은 단절됐지, 나이가 어린 것도 아니고 누가 사대 보험까지 들어주면서 날 쓰겠어. 다들 이러고 일해." 주희는 왜 말도 안 되는 걸 물어보느냐는 듯이 이야기를 이어갔다. "요즘은 대학 나온 어린 애들도 일할 곳이 없는데, 이 자리 잡은 것도 운이지."

그렇게 말하고 주희는 잔에 든 맥주를 한 모금 마셨다. "진짜 맛있네." 거품을 입술에 묻히고 웃는 얼굴에 어린 시절의 표정이 남아 있었다.

주희는 자신이 일하는 숍에 대해 이런저런 이야기를 했다. 데스크에서 손님들을 받고, 음료수를 대접하고, 전화와 인터넷으로 예약을 받는 것이 주희의 일이었다. 업장 청소, 화장실 청소, 설거지 같은 일도 맡아 한다고 했다.

"작은 업장은 원래 다 이렇거든."

주희의 말에 윤희는 고개를 끄덕였지만 그곳에서 일하는 주희의 모습이 잘 그려지지는 않았다. 주희의 말을 들으면서도 그 말을 제대로 체감할 수가 없었다.

"근데 요즘 외국인 손님들이 많이 와서. 중국이랑 홍콩 손님들. 아. 얼마 전에는 캐나다에서 온 손님도 있었어. 근데 말이 안 되니까…… 요즘은 피부관리숍 직원들 영어 중국어 일본어는 다 기본이야. 그런 애들이 차고 넘치는데 내 자리가 불안하더라구. 내가 사장 입장이라고 해도. 그냥 중국어 몇 마디, 영어 몇 마디 더듬더듬."

주희는 냉장고에서 콩나물국 냄비를 꺼내더니 가스레인지 위에 올려놓고 불을 붙였다. 그러고는 가스레인지 앞에 서서 입을 다물었다. 겨우 시작된 대화가 다시 끊기자 어색해져서 윤희는 국 끓는 소리와 냉장고 돌아가는 소리에 고마움을 느꼈다. 윤희는 벽에 등을 붙이고 앉아서 맞은편 바닥에 놓인 마른걸레에 시선을 뒀다. 이곳에서 하룻밤을 자기로 한 것이 무리한 결정이었다는 후회를 하면서. 세상에 주희보다 더 어렵고 어색한 사람은 없겠지. 사대 보험 보장해주냐고? 그렇게 겉도는 이야기만 하다 갈 것이 뻔했다.

주희는 대접에 콩나물국을 떠서 상으로 가지고 왔다. 김이 나는 콩나물국에서 고소한 냄새가 퍼져 나왔다. 윤희는 대접째 들고 콩나물국을 홀홀 불어 마셨다. 미국에 있는 한국 식당에서도, 서울의 식당에서도 이런 맛을 본 적이 없었다.

"천천히 먹어."

맛있다고 말하고 싶었는데, 어쩐지 그 말이 나오지 않았다. 다른 사람들에게는 아무렇지 않게 하는 말인데도 입이 막힌 것처럼 말을 할 수가 없었다. 작은 것이라도 주희에게는 칭찬을 할 수가 없었다. 주희는 무릎에 턱을 괴고 그런 윤희를 빤히 쳐다봤다. 주희의 이마에 가로로 가는 주름이 잡혔다. 윤희는 홀홀 불어가며 천천히 콩나물국을 다 먹었다. 몸에 부드러운 온기가 돌았다.

"더 먹을래?"

윤희가 고개를 저었고 둘은 다시 말을 잃었다. 각자의 생각에 잠겨 상을 내려다보면서.

세상에는 그런 자매들이 있었다. 매일 연락을 주고받고, 멀리 떨어져 있더라도 핸드폰으로 영상통화를 하고, 같이 여행을 가기도 하고, 같이 살기도 하고, 싸웠다가도 금세 화해하는 자매들이.

그렇게 평생을 친구처럼, 부부처럼, 헤어질 수 없는 사람들로 연결되어 있는 자매들이. 서슴없이 그립다, 보고 싶다, 사랑한다고 말할 수 있는 자매들이.

"그때는 다시는 안 볼 거라고 생각했었어." 주희가 머뭇거리며 말문을 열었다. "남자에게 의존하지 말라는 언니 말에 화가 나서."

기억 속의 주희는 의자에서 일어나 새빨개진 얼굴로 윤희에게 화를 내고 있었다. 상아색 니트를 입고 있었는데 배만 볼록 나온 모습이었다. 중국집 홀에서 사람들이 수군거리며 둘의 모습을 구경했다.

"나도 알았어, 언니. 알았으니까 화가 났을 거야. 난 늘 누가 필요했거든."

말을 멈춘 주희의 목과 얼굴이 붉었다.

"누군가가 옆에 있어야 했어. 사귀던 사람이랑 헤어지면 미칠 것 같았지. 다시 만나자고 연락하고, 그러다 잘 안 되면 다른 사람 만나는 식으로 지냈어. 나한테 나쁘게 해도 혼자인 것보다는 나으니까 좋은 부분만 보려고 노력하면서. 그런 식으로 자꾸 나를 속였지."

주희가 맥주를 한 모금씩 마시면서 이야기를 하는 동안 윤희는 마음이 아렸다. 나도 알아, 그 마음. 윤희는 속으로 생각했다. 혼자를 견디지 못하고 사람을 찾게 될 때가 있잖아. 그게 잘못은 아니지. 외롭다는 게 죄는 아니지. 알면서도 왜 네가 그러고 지내는 모습을 견디기 힘들었을까. 너에게서 내 모습이 보여서였나봐. 그게 너무 지긋지긋해서 그랬나봐. 나도 그랬으니까. 나는 그저 그 마음을 억눌렀던 것 뿐이었으니까. 너랑 그렇게 헤어지고 미국에서 지낼 때 사람이 외로움 때문에 죽을 수 있을지도 모른다고 느꼈던 날이 있었어. 그때 처음 생각나는 사람이 주희 너였어. 윤희는 주희를 차마 제대로 바라보지도 못하고 침묵했다.

언제나 주희였다. 싸우고 나서 먼저 미안하다고 말했던 사람은. 쪽지로, 핸드폰 문자로, 지나가는 윤희의 팔을 붙잡고 멋쩍게 웃었던 사람은. 지금도 주희는 예전처럼 이 관계를 돌보려 하고 있었다. 하기 힘든 말을 애써서 겨우겨우 이어나가면서. 그런데도 윤희는 그 마음에 어떻게 답해야 하는지 알 수 없었다.

어렸을 때의 운동회는 동네잔치였다. 아이들과 학부모들은 운동장 언저리 그늘에 돗자리를 펴놓고 도시락을 먹었다. 대부분의 아이들이 가족과 함께 밥을 먹었지만 모두 그런 건 아니어서 네다섯 명의 아이들은 교실에서 혼자 도시락이나 빵을 먹었다. 윤희도 그런 아이들 중의 하나였다. 서운하다고 생각한 적도, 외롭다고 느낀 적도 없었다. 그때 어떤 기분이었지, 스스로에게 물어도 답을 할 수 없었다. 아무것도 느낄 수 없었으니까. 그저 주어진 상황에서 주어진 도시락을 먹었을 뿐이었다. 엄마는 못 가서 미안하다고 말했지만 그럴 수밖에 없는 상황이라는 걸 윤희는 너무 잘 알고 있었다.

윤희가 5학년이 됐을 때, 주희가 같은 학교에 입학했다. 엄마는 윤희에게 도시락 두 개를 주면서 점심시간에 주희를 찾아서 같이 먹으라고 했다. 말이 가을 운동회지 더운 날이어서 윤희는 땀을 흘리며 주희를 찾았다. 먼지가 자욱한 운동장 구석구석을 뒤지며 1학년 학부모들이 모인 곳으로 갔다. 그곳에 주희가 있었다.

하얀 체육복을 입고 손목에 하얀 아대를 찬 주희가 아줌마와 아저씨들이 섞여 앉은 돗자리 위에서 노래를 부르고 있었다. 룰라의 노래를 부르며 천연덕스러운 표정으로 춤까지 췄다. 어른들은 박수를 치며 웃고 있었고 그 모습이, 왜 그랬는지는 모르겠지만 윤희는 견딜 수 없이 부끄러웠다. 어른들 앞에 플라스틱 막걸리 병이 있었다. 다들 술에 취해 즐거워 보였다. 주희가 노래를 끝냈을 때였다.

"자, 이거 받고 한 곡 더 불러봐."

어떤 여자가 천원짜리 한 장을 주희의 손에 쥐여주자 사람들은 크게 웃음을 터뜨렸다. "그래, 더 불러봐."

윤희는 돗자리 가운데로 들어가서 지폐를 쥔 주희의 손을 잡았다. 주희는 저항하면서 웅크리고 앉았다. 윤희는 완력으로 주희를 누르고 손바닥을 펴서 지폐를 꺼냈다. 그조차도 구경거리였는지 어른들은 여전히 웃고 있었다.

"내가 받은 돈인데!" 눈에 눈물이 맺힌 주희가 소리질렀다. 윤희는 어른들 쪽으로 지폐를 던지고 주희를 끌고 나왔다. "왜 이러는데!" 주희는 울면서도 윤희를 따라 순순히 걸어왔다.

"엄마가 언니 기다렸다가 같이 도시락 먹으라고 했어, 안 했어?"

윤희가 할 수 있는 말이라고는 그것밖에 없었다. 주희에게 왜 이렇게 화를 내고 있는지, 마음이 왜 이렇게 혼란스러운지 자신도 이해할 수 없어서 윤희는 그 말만 반복했다.

윤희의 교실에서 둘은 엄마가 싸준 도시락을 꺼냈다. 볶음김치와 분홍 소시지 부침, 오이지무침이 들어 있었다.

"나도 김밥 먹고 싶어." 주희는 포크로 소시지를 쿡쿡 찌르면서 그 말을 하고 윤희의 눈치를 봤다. "다른 애들은 컵라면이랑 김밥이랑 먹고 통닭도 먹고 한단 말이야." 윤희의 얼굴도 쳐다보지 못하고 작은 목소리로 중얼거렸다.

"그럼 먹지 마. 아까 그 아저씨 아줌마들한테 가든가. 가서 그런 거 얻어먹든가!"

윤희는 자리에서 일어나 소리쳤다. 주희는 그제야 도시락을 먹기 시작했다. 눈물 콧물이 범벅이 된 얼굴로. 운동회가 끝나고 주희를 데리고 집으로 오면서도 윤희는 아무 말도 하지 않았다. 언니, 언니. 주희는 한 발자국 떨어져서 윤희를 따라왔다.

그날 밤, 등을 돌리고 누운 윤희에게 주희가 말했다.

"언니, 내가 잘못했어."

아무 말도 하지 않는 윤희에게 주희는 다시 말했다.

"내가 잘못했어, 언니. 내일은 나랑 놀아줄 거지? 그러기다.
응?"

윤희는 대답하지 않았다. 그럴 때면 그런 주희가 짐처럼 느껴졌
다. 또래나 언니들과 놀고 싶은데 자기에게 꼭 붙어 있으려 하고,
떨어지기 싫어하는 모습이. 그러나 돌이켜 생각해보면 주희는 윤
희에게도 가장 가까운 친구였다.

계단 맨 꼭대기에 초록색 스프링을 올려놓으면 스프링은 계단
을 한 칸 한 칸 내려갔다. 요술 본드를 작은 빨대에 묻혀 후 불면
투명한 공을 만들 수 있었다. 심심해서 불던 리코더에서는 침이 뚝
뚝 떨어졌고, 가위로 오려 만든 종이 인형은 드레스를 입고 파티를
다녔다. 껌을 씹다 잠이 들면 머리카락에 껌이 들러붙어 그 부분을
가위로 잘라야 했고, 백원짜리 쌍쌍바는 늘 공평하게 나눠지지 않
았다. 비가 와서 바닥에 웅덩이가 생기면 그 웅덩이만 디디면서 걸
어갔다. 첫눈이 오면 집밖으로 뛰어나가서 와아 소리를 질렀다.

그리고 그 모든 순간에는 주희가 함께 있었다.

어린 시절은 다른 밀도의 시간 같다고 윤희는 생각했다. 같은
십 년이라고 해도 열 살이 되기까지의 시간은 그 이후 지나게 되는
시간과는 다른 몸을 가졌다고. 어린 시절에 함께 살고 사랑을 나눈

사람과는 그 이후 아무리 오랜 시간을 보지 못한다고 하더라도 끝끝내 이어져 있기 마련이었다. 현실적으로 서로 아무 관계 없는 사람들로 살아간다고 할지라도.

무료하고 긴 하루하루로 이어진 시간, 아무리 노래를 부르고 그네를 타도, 공상에 빠져 이야기를 지어내도, 자신들이 작가이고 감독이고 배우이고 관객인 연극을 해도, 갈 수 있는 한 가장 먼 거리까지 달려간다고 해도 메워지지 않았던 커다랗고 텅 빈, 그 무용한 시절을 함께했다는 이유만으로.

윤희는 주희를 가만히 바라봤다.

"눈 좀 붙여. 내가 괜히 횡설수설해서 자정이 다 됐어."

주희는 방에서 요와 이불, 베개를 가지고 나왔다. 윤희는 이를 닦고 세수를 하고 주희가 깔아놓은 두툼한 요 위에 누웠다. 요와 이불이 차갑고 부드러웠다. 낮은 베개에 머리를 대고 주희가 설거지하는 모습을 바라봤다. 고등학교에 들어가서부터 주희는 강박적이라고 할 정도로 정리하고 청소하는 버릇이 붙었다. 고무장갑을 끼고 잰걸음으로 집안을 오가던 것이 둘이 같이 살던 마지막 시기의 주희의 모습이었다.

"불 꺼줄까?"

"잠깐만." 윤희는 가방에서 안대와 귀마개를 꺼냈다. "내가 이러고 자는 게 버릇이 돼서." 윤희는 안대와 귀마개를 하고 자리에 누웠다.

윤희와 주희는 엄마가 퇴근할 시간에 맞춰 놀이터에서 놀기를 좋아했다. 엄마는 놀이터에 들러 자매를 데리고 장을 보러 가거나 바로 집으로 갔다. 기다림은 언제나 가슴이 뻐근할 만큼 고통스러운 즐거움이었다. 둘은 그네를 탈 때도, 구름사다리를 탈 때도, 철봉에 매달릴 때도 엄마가 나타나는 쪽으로 고개를 돌리고 놀았다. 엄마가 올 시간이 지나고 해도 지면 둘은 공중전화 부스까지 걸어가서 호텔에 전화를 걸었다.

"놀이터에 있었니? 집전화를 안 받길래. 엄마 열시쯤 갈 거야. 국 끓여서 먹고 먼저 자고 있어."

둘은 번번이 엄마의 부탁을 들어주지 않았다. 골목 입구에서 쪼그려앉아 엄마를 기다리다가 그래도 오지 않으면 길가로 나갔다. 그곳에서 둘은 무슨 이야기를 나누었을까. 엄마가 오지 않으면 둘은 인도를 한참 걸어서 버스 정류장까지 갔다. 그곳의 플라스틱 벤치에 앉아서 21번 버스가 오기를 기다렸다. 오래 기다려야 겨우 한 대가 오는, 배차 간격이 긴 버스였다. 어린 주희는 윤희의 팔에 기대 침을 흘리며 잤다. 주희의 정수리에서는 어린아이의 땀냄새가 났다.

얼마를 기다리든 결국 엄마는 왔다. "집에서 자라고 했는데 왜 나와 있는 거야. 위험하게 이게 뭐하는 거야. 다시 이러면 진짜 혼낸다." 다그치다가도 반가움을 감추지 못하고 딸들에게 볼을 비비

대던 엄마, 엄마 손을 잡고 집으로 걸어가던 길, 늘 엄마를 만날 수 있었던 그때의 기다림을 윤희는 아프게 기억했다. 어른이 된 이후의 삶이란 아무리 기다려도 오지 않는 것들을 기다리고 또 기다려야 하는 일이었으니까. 윤희야, 온 마음으로 기뻐하며 그것을 기다린 자신을 반갑게 맞아주고 사랑해주는 것이 아니었으니까.

어둠 속에서 주희의 얼굴이 보였다. 어릴 때 잘 짓곤 하던 무심해 보이는 표정이었다. 주희는 윤희의 옆, 맨바닥에 모로 누워 있었다.

"옆에 누워도 돼?"

윤희가 공간을 마련해주자 주희는 요 위로 올라왔다. 둘은 될 수 있는 대로 멀리 떨어져 요의 가장자리에 누웠다.

"언니."

"응."

"그 얘기 기억나?"

"무슨 얘기?"

"엄마 아팠을 때 엄마 친구들이 해줬던 말. 사람들이 하도 기도를 많이 해줘서 그 기도가 하늘에 닿았다는 말. 중2짜리가 그 말을 듣고는 아, 우리 엄마 나을지도 모른다고 생각했었어. 그런데 아니었잖아, 언니. 그 말이 그 말이 아니었잖아."

주희의 목소리는 점점 더 작아졌다. 윤희는 주희의 목소리를 놓치지 않으려고 주희 쪽으로 몸을 조금 움직였다.

"기도가 통하는 세상이면 그건 우리가 사는 세상이 아니겠지. 정말 간절히 원하면 이루어진다고? 그럼 억울하게 죽은 사람들은 간절히 살기를 바란 게 아니란 말이야?"

거기까지 말하고 주희는 가만히 숨을 쉬었다. 윤희의 대답을 바라는 것처럼. 윤희는 팔에 얼굴을 받치고 누워 있는 주희를 아무 말 없이 바라봤다.

"그런데도, 가끔은 사람들이 우리 엄마 죽지 말라고 빌어준 거, 그 기도들은 사라지지 않았을 것 같다는 생각을 했어. 그 기도들은 기도 나름대로 계속 자기 길을 가는 거지, 세상을 벗어나서. 그게 어디든 그냥 자기들끼리 가는 거지. 그것도 아니라면……"

주희는 지난 일들을 말했다. 결혼 생활과 이혼에 이른 과정, 아이와 헤어졌을 때의 심정, 아이를 보게 해달라고 시가에 찾아갔던 일, 그곳에서 들어야 했던 말들, 법원을 오갔던 시간, 텅 빈 밤, 무엇에도 의존하고 싶지 않아 부지런히 몸을 움직여 집안을 청소하던 때의 마음 같은 것들을.

윤희는 귀를 기울이고 주희의 말을 들었다. 구체적인 부분을 더 들으려고 묻기도 하고, 짧게 대답도 하면서. 예전 같았으면 화를 내고 판단을 내렸을 이야기에도 그저 고개를 끄덕이기만 했다. 이런 일들을 혼자 겪으면서도 자신에게 끝까지 연락하지 않았던 주희의 마음은 어떤 것이었을까 겨우겨우 짐작하면서 눈물을 참았다. 주희가 눈을 감고 말하기 시작해서야 윤희는 참지 못한 눈물을 베개 위로 조금씩 흘릴 수 있었다.

"마음속으로 언니에게 말했던 적이 많았어. 가끔은 엄마에게도 말했지. 손목이 너무 시큰거린다고 앓는 소리도 하고, 사람들이 너무 밉다고, 화가 난다고 일러바치기도 하고. 그런데도 언니랑 지냈던 시간이 더 길어서인지, 언니가 살아 있는 사람이어서인지 언니에게 더 많이 말했어."

나도 그랬었어. 윤희는 무전을 보내듯 주희를 향해 속으로 말했던 일들을 기억했다. 누구에게도 하지 못하는 말들을, 정작 네 얼굴을 보고도 입도 벙긋하지 못할 말들을 중얼거렸지. 하지만 윤희는 이 말을 주희에게 전하지 않았다. 주희의 목소리가 점점 희미해지다가 잠에 잠겼다. 방심한 채 입을 벌리고 자는 주희의 얼굴 위로 박명이 내렸다.

기억나지 않는 시간은 어디로 가는 걸까…… 윤희는 잠이 든 주희의 얼굴을 보며 생각했다.

자정이 가까운 시간, 버스 정류장에 앉아 있는 주희의 모습을 본 적이 있었다. 반대편 정류장에서 내려 집으로 가려던 찰나였다. 주희는 교복 주머니에 손을 넣고 버스가 오는 쪽으로 고개를 돌렸다. 윤희는 주희의 시선이 닿지 않는 곳에 숨어 그런 주희를 바라봤다. 초겨울 날씨에 코를 훌쩍이면서도 주희는 내내 버스 정류장 벤치에 앉아 있었다. 어디로 가려는 걸까. 네 대의 버스가 왔지만 주희는 어떤 버스도 타지 않았다. 그냥 그곳에 가만히 앉아서 바닥을 바라봤다. 윤희는 주희가 누구를 기다리는지 알 수 있었다.

주희야, 말이라도 걸어볼 수 있었을 텐데, 다가가서 주희 곁에 앉아 있을 수도 있었을 텐데, 윤희는 그럴 수가 없었다. 자신이 다가가면 주희가 거북해할 것 같았고, 무슨 말을 어떻게 나눠야 할지 알 수 없었기 때문이다. 윤희는 용기를 낼 수가 없어 발길을 돌려 집으로 돌아왔다. 그 일을 두고 내내 가책할 것을 알지 못한 채로. 십 년도 더 지난 잠이 오지 않는 밤, 만이천 킬로미터 떨어진 땅의 한구석에서 이리저리 뒤척이며 그때, 고작 열여덟이었던 주희의 외로움을 그렇게 외면한 자신을 미워하게 될지도 모른 채로.

버스의 헤드라이트 불빛이 멀리서 비치면 엉거주춤 일어나 그쪽을 바라보던 주희의 어린 얼굴이 윤희의 마음에서 사라지지 않았다.

목이 늘어난 티셔츠를 입고 작게 코를 골며 자는 주희의 얼굴을 윤희는 오래 바라봤다. 주희의 얼굴을 받치고 있는 작은 손도.

초가을이었지만 새벽공기가 쌀쌀했다. 어릴 때처럼 주희는 이불을 발로 밀어내고 있었다. 윤희는 주희가 깨지 않도록 조심스레 이불을 들어 덮어줬다. 예전에 그랬던 것처럼. 윤희는 주희가 추워하지 않기를, 추워 잠에서 깨어나지 않기를, 따뜻한 단잠을 자기를 바랐다. 쌀쌀한 밤, 이불이라도 덮어줄 수 있는 사람으로 주희의 곁에 있다는 사실이 윤희의 마음에 작은 빛을 드리웠다.

주희의 깊은 숨소리를 들으며 윤희도 눈을 감았다.

모래로 지은 집

1

우리는 통신 친구였다. 삼 년 내내 같은 고등학교를 다녔지만 그때는 서로의 실명이나 얼굴조차 알지 못했다. 모래는 모래고 공무는 공무였을 뿐.

우리가 소속된 동호회는 천리안 'B고등학교 99년 입학생 모임'이었다. 시숍이 가입 질문을 내고 자기 입맛에 맞는 사람을 가려 받아 삼십 명 정원이었다. 지속적으로 글을 쓰는 사람이 전체 회원의 반의반도 되지 않았는데 거의 매일 네다섯 개의 글이 올라왔다. 실명을 밝히지 않아도 되는데다 비공개 모임이어서 사적인 글이 많았다.

나름의 친밀감이 형성되어 있었지만 그 동호회는 고등학교 삼

년 내내 단 한 번도 정모를 하지 않았다. 2000년에는 다모임이, 2001년에는 프리챌이 유행을 탔다. 천리안도 예전의 포맷을 버리고 새 단장을 했지만 다모임과 프리챌을 이기기에는 역부족이었다. 그사이 회원수는 반토막이 났고, 고3을 지나면서 동호회 분위기도 시들해졌다. 대학교 1학년 여름방학에 시솝은 동호회 폐쇄 공지를 올렸다.

—그래도 아쉬운데 우리도 정모 한번 하자.

공무가 올린 글에는 아무도 답을 달지 않았다.

—한 명이어도 좋으니 기다릴게. 김성균 베이커리 앞에서 6월 20일 저녁 여섯시에 만나. 회색 잔스포츠 백팩을 메고 나갈게.

비가 많이 내리는 날이었다. 길 건너편 베이커리 앞에 정말 회색 잔스포츠 백팩을 메고 커다란 검은 우산을 쓴 남자애가 서 있었다. 삼 년 동안 한 번도 본 적 없는 얼굴이었다. 그애는 두리번거리지도 않고 가만히 정면을 응시했다. 흰 줄이 하나 그어진 초록색 반팔 셔츠에 흰 반바지를 입고 쪼리를 신고 있었다.

내가 곁에 다가가자 그애는 한 발자국 뒤로 물러났다. 그애의 우산에서 떨어진 빗물이 내 얼굴에 튀었다. 차가웠다.

"미안, 사람이 오는 줄 모르고 놀라서……"

"내가 더 놀랐네."

"아무도 안 올 줄 알았어."

"안에 들어가서 기다리자. 비가 너무 온다."

우리는 빵집 테이블에 마주앉았다. 혹시나 잔스포츠 백팩을 멘 사람을 보지 못해 돌아갈까봐 창가에 백팩을 세워둔 채로. 어색한 시간은 잠시였고 대화를 나누기 시작하자 오래 알고 지낸 친구처럼 편안해졌다.

"네가 99년 마지막날에 썼던 글 생각나."

"무슨 글?"

"Y2K 무섭다고. 자야 하는데 잠이 안 온다고. 세상이 끝날지도 모르는데 사람들이 태연해서 답답하다고 썼어."

"내가?"

공무는 고개를 끄덕였다.

"1학년 여름방학에 밤새워서 채팅했던 건 기억나?"

"어."

대답하고 나는 멋쩍게 웃었다. 실제로 만나지 않을 사이라고 생각해서 온갖 이야기를 다 했기 때문이다. 게시판의 분위기도 그런 식이었으므로 일 년 정도 지나자 정모를 하자고 하는 사람이 없어졌다. 실명을 밝히고 밝은 곳에서 보고 싶지 않아서였을 것이다. 우리는 그곳에 한 시간 정도 앉아 있었다.

"저녁 먹으러 갈래? 아무도 안 올 것 같아."

"그러자."

빵집을 나서려는데 단발머리 여자애 하나가 우리 쪽으로 걸어와서 공무의 가방을 가리켰다. 어디서 많이 본 얼굴이었다.

"천리안?"

"응."

공무가 그렇게 말하고 나를 봤다. 조금 당황한 표정이었다. 나는 내가 그애를 어디에서 봤는지 떠올리려 노력했다. 우리가 기쁘게 맞아주지 않아서였는지 그애는 우리의 표정을 살피며 말을 이었다.

"글을 방금 읽었어. 혹시나 하고 와봤는데……"

그애는 "자주 불문 02"라고 쓰인 헐렁한 쥐색 과티에 감색 반바지를 입고 삼선 슬리퍼를 신고 있었다. 어디서 넘어졌는지 정강이에는 핏방울이 맺혀 있었다.

"다행이야."

그렇게 말하고 웃는 입가에 치약 자국이 보였다. 그제야 그애를 어디에서 봤는지 떠올랐다. 작고 마른 몸에 항상 똑딱핀으로 앞머리를 뒤로 넘기고 교복 치마 안으로 체육복 바지를 입고 다녔던 아이.

"난 모래야."

모래는 삼 년간 한결같이 음악에 관한 글을 올렸다. 대부분 한번도 들어본 적 없는 외국 뮤지션들에 대한 글이었다. 가끔 한두명이 반응을 보였을 뿐 대개는 아무런 관심이 없었는데도 계속 글을 올렸다. 대충 쓴 글도 아니었다. 자기 글이 댓글을 거의 받지 못하는 것과는 별개로 가장 많은 댓글을 달았다. 웃자고 쓴 글에도 진지한 댓글을 달았다.

"3학년 때 10반이었지?"

모래가 물었다. 그렇다고 답하자 그애는 복도에서 자주 봤었다고, 내가 복도 창가에 서 있던 모습이 기억난다고 했다.

우리는 곱창 타운에 가 소주 한 병을 시켜놓고 백순대볶음을 먹었다. 공무와 나는 말을 하느라 조금씩 집어먹었지만 모래는 집중해서, 열심히 먹었다. 표정 없는 얼굴로 입가에 묻은 소스를 제때 닦지도 않은 채로.

볶음밥까지 다 먹고 나서 우리는 안단테에 갔다. 안단테는 약간 어두운 조명에 천소파가 있는 경양식집이었다. 낮에는 돈가스에 스파게티, 크림수프 세트를, 저녁에는 주스, 병맥주, 커피, 홍차, 파르페를 파는 곳이었다.

왜 병든 사람들이 가족을 만드는 걸까.

나는 유쾌하게 말하는 공무를 보며 그애가 올린 글을 떠올렸다. 공무는 자주 글을 올리는 편은 아니었지만 가끔씩 자기 생각을 적은 긴 글을 올리곤 했다. 나는 자신이 겪은 일을 자기 말로 풀어 쓸 수 있는 그애의 능력과 끝까지 자기 연민을 경계하는 태도에 마음이 갔다. 공무의 글이 올라오면 무슨 내용일지 궁금해하며 클릭했고 여러 번 읽었다. 그애가 쓴 몇몇 문장들이 길을 걷다가 문득문득 떠오르기도 했다. 얼굴이 없던, 글로만 존재했던 사람이 내 눈앞에서 순대를 먹고 병맥주를 마시는 모습이 신기하기도 했다.

우리는 소파에 앉아서 고등학교 때의 이야기를 했다. 왜 소풍이나 수학여행이나 수련회 날이면 매번 비가 내렸나. 급식이 부실해서 키가 안 컸다. 신축 건물을 짓는다고 벚나무를 다 잘라버린 건 잔인했다 등등의 말들을. 그러면서 우리는 서로에게 겹치는 친구가 있고, 모래와 내가 같은 중학교를 나왔다는 사실도 알게 됐다.

"중학교 때 본 기억이 없는데."

"그럴 거야. 2학년 말에 전학 와서."

"어디서 전학 왔는데?"

"초등학교 3학년 때부터 엘에이에 살았었어. 그러다가 다시 한국 왔거든."

"아."

기억이 날 듯, 나지 않았다. 어렴풋이 어린 모래의 얼굴이 눈앞에 어른거렸다. 확실히 고등학교에 들어가기 전에 봤던 것 같은데 좋은 느낌은 아니었다는 흐린 인상만이 떠올랐다.

모래와 공무는 죽이 잘 맞는 것 같았다. 공무가 냉소적인 말로 사람을 웃기는 재주가 있다면 모래는 맹한 구석이 있어서 재미있었다. 둘은 다니는 대학도 가까웠고 사는 곳도 버스로 한 정거장 거리였다. 이름은 모르는 사이였지만 고등학교 내내 같은 버스를 타고 다니고 동선도 비슷해서 서로의 얼굴을 잘 알았다.

네가 모래일 줄이야. 네가 공무일 줄이야. 이런 말들을 나누는 둘의 모습은 즐거워 보였다. 우리는 서로의 MSN 아이디와 핸드폰 번호를 주고받았다.

나는 안단테에서 걸어갈 수 있는 거리에 살고 있었지만 모래와 공무는 버스를 타고 가야 했다. 나란히 붙어 걸어가는 그애들의 모습을 나는 가만히 지켜봤다. 다시 보게 될지, 아닐지 알 수 없었지만 꽤나 즐거운 시간을 보낸 것 같았다.

집으로 돌아가는 길에 계속 모래의 얼굴이 어른거렸다. 같은 중학교에서 같은 고등학교로 온 애들은 몇 되지 않았었는데 왜 기억이 나지 않을까. 전학생. 쓰레기장 근처를 지나다가 나는 모래를 처음에 어디서 봤는지 떠올렸다.

쓰레기장. 그날, 뺨을 맞았었지.

학교 건물 주변과 운동장을 청소하는 전체 주번을 했던 날이었다. 버스를 놓치는 바람에 주번 조례에 십오 분 지각을 했다. 쓰레기장에 도착하니 분위기가 이미 얼어 있었다. 주번 담당 교사는 애들을 앞에 세워두고 화를 내고 있었다. 추운 날이었다. 나는 도착하자마자 뺨을 맞았다. 잠시 앞이 보이지 않을 정도였다. 나는 그가 나를 더 때릴까 어림해봤다. 몇 대나 맞을까. 얼마나 더 이렇게 맞을까.

그런 상황에 대해서는 이미 체념한 상태였다. 그저 실망스러운 어른들의 실망스러운 행동일 뿐. 아니, 실망스럽지도 않은 불행한 인간들의 가학 취미일 뿐이었으니까. 나는 떨어진 안경을 주워 쓰고 빗자루와 쓰레받기를 들었다. 머리가 울리고 굴욕감이 일었지만 그 감정을 표 내지 않으려 노력했다.

그때 헐렁한 교복에 한 손에는 보온 도시락 통을 든 다른 반 주번이 걸어왔다. 백사십 센티미터도 안 돼 보이는 키에, 긴 교복 치마 아래로 보이는 다리가 새처럼 가늘었다. 담당 교사는 몸을 날리다시피 해서 그애의 머리를 쳤다. 그는 쓰러졌다 일어난 그애의 뺨을 때렸다.

그애는 붉어진 얼굴로 그 자리에 서서 울었다. 어깨를 떨며 우는 그애 곁으로 다른 주번이 다가갔다. 아마 위로의 말을 했겠지. 그애는 울고 또 울었는데 그 모습이 내 마음을 불편하게 했다. 자기가 아프다는 것을 숨기지 않는 태도가 거슬렸다. 그전에는 이렇게 맞은 적이 없었나? 그애의 커다란 교복과 마른 몸, 붉고 일그러진 작은 얼굴이 불쾌하게 다가왔다.

왜 그 기억이 그제야 떠오른 걸까. 심지어 같은 고등학교 같은 복도를 지나면서도 왜 그때를 기억하지 못했을까.

모래에게는 모래만의 중력이 있었다.

모래가 아니었다면 우리 셋은 그날을 끝으로 더는 만나지 않았거나 몇 번 더 만나다 시들해질 사이였을 것이다. 모래는 MSN에 우리 셋의 방을 만들어 밤마다 말을 걸고 매일 문자를 보냈다. 나를 불러내어 공무가 아르바이트하던 돈가스집에 같이 가기도 했다. 유난이라고 생각하면서도 나는 그런 모래의 관심이 반가웠다.

가까운 친구 둘은 다른 지방으로 대학을 가서 자주 볼 수 없었고 대학에서는 마음을 붙일 친구를 사귀지 못했다. 외로움은 어쩔 수 없는 일이라고 여겼다. 사람에게 연연하기 시작하면 마음이 상하고 망가지고 비뚤어진다고 생각했으니까. 구질구질하고 비뚤어진 인간이 되느니 차라리 초연하고 외로운 인간이 되는 편을 선택하고 싶었다.

모래와 공무는 내가 아르바이트를 하던 동네 영화관에도 자주 놀러왔다. 둘은 집 앞에서 만나 같이 버스를 타고 영화관까지 왔다. 아르바이트 시간이 끝나기를 기다리면서 영화 홍보 팸플릿을 읽거나 탄산음료 따위를 나눠 마셨다. 근무가 끝나면 우리는 같이 영화를 봤다.

버스가 끊기면 둘은 집까지 함께 걸어가곤 했다. 일정한 거리를 두고 나란히 걸어가던 그 뒷모습을 보며 나는 둘이 서로를 좋아하고 있다고 막연히 짐작했다. 특별한 눈빛을 주고받거나 어떤 암시를 담은 말을 나눈 건 아니었지만 그렇게 매번 붙어 지낼 수 있는 호감은 작은 것이 아니라고 생각했다. 가을학기가 시작되자 모래와 공무는 아침마다 같이 지하철을 타고 다녔다. 아침 수업이 없더라도 학교에서 과제를 하거나 일을 하는 식으로 부러 서로 시간을 맞췄다.

밤이 되면 모래는 자기가 좋아하는 음악을 틀어주는 인터넷 방송을 했다. 청취자는 우리 둘뿐이었다. MSN을 켜놓고, 책을 읽거나 다른 일을 하면서도 우리는 모래가 틀어놓은 음악을 들었다.

그럴 때면 시간은, 모래가 틀어놓은 음악으로 가득차 있었다. 바닥에 누워 눈을 감고 모래가 선곡한 음악을 듣고 있을 때면, 누군가 아주 가까이에 앉아 내 손을 잡아주는 것만 같았다. 짧게는 삼십 분, 길게는 대여섯 시간 이어지던 방송을 들으며 나는 잠이 들었다. 어떤 밴드의 음악인지, 어떤 가수의 목소리인지, 누구의 연주인지는 중요하지 않았다. 나도 공무도 이게 누구의 음악인지 자주 묻지 않았다.

하루는 공무 혼자 영화관에 왔다. 공무는 창가에 바짝 붙어 서서 바깥을 내다봤다.

"모래는?"

"몰라. 우리가 뭐 세트냐."

"어디 숨어 있는 거 아니야?"

"그럼 찾아보든가."

공무가 웃으며 말했다. 가만히 있으면 매서워 보이는 인상이었지만 웃을 때면 작은 눈이 반달 모양으로 접혀 부드러워 보였다. 우리는 우리집 쪽으로 걸어갔다. 애써 대화를 이어가려 했지만 중간중간 말이 끊겼다. 공무와 단둘이서 만난 건 천리안 정모 후 처음이었다. 우리는 약국 앞 계단참에 앉았다.

"그때 정모 글 올렸을 때 말이야."

"응."

"네가 나오길 바랐었어."

공무는 운동화 코로 바닥을 툭툭 찼다.

"왜?"

"그냥 한 번은 보고 싶었거든. 그런 글들을 썼던 사람이 어떤 사람일지."

"나도 네가 누구일지 궁금했어. 마지막까지 망설였지."

보지 않는 편이 나으리라고 생각했지만 기회 자체가 사라지게 되자 마음이 바뀌었다고 내가 말했다. 나오길 잘했던 것 같냐는 공무의 질문에 나는 고개를 끄덕였다.

"너희랑 있으면 편해. 사람들이랑 있으면서 어떻게 이렇게 편할 수 있지? 그런 생각도 들고. 이게 얼마나 갈까."

"넌 꼭 오래 살아본 사람처럼 말한다. 얼마나 갈지가 그렇게 중요해?"

공무가 관계의 지속을 바라는 마음을 유치하다 비웃는 것 같다고 그때의 나는 생각했다.

"응. 나는 그래."

나도 최대한 차가운 말투로 대답했다. 우리 둘 다 한동안 아무 말도 하지 않았다. 나도 미래가 환상일 뿐이라는 거 알아. 우리는 현재만을 살 뿐이고, 모든 일의 끝을 어림하는 게 어리석은 생각이라는 것도 알아. 그렇지만.

"학교 앞으로 이사 갈 거야. 너무 늦었는지도 모르지만. 가능한 한 멀리 떨어져 살고 싶어. 그 사람들에게 금전적인 지원 같은 건 바라지도 않았어."

"공무야."

"난 다른 사람이 될 거야. 그 사람들, 감정 쓰레기통으로 살지 않을 거야."

그 말을 하는 공무의 눈가가 떨렸다. 우리가 얼굴을 보고 이런 이야기를 나눈 건 그때가 처음이었다.

"넌 그렇게 될 거야."

나는 공무의 눈을 보며 말했다. 공무는 내 눈길을 피해 계단참을 바라봤다. 우리는 아무 말도 하지 않고 그렇게 그곳에 잠시 동안 앉아 있었다. 10월의 밤바람이 찼다. 계절에 맞지 않게 공무는 반바지를 입고 있었는데 그애의 무릎에 세로로 튼 살이 보였다.

공무에 관해서라면 나는 언제나 애틋함을 느낀다. 처음 그애의 글을 읽었을 때부터, 실제로 얼굴을 보고 함께 시간을 보내며 그애에게 기대하고 실망과 괴로움을 느끼면서도 애틋함은 사라지지 않고 여전히 마음에 남아 있다. 그애가 애써왔다는 걸 알아서인지도 모른다. 애쓰고 애쓰고 또 애써온 시간이 그애의 얼굴에 그대로 남아 있어서 나도 그애를 대할 때는 불성실하고 싶지 않았다. 무성의하게 공무가 이런저런 사람이라고 단정하고 싶지 않았다.

얼마 뒤 공무는 이사를 했고 나와 모래를 불러 집들이를 했다. 말이 집들이지 방에서 마음껏 이야기를 나눌 수조차 없었다. 복도에는 "정숙", 공용 샤워실에는 "22시 이후 샤워 금지"라고 적힌 경고문이 붙어 있었다. 방에 들어서서 몇 마디 나누자 다른 방에서 누군가 헛기침을 하는 소리가 들렸다.

"벽이 종잇장이야." 공무가 말했다.

"그래도 창이 있어 좋다." 모래가 말했다.

침대 옆으로는 우리 셋이 서 있을 자리밖에 없었지만 남향이라 볕이 잘 들었다. 우리는 침대에 나란히 앉아 조용히 이야기했다. 방에 들어오는 햇볕이 꽤 강해서 왼쪽 볼과 어깨가 따뜻해졌다. 내 옆에는 모래가, 모래의 옆에는 공무가 앉았다. 우리는 그렇게 앉아서 공무가 찍은 사진을 컴퓨터 모니터로 구경했다. 고등학교 졸업 후부터 모아온 돈으로 공무는 당시 이름도 생소한 디지털카메라라는 것을 샀고 사진을 찍어 문을 닫기 전의 천리안 동호회에 올리곤 했었다.

우리는 커튼을 치고 컴퓨터 화면을 바라봤다.

무리 지어 날아가는 새, 철도와 침목, 웅덩이에 고인 빗물에 비친 구름, 전깃줄, 신호등, 플라스틱병, 보도, 육교, 사거리 횡단보도, 창문, 길고양이, 쓰레기봉투, 벤치, 버스 정류장, 간판, 지하철 플랫폼, 비둘기, 누군가 벗어놓은 신발, 마네킹, 거미줄, 의자, 나무, 가게 조명, 서 있는 자전거……

영상이라면 아무 소리도 들리지 않을 장면들이었다. 공무의 사진에는 사람이 없었다. 사람이 없는 시간에 맞춰 찍었는지 횡단보도 사진조차도 그랬다. 삭막하고 황량해 보였다. 그런데도, 무엇 하나 아름답지 않은 사진인데도, 나는 붙박인 듯 앉아 그 사진들을 바라볼 수밖에 없었다. 그 사진들은 공무의 글과 닮아 있었다.

"왜 사람이 없어?"

사진을 다 보고 모래가 물었다.

"그냥."

"왜?"

"내가 하고 싶은 말을 하려고 사람을 이용하게 될까봐."

공무는 이렇게 말하고 커튼을 걷었다.

"그럼 나부터 찍어봐. 생각하지 말고 그냥 막 찍어봐."

창으로 쨍한 햇빛이 내려왔고, 공무도 모래도 얼굴을 찡그렸다. 공무는 망설이고 있었다.

"찍어봐."

공무는 그렇게 말하는 모래의 손을 찍었다.

"신경 안 쓸 테니까 그냥 찍어."

우리가 공무의 방에서 나와 중국집으로 걸어갈 때도, 중국집에서 짜장면을 먹을 때도, 공무네 학교 캠퍼스에서 산책할 때도 공무는 모래의 사진을 드문드문 찍었다.

그날 모래는 청바지에 흰 니트, 검은 코르덴 잠바를 입고 있었다. 머리카락은 어깨까지 내려왔고 부스스한 앞머리는 눈을 찌를 정도로 길었다. 자기 얼굴보다도 큰 플라타너스 낙엽을 들고 싱겁게 웃는 스무 살의 모래. 쪼그리고 앉아 바닥을 보는 모래의 뒷모습.

우리는 공무의 대학 캠퍼스를 오래도록 어슬렁거렸다. 학관 일층 편의점에서 호빵을 먹고 따뜻한 데자와를 마셨다. 난방이 되는 휴게실 소파에 앉아서 교지와 신문을 뒤적거렸다. 공무와 모래는 소파에 나란히 앉아 있었다.

집으로 돌아가는 길에 모래와 나는 함께 지하철을 탔다. 모래는 고개를 숙이고 잠들었다. 꼼짝도 하지 않은 채로 잠든 모래를 나는 바라봤다. 소매가 접힌 모래의 코르덴 잠바와 그 소매 끝으로 나와 있던 그애의 작은 손을. 모래에게서 모기향을 다 태우고 난 뒤의 재냄새가 났다.

"공무 생각을 자주 해."

잠에서 깬 모래가 잠꼬대하듯 말했다.

"공무, 좋아해?"

모래는 고개를 저었다.

"난 공무만큼 널 생각해."

모래는 나를 똑바로 바라보며 그 말을 했다. 잡티도 별로 없는 깨끗한 얼굴에 그만큼이나 깨끗한 표정이 어렸다. 어떤 망설임도 불안도 없는 얼굴. 내가 가질 수 없는 얼굴. 내 눈에 모래는 의사 아버지와 다정한 어머니, 똑똑한 동생을 둔, 동네에서 가장 좋은 아파트의 가장 넓은 평수에 사는 온실 속 화초였다. 아르바이트를 하지 않아도 용돈을 받아 넉넉한 생활을 할 수 있는 사람이었다. 모래가 조금이라도 과시하는 태도를 보였다면 그애를 속물이라고 생각하면서 내 마음을 위로라도 할 수 있었을지 모른다.

하지만 모래는 자신의 환경을 조금도 과시하지 않았다. 지하상 가에서 산 삼천원짜리 티셔츠를 입고 다녔고 편의점에서 파는 로 션을 발랐다. 그런데도 그애는 넉넉한 집안에서 자란 태가 났다. 그애의 넉넉함은 물질이 아니라 표정과 태도에서 드러났다. 모래 는 사람을 무턱대고 의심하거나 나쁘게 보려 하지 않았다. 무엇이 든 전전긍긍하지 않고 애쓰지 않았다. 관대했다.

그 관대함은 더 가진 사람만이 지닐 수 있는 태도라고 그때의 나는 생각했다. 비싼 자동차나 좋은 집보다도 더 사치스러운 것이 라고 생각했다.

공무의 자취방에 갔을 때 나는 빈말이라도 그 방에 대해 좋게 말할 수 없었다. 너무 좁은데다, 싱글 침대 매트리스는 주저앉아 있었다. 이중창이 아니어서 긴 겨울을 보내기 어려워 보였고 작은 개미들이 곳곳에서 눈에 띄었다. 바닥의 수평이 맞지 않아 어지러 울 정도였다. 이런 곳에서 공무가 어떻게 살지 막막해져 아무 말도 하지 못하는 나와 달리 모래는 천진한 표정으로 방을 둘러봤다. 남쪽으로 창이 나 있어 채광이 좋다는 그애의 말은 절대로 이런 방에서 살 일이 없는 사람이 할 수 있는 이야기였다. 남의 일이니까, 그래도 위로는 해줘야 할 것 같으니까 그런 말을 하는 거겠지. 나는 차가운 눈으로 그런 모래를 바라봤던 것 같다.

집으로 돌아가면서 나는 공무와 나를 생각한다는 모래의 말을 되새겨봤다. 문득 나는 어떤 부끄러움을, 얼굴이 온통 붉어지고 어깨까지 따끔거릴 정도의 부끄러움을 느꼈다.

공무가 이사를 간 이후로 우리는 동네보다는 서울에서 더 자주 만났다. 시내 곳곳과 지하철을 타고 갈 수 있는 산, 수목원, 한강, 월미도와 서울 근교의 사찰에도 갔다. '민들레 영토'에 방을 잡고 컵라면을 먹으며 같이 시험공부를 하기도 했다.

그즈음 우리 모두는 미니홈피를 개설했다. 나는 미니홈피 다이어리에 매일의 일상을 글로 짤막하게 남겼다. 모래는 미니홈피 사진첩에 자신이 좋아하는 밴드나 가수의 사진을 올리고 그들에 대한 소개와 자신의 감상을 적었다. BGM을 여러 개 구입해서 걸어두기도 했다. 공무는 사진첩에 봄, 여름, 가을, 겨울 폴더를 만들고 각각의 계절에 찍은 사진을 일촌 공개로 게시했다.

공무의 사진에 등장하는 사람은 오로지 모래뿐이었다. 가끔은 나 없이 둘이 갔던 장소에서 모래를 찍은 사진이 올라오기도 했다. 공무의 사진 속에서 모래는 늘 빛을 받고 있었다. 가을이든 겨울이든 모래가 있는 사진에는 따듯한 빛이 고여 있었다. 무표정하게 있어도 찡그린 표정을 지어도 웅덩이에 앉아 있어도 어쩐지 모래가 등장한 사진에는 어떤 빛이, 온기가 머물렀다. 사진들 안에서 모래는 물결 위에 반사된 빛처럼 반짝였다.

공무의 사진들은 글을 대신해 말했다.

사진을 찍게 된 이후로 공무는 어떤 글도 쓰지 않았다. 매일 공무의 미니홈피에 들르면서 나는 예전처럼 공무의 글을 읽고 싶어하는 내 마음을 봤다.

왜 이해해야 하는 쪽은 언제나 정해져 있을까.

고등학생 공무는 천리안 동호회에 그렇게 썼었다. 그 문장은 며칠이고 내 안에서 구르면서 마음에 상처를 냈다. 나는 늘 이해하려 하는 사람이었으니까.

엄마는 왜 사람들이 다 쳐다보는 지하철역 개찰구 앞에서 나를 계속 밀쳐 쓰러뜨렸을까. 일어서면 다시 때려 쓰러뜨리고, 일어서면 다시 때려 쓰러뜨리기를 반복했을까. 빨리 쫓아오라고 말했는데도 내가 걸음이 느려 엄마를 따라가지 못했으니까. 내가 꾸물거렸으니까 그랬겠지. 많이 맞았잖아. 그때마다 이유는 나에게 있었다.

술에 취해 들어온 아빠는 왜 자는 나를 깨워 내가 태어나서는 안 되는 애였다고 말했을까. 내가 미숙아로 태어난 까닭으로 처음부터 돈이 많이 깨졌다면서 나를 새는 바가지라고 불렀지. 화를 냈지만 슬퍼 보였어. 사는 게 고되어서 그랬겠지. 돈도 없는데, 아이를 원하지도 않았는데 가지게 되었으니 힘들었겠지.

어린 나는 부모를 이해하기 위해 안간힘을 썼다. 더 착한 아이가 되면, 훌륭한 아이가 되어 민폐 그 자체인 내 존재에 대한 빚을 갚을 수 있다면 상황이 달라질 거라고 생각했다. 그렇게 부모를 이해하려고 노력하는 것이 어린 나에게는 부모가 나를 제대로 사랑하지 않았으며, 그래서 나를 그저 화풀이 대상으로 삼았다고 인정하는 것보다는 쉬운 일이었다. 어른들이 그렇게 행동할 수밖에 없었던 이유를 조금이라도 알아낼 수 있다면 그만큼 자유로울 수 있을 것 같았다. 스스로를 납득시키기 위해 가짜 이유라도 만들어서 믿고 싶었다.

공무의 글을 읽으며 나는 생각했다. 너는 나를 조금도 이해하려하지 않는 사람들을 이해하기를 강요받고 있었다고.

어른이 되고 나서도 누군가를 이해하려고 노력할 때마다 나는 그런 노력이 어떤 덕성도 아니며 그저 덜 상처받고 싶어 택한 비겁함은 아닐지 의심했다. 어린 시절, 어떻게든 생존하기 위해 사용한 방법이 습관이자 관성이 되어 계속 작동하는 것 아닐까. 속이 깊다거나 어른스럽다는 말은 적당하지 않았다. 이해라는 것, 그건 어떻게든 살아보겠다고 택한 방법이었으니까.

공무야.

공무의 이름이 무엇인지, 공무가 어떤 얼굴을 하고 있는지도 몰랐을 때부터 나는 속으로 공무야, 라고 불러보곤 했다. 서로가 가느다란 끈으로 이어진 것만 같았다.

2

모래와 공무의 관계가 삐걱거리기 시작한 건 우리의 두번째 여름부터였다. 모래가 무엇을 먹고 싶다거나 어디를 가자고 하면 공무는 그럴 돈이 없다고 무안을 줬다. 공무는 삐딱하게 이야기했고, 그럴 때면 모래는 침묵을 지키다 먼저 자리를 뜨곤 했다. 그러다가도 그다음에 만나면 전에 무슨 일이 있었는지 다 잊어버린 사람들처럼 아무렇지 않게 지냈다.

갈등을 어물쩍 넘기는 화해가 반복되면서 나는 점점 그 둘에게 화가 났다. 감정싸움에 섞인 서로에 대한 애정이 제삼자인 내게도 보여서, 그 애정이 나를 우리의 테두리 밖으로 밀어내는 것 같아서, 다툼의 맥락을 둘만 공유하고 있는 것 같아서였다.

그날 우리는 롯데리아에서 빙수를 먹고 있었다. 창밖으로 포장이사 트럭이 지나갔고, 그걸 본 모래가 공무에게 물었다.

"어릴 때 이사 몇 번 했어?"

"초등학교 때만 세 번 전학 다녔던 것 같아. 너는?"

"태어나서 계속 같은 동네 살다가 미국으로 갔었지. 그리고 한국에 와서도 이사를 안 다녔으니까 두 번 이사했네."

"말은 미국 가서 배웠다고 했지?"

"응. 어릴 땐 쉬우니까."

"갈 때 안 무서웠어?"

"공무 너는 안 그랬어? 계속 전학 다녀야 하는 거……"

"너한테 물었잖아."

"무서웠지. 안 무서웠을 리가 없잖아…… 그걸 굳이 말해야 알아?"

"자꾸 피하니까 그렇지. 너 항상 그러잖아."

모래는 대답하지 않았다. 공무는 플라스틱 숟가락을 내려놨다.

"싸우려면 나 없을 때 싸워. 나까지 불편하게 하지 말고."

"너 불편하게 하려는 건 아니었어." 공무가 말했다.

"나 먼저 갈게."

모래는 그렇게 말하고 자리를 떴다. 공무는 모래 쪽을 돌아보지도 않았다. 나도 공무를 남겨두고 자리를 떠났다. 싸울 일도, 그렇게 감정이 상할 일도 없었는데 서로 엉망이 된 기분으로 헤어진 날이었다.

그날 이후 모래는 한동안 인터넷 방송을 열지 않았고 문자나 MSN 메시지도 보내지 않았다. 모래가 움직이지 않자 우리 셋은 더이상 만날 수가 없었다. 만날 시간과 장소를 잡는 건 항상 모래의 몫이었으니까. 관계의 지속은 모래에게 달린 것처럼 보였다.

나는 공무의 미니홈피 사진첩에 들어가서 한강 변에 서 있는 모래의 뒷모습을 오래 바라봤다. 모래는 겨자색 털모자를 쓰고 거의 발목까지 내려오는 검은 패딩 코트를 입고 있었다.

"펭귄이네."

팔짱을 낀 공무가 모래를 보며 무심하게 말했다. 강변에 부는 바람이 셌고 우리는 서로의 작은 말 한마디에도 유난스럽게 웃었다. 바람에 머리가 울려 나는 두 손으로 얼어붙은 귀를 감쌌다. 아무리 생각해도 그 기억뿐이었다. 왜 그 추운 날 한강으로 갔는지, 그곳에서 무얼 했는지는 아무것도 기억나지 않았다. 펭귄이네, 그 한마디와 차가운 강풍, 이유 없이 웃고 싶어졌던 마음만이 공무의 사진에 담겨 있었다.

모래에게서 연락이 온 건 이른 아침이었다. 롯데리아에서 그렇게 다투고 얼마 되지 않은 날이었다. 병원 일층에 다다랐을 때 이미 모래는 대기실에 도착해 공무 옆에 앉아 있었다. 둘은 나란히 앉아 아무 말도 나누지 않았다. 나는 멀리 떨어져 그애들의 모습을 바라봤다. 공무에게 어떤 말을 해야 할지 알 수 없어 잠시 망설이다 다가갔다.

공무는 떨고 있었다.

"잠은 좀 잤어? 밥은 먹었고?" 묻는 말에 공무는 고개를 끄덕이기만 했다. "집에 가서 눈 좀 붙여." 고작 생각해낸 말이 그것밖에 되지 않아서 나는 몇 마디를 더 붙이려다 입을 다물었다.

"현우야." 그때 모래가 공무를 불렀다. "현우야."

공무는 모래의 어깨에 이마를 대고 눈을 감았다.

"현우야."

모래는 공무의 등을 토닥였다. 둘은 그렇게 오래 앉아 있었다. 모래가 공무의 실명을 부르는 모습을 본 건 그때가 처음이었다. 공무의 실명을 모래의 목소리로 들으니 이상했다. 그 이름이 생소한 건지, 그 이름으로 불리는 공무 자체가 생소한 건지 알 수 없었다.

공무는 아무것도 먹을 수 없다고 했다. 모래가 건넨 오렌지주스를 겨우 몇 모금 마시고 우리 곁을 떠났다. 나와 모래는 병원 앞 포장마차에 서서 떡볶이를 사 먹고 동네로 가는 지하철을 탔다. 모래의 낯빛이 창백했다.

"한밤에 후진하던 차에 치였대. 운전자는 음주 상태였고. 골목에 사람들이 있어서 다행이었지. 그대로 도주했으면 그 자리에서 죽을 수도 있었다고 했어."

"지금은 어떻고."

"의사들은 늘 최악을 말하니까. 살아날 수 있을지도 몰라."

"항상 끔찍한 사람이라고 생각했어."

모래는 고개를 끄덕였다. 우리는 한동안 아무 말도 하지 않았다.

"아까, 공무 아버지를 봤어. 아주 멀리서 봐서 무슨 말을 하는지 들을 수는 없었지만 공무에게 화를 내더라."

"아버지가 맞아?"

"응. 동네에서 몇 번 봤었어. 그 아저씨. 공무는 고개만 숙이고 있더라. 가까이 다가가서 그 아저씨가 무슨 말을 하는지 들을 수 있었어."

거기까지 말하고 모래는 말을 그쳤다. 무슨 말을 하려는 듯했지만 입가가 떨렸고 얼굴이 붉어졌다. 지하철 출입문 앞에 서서 봉을 잡고 이리저리 흔들리면서 모래는 웃는 얼굴로 울었다. 나는 가방에서 얇은 머플러를 꺼내 모래에게 건넸다.

"코 풀어도 돼."

내 말에 모래는 소리 내어 웃었다. 그 순간 모래의 얼굴이 어느 때보다도 낯설게 느껴졌다. 그건 내가 알던 모래의 얼굴이 아니었다.

모래의 울음이 잦아들 때까지 우리는 서로의 얼굴이 아닌 다른 방향을 응시했다.

"날 봤어." 모래는 봉을 꼭 잡고 말했다. "공무가 날 봤어. 거기서."

"……"

"그 아저씨, 날 한 번 보더니 그냥 갔어. 끔찍이 아끼는 첫째 아들이 중환자실에 있으니 얼마나 고통스러울지 짐작조차 되지 않지만……"

모래의 말을 들으며 나는 내 귀를 의심했다. 모래도 알고 있지 않나. 공무의 형이 공무에게 어떤 행동을 했는지. 공무를 향한 그의 학대를 용인해준 아버지가 어떤 인간인지도. 그걸 알면서도 모래가 공무의 감정보다도 공무 아버지의 감정을 먼저 살피는 것 같아 나는 불편해졌다.

"그 사람 감정까지 생각하고 싶지 않아."

모래는 내 표정을 살피더니 나를 달래듯 말을 이었다.

"그래도 너무 나쁘게만 생각하지 마. 지금 가장 괴로운 사람들이잖아."

나는 모래의 그 순진한 태도에 화가 났다. 어떻게 나에게 그 사람들을 이해하라고 강요할 수 있지. 어떻게 이런 말을 아무렇지 않게 할 수 있지.

"너무 나쁘게 생각하지 말라니. 너무 나쁜 사람들을 너무 나쁘다고 하지 그럼 뭐라고 얘기해?"

"난……" 모래가 굳은 표정으로 말했다. "난 단지 공무가 걱정될 뿐이야. 크게 상처받은 것처럼 보였어, 아까 공무. 그 사람들을 비난하는 만큼 공무가 덜 아프다면 나도 그렇게 비난할 거야. 그런데 그건 아니잖아."

"넌 정말 아무것도 모른다."

내 말에 모래는 고개를 돌렸다. 그 말이 모래를 어떻게 아프게 할지 나는 알았다. 나는 고의로 그 말을 했다. 너처럼 부족함 없이 자란 애가 우리들을 어떻게 이해할 수 있겠느냐고, 네가 아무리 사려 깊은 사람이라고 하더라도 절대로 이해할 수 없는 영역이 있다고 말하고 싶었다.

네가 뭘 알아. 네가 뭘. 그건 마음이 구겨져 있는 사람 특유의 과시였다.

직업군인이었던 공무의 아버지는 결정적인 시기에 진급하지 못하고 전역했다. 온당한 대우를 받지 못했다는 생각, 더 높은 곳으로 올라가지 못했다는 분노는 사람들이 자신을 끝없이 무시한다는 확신으로 수렴됐다.

그가 말을 할 때 공무네 가족은 하던 일을 중단하고 그를 바라봐야 했다. 텔레비전을 보거나 잡담을 해서는 안 됐다. 밥상에서 반찬을 집어먹는 것도 안 됐다. 그가 말할 때 다른 행동을 하는 건 그를 무시하는 태도였으므로. 어쩌다 밥이 설익은 것도, 화장실 바닥에 물기가 남은 것도 모두 그에게는 자신이 무시당한다는 방증으로 보였다.

그는 항암 치료를 받는 아내에게서 삼시 세끼를 받아먹었다. 그녀가 죽음 직전에 이를 때까지도 그는 밥상을 받았다. 아내를 따라 병원에 간 적도 없었다. 진땀을 흘리며 싱크대에 기대어 서 있는 어머니 곁에서 공무는 밥을 안치고 채소를 다듬었다. 시간이 지나고 나서 공무는 자신의 비겁함을 후회했지만 그런 아버지와 형에게서 자신을 지켜주지 못한 어머니에게 분노를 느끼기도 했다.

공무의 아버지에게 첫아들은 자신의 분신이었고 대체될 수 없는 사랑이었다. 큰 키에 잘생긴 얼굴, 좋은 학업성적, 잔혹한 성격, 어디 하나 약해 보이지 않는 모습을 그는 흡족히 여겼다. 겁이 많고 마음이 여려 툭하면 울기부터 하는 공무는 그가 가장 피하고 싶은 자기 일부였다.

공무의 형은 사 년 전액 장학금을 받고 한 사립대학 법학과에 입학했다. 공무가 고등학교에 들어가던 해였다. 그는 삼 년 동안 사법고시 준비를 했지만 번번이 시험에 떨어졌다. 자신을 향한 아버지의 기대, 죽은 어머니를 애도하는 방법을 몰랐던 무지, 자기 욕심을 따라갈 수 없는 능력이 그를 괴롭혔다고 공무는 말했다.

어느 날인가는 공무를 한참 때리고 나서 내가 너라도 때려야지 마음이 풀린다고 말했다고도 했다.

공무는 형의 의식이 깨어날 때까지 매일 병원에 갔다. 위급한 상황이 지나고 일반 병동으로 옮겼을 때도 형의 곁에 있었다. 공무는 마음이 약하니까, 라고 이해하려 노력하면서도 그렇게까지 할 필요는 없다고 생각했다. 이런 식으로 어설프게 화해해서 다시 그 지옥으로 들어가는 것은 아닌지 걱정이 됐다. 그러나 그런 생각을 공무에게 표현하지는 않았다.

공무가 형을 돌보러 다니게 되면서 모래는 인터넷 방송을 다시 열었다. 우리 셋의 MSN도 다시 열렸다. 서로가 서로에게 말로 표현할 수 없는 미묘한 감정을 느끼면서도 겉으로는 농담을 주고받았다.

모래도 나도 이해하고 있었다. 공무에게는 두 손이 있다. 그리고 그 손을 잡아줄 사람은 나와 모래, 둘뿐이다.

공무의 형은 일반 병동으로 옮기고 한 달 뒤에 퇴원했다. 공무는 가을학기를 휴학했고, 대형 학원의 보조 강사로 취직했다.

나는 공무의 미니홈피에서 그애가 형의 사고 이후 찍은 사진들을 봤다. 그 시기 찍은 사진들은 주로 원경을 찍은 것들이었다. 멀리 보이는 고가도로, 높은 층에서 찍은 가로수들, 골목 끝에 버려진 스테레오 오디오, 새끼손톱만한 콘크리트 병원 건물…… 공무의 사진에서 피사체들은 프레임의 중심에 있지 않았다.

모래를 찍은 사진도 그랬다. 모래는 병원 주차장을 가로질러 출구로 걸어가고 있었다. 티셔츠에 반바지, 운동화 차림에 중단발을 뒤로 묶은 모래는 프레임의 왼쪽 상단에 작게 잡혔다. 한 발자국이라도 더 걸어가면 프레임 밖으로 사라져버릴 것이 분명한 피사체였다.

나는 오래도록 그 사진을 바라봤다. 작별 인사를 하고 뒤돌아서서 창가를 내다보았을 공무의 마음이 그 사진에 그대로 박혀 있었다.

공무의 추천으로 나도 공무가 일하는 학원의 보조 강사 자리를 얻었다. 공무는 월요일부터 토요일까지, 나는 금요일과 주말에만 나가 일했다.

우리는 폭이 세 뼘이나 될까 한 간이 책상에 앉아서 채점을 하고 줄을 서서 복사를 했다. 식사 시간에는 양이 많이 나오는 분식집에서 덮밥이나 볶음밥을 먹었다. 날씨가 점점 쌀쌀해졌다. 우리는 학원 휴게실 자동판매기에서 따뜻한 데자와를 뽑아 마셨다.

"이러고 있으니까 작년 생각나네." 공무가 말했다. "너네가 학교 놀러와서 학관에서 같이 호빵 먹고 데자와 마셨었지."

"그랬었지."

"휴학하면 시간이 더 많을 줄 알았는데 아니야. 거의 매일 출근하고 쉬는 날에는 잠만 자고."

나는 대수롭지 않은 이야기를 하듯 공무에게 내내 묻고 싶었던 질문을 했다.

"아직도 형 만나?"

공무는 잠시 망설이다 대답했다.

"아니."

"……"

"거짓말하는 거 아니야. 그때는 어쩔 수 없었어. 형이랑 그렇게 마무리지은 거라고 생각해."

공무는 무표정하게 그 말을 했다. 그 표정이 거짓으로 보이지는 않았다.

"있잖아······ 나, 이번 겨울에 입대해. 모래한테는 따로 말하려고."

"공무야."

"괜찮겠지. 집이 군대였잖아."

공무는 그 말을 하고 싱겁게 웃었다.

"그것도 농담이라고."

나는 그애의 회색 운동화를 바라봤다. 공무가 늘 신고 다니는 신발이었다.

"너······ 괜히 다 참지 마." 내가 말했다. "아주 나쁜 일 생겨도 참을 수 있다고 생각하고 그냥 다 참고 그러지 마."

"기억할게. 그 대신 너도 기억해. 지금 네가 한 말."

"내 걱정 말고 너나 잘 기억해."

울먹이는 모습을 보이기 싫어서 나는 자리를 떴다. 참지 말라고 말했으면서 정작 습관적으로 눈물을 참는 내 모습을 보면서.

스물하나의 나에게 이 년이라는 시간은 내가 살아온 시간의 십분의 일이었고, 성인이 되고 난 이후의 시간과도 같은 양이었다. 나의 선택으로 공무를 만났고, 일상을 나눴고, 내 마음이 무슨 물 렁한 반죽이라도 되는 것처럼 조금씩 떼어 그애에게 전했으니 공무는 나의 일부를 지닌 셈이었다. 그런 의미에서 공무와 떨어져 있는 나는 온전한 나라고 할 수 없었다. 그런 식의 애착이 스물하나의 나에게는 무겁게 느껴졌다.

그때부터 공무가 군대에 가기 전까지만큼 우리 셋이 즐거웠던 적은 없었던 것 같다. 모래가 어디서 얻어온 자유이용권으로 롯데월드에도 갔고 해가 뜰 때까지 술을 마시다 첫차를 타고 헤어지기도 했다. 모래의 주정을 듣는 공무의 표정이 부드러웠다. 그 부드러운 표정 속으로 공무는 모래를 향한 감정을 구겨넣어 감추는 듯 보였다.

그날도 우리는 모래의 학교 앞 지하 술집에서 술을 마시고 있었다. 겨울방학이어서 손님이라고는 우리뿐이었다. 맥주 오백 시시에 이미 취한 모래가 내게 몸을 기댔다.

"모든 건 다 변한대." 모래가 말했다. "나는 그 말이 좋았다. 시간이 가면 다 변한다고. 영원한 건 없다는 말 있잖아. 그런데 너희를 만나고 그 말이 싫어졌어. 왜 변해야 돼? 왜 지나야 돼? 공무 사진처럼 그냥 어느 순간에 그대로 남고 싶기도 했어."

"언제?" 공무가 물었다.

"공무, 그냥 니가 비척비척 걸을 때. 난 너처럼 걷는 사람을 본 적이 없다. 정말 특이하게 걷지. 너처럼 농구 못하는 애도 처음 봐. 자, 봐봐, 꼭 보라고 해요. 폼 다 잡아놓고 전부 노골이면 어쩌라는 거냐. 그냥 널 보면 정말 웃기고 어이가 없어서, 그냥 재미있어서……"

공무는 모래를 보지 못하고 냅킨을 몇 번이나 접고 있었다.

"아까 들어오는 길에 공무한테는 얘기했는데……" 모래가 말했다.

"모래, 사귀는 사람 생겼대." 공무가 모래의 말을 받았다. "좋은 사람이래. 모래 학과 선밴데 회사원이고 나도 얼굴 봤던 사람이야."

그렇게 말하는 공무의 얼굴을 보며 나는 무슨 말을 해야 할지 알수 없었다. 웃으며 축하해야 하는데 어떻게 공무 앞에서 그럴 수 있을까. 나는 술을 마셔 달아오른 모래의 얼굴을 빤히 바라봤다.

나와 모래는 자정이 되기 전에 술집을 나와서 버스를 타고 집으로 돌아갔다. 모래는 반쯤 취한 상태로 자기가 어떻게 그 사람을 만나게 되었는지 내게 들려줬다. 그 일방적인 구애와 그의 다정함에 대해서. 우리 또래 애들과는 비교할 수조차 없는 그의 성숙한 생각과 행동에 대해서. 그런 모래의 말을 들으며 나는 술집 구석에 앉아 냅킨을 접던 공무의 손을 떠올렸다. 나는 공무만큼 필요 이상으로 성숙한 사람을 본 적이 없었다. 그런 공무의 마음이 모래의 눈에는 어째서 보이지 않았을까. 공무는 왜 모래에게 다가서지 못했을까.

공무가 군대에 가기 며칠 전, 우리는 오랜만에 셋이 마지막으로 같이 만났다. 순대곱창을 먹고 동네 어귀를 걸었다. 공무는 카메라를 들고 와서 이곳저곳을 찍었다. 제법 굵은 눈송이가 날리는 날이었다.

"나도 찍어볼래."

모래는 우리를 따라다니며 사진을 찍었다. 따로 포즈를 부탁하지는 않았지만 공무는 우두커니 서서 모래의 피사체가 되어주었다.

집으로 돌아와서 모래는 MSN에 자신이 공무를 배웅하지 못하게 되었다고 적었다. 엄마의 수술 날짜가 공무의 입대 날짜와 겹쳤다는 것이었다. 얼굴을 보고 말하고 싶었는데 막상 보니 할 수가 없었다고 했다. 공무는 모래가 따라온다고 해도 말렸을 거라면서 나도 오지 말라고, 혼자 잘 갈 수 있다고 썼다.

공무의 입대 날, 우리는 남매처럼 같이 훈련소로 갔다. 흐린 날이었다. 비는 내리지 않았지만 하늘이 먹구름으로 가득해서 아침인데도 사위가 어둑했다. 우리는 각자 팔짱을 끼고 스탠드에 나란히 앉아서 삼삼오오 모인 사람들을 바라봤다. 웃고, 떠들고, 껴안고, 우는 사람들의 모습을 나와 공무는 영화를 보듯 지켜봤다.

"눈 오겠네."

나는 그렇게 말하고 공무를 봤다. 검은 야구 모자 아래로 빨갛게 얼어붙은 그애의 귀가 보였다. 모래도 함께였다면 이만큼 쓸쓸하지는 않았으리라는 생각이 들었다. 모래라면 다른 사람들이 부럽지 않을 정도로 최선을 다해 너를 배웅해줬을 텐데. 좋은 말도 해주고, 참지 않고 너를 위해 울어줄 수도 있었을 텐데.

왜 나는 생각하는 대로 말하지 못하고 슬퍼도 제대로 울지 못하는 사람으로 네 옆에 앉아 있을까. 이런 내가 너에게 무슨 위로가 될 수 있지. 그애 옆에 앉아서 코를 훌쩍이며 나는 이상한 조바심을 느꼈다. 스피커에서 안내 방송이 흘러나올 때까지 우리는 그렇게 앉아서 별다른 말을 하지 못하고 있었다.

"간다."

공무는 자리에서 일어나 나를 향해 웃어 보였다. 나는 어정쩡하게 일어서서 그애를 올려다봤다.

"이거 너 써."

공무는 자기가 쓰고 있던 야구 모자를 내 머리에 씌워줬다. 짧게 깎은 머리카락이 드러났다. 그애는 자기 머리를 한 번 쓸어보더니 내게 손을 흔들었다.

"잘 가."

나는 손을 흔들지도 못하고 그 자리에 서 있었다. 모래의 말대로 비척비척 걸어가는 공무를 쳐다보면서. 그애는 조금 걷다가 뒤를 돌아보고, 다시 앞으로 걸어가다가 뒤를 돌아봤다. 작아지는 그애를 나는 우두커니 서서 바라보기만 했다. 형편없는 배웅이었다. 그애가 무리에 섞여 들어갈 때쯤 여린 눈발이 날리기 시작했다.

공무의 짐을 맡아줄 사람이 없어서 컴퓨터를 제외한 모든 짐은 우리집으로 배달됐다. 컴퓨터는 학교 커뮤니티 게시판을 통해 팔았다고 공무는 말했다. 몇 벌 되지도 않는 옷, 심리학 전공 서적, 노트, 도시락 통, 농구공이 전부였다. 카메라는 모래에게 갔다.

공무가 입대하기 몇 달 전, 과선배가 군대에서 자살했다. 그는 정오에 완전군장을 하고 연병장을 열 바퀴 달리는 얼차려를 받고 돌아와 자살했다. 그가 자살했던 날 최고기온은 삼십팔 도였다.

그는 수줍음이 많고 몸집이 작은 사람이었다. 한번은 옆자리에 앉아서 수업을 들었는데 내게 왜 학과 활동을 하지 않느냐고 물었다. 바빠서요. 조금 퉁명스러운 말투로 대답했다. 그렇구나. 밥 한번 먹자. 밥 사주고 싶어. 그런 말을 하는 그에게 나는 그러자고 답하지 않았다.

학관 로비에 그의 영정이 놓였고 그를 추모하는 사람들이 향을 살랐다. 그 앞에서 무릎을 꿇고 울던 선배들도 있었다. 자꾸만 미안하다고 말하면서. 네가 이렇게 괴로울 동안 그런 줄도 모르고 잘먹고 잘살았다면서 미안하다고, 미안하다고 했다. 나는 그 곁에 서서 향을 살랐다.

얼마 지나지 않아 죽은 선배가 가혹 행위의 피해자였다는 내용의 대자보가 붙었다. 대자보를 쓴 사람은 죽은 선배의 친구였다. 그는 친구를 마지막으로 만났을 때 친구가 눈에 띄게 수척해져 있었고 몇 번이나 죽고 싶다고 말했다고 썼다. 마지막날 가혹 행위를 한 선임들은 조사를 받았지만 특별한 처벌은 받지 않았다. 밝혀진 것은 마지막날의 일뿐이지만 지속적인 가해행위가 있었을 것이라고, 어떤 일이 있었는지 정확하게 밝혀내야 한다고 그는 썼다.

나는 이 이야기를 모래와 공무에게 하지 않았다. 그의 죽음을 이야깃거리로 삼고 싶지 않아서였다. 선배의 억울함을 알리기 위해서든, 내 마음을 위로받고 싶은 이기적인 이유에서든 선배의 죽음을 이야기로 삼는 순간 그의 고통은 그저 마음을 자극하는 동정거리가 될 것이라고 생각했다. 누구도 동정받는 걸 원하지 않는다. 선배의 삶이 그저 가여움으로, 억울함으로 결론지어지고 그의 이름이 그저 학대받은 피해자로 대체될 수는 없었다.

다른 선택은 없었을까. 나는 오래 혼자 생각했다. 다른 선택은. 눈앞에 오로지 죽음이라는 한 개의 선택지만이 놓이게 되었을 때 그는 어떤 마음이었을까. 그가 죽을 때까지 그를 괴롭혔던 가해자들은 어떤 인간들이었을까. 처벌받지 않고 다시 민간인이 되어서 죽을 때까지 자기가 무슨 짓을 저질렀는지 자각하지 못하고 살아갈까. 아니라면 어느 순간 깨닫게 될까.

"사람은 변할 수 있어. 그걸 믿지 못했다면 심리학을 공부할 생각은 못했을 거야. 자기 자신을 포기하지 않는 한 사람은 변할 수 있어. 남을 변하게 할 수는 없더라도 적어도 자기 자신은."

1학년 말, 전공 선택을 하면서 공무는 그렇게 말했다. 사람이 궁금하고, 사람의 마음이 어떻게 작동하는지 알고 싶다면서. 타고난 부분이 바뀌지는 않겠지만 같은 일을 경험하더라도 해석하고 반응하고 회복하는 방법은 달라질 수 있다고 믿는다고 했다. 나는 공무가 인간에게 품는 낙관이 신기했고, 때로는 그런 말들이 진심이 아닐 거라고 의심했다. 네가 어떻게 커왔는지 뻔히 아는데, 그런 거짓말로 스스로를 속이는 거냐고 묻고 싶었다. 가해자들도 변할 수 있어? 달라질 수 있어? 그 인간들이 변하고 달라진다고 해서 그들이 학대한 사람들의 상처가 없어져? 죽은 사람이 다시 살아 돌아와?

그러면서도 한편으로는 공무의 말에 순간이나마 마음을 걸치고 싶었다. 타고난 것은 변하지 않지만 같은 일을 겪어도 극복할 힘이 길러질 수 있다는 믿음 같은 것에.

공무를 보내고 모래는 우리집에 자주 왔다. 그애는 번번이 과일이나 밑반찬, 롤케이크 같은 것을 챙겨왔다.

우리는 집에 있는 국을 데워 밑반찬과 함께 먹기도 하고, 멸치와 다시마로 육수를 내어 떡국을 끓여먹기도 했다. 어느 날인가는 호박죽을 끓였고 모래가 가져온 무를 넣어 생선조림을 해먹기도 했다. 모래는 조리 도구에 익숙하지 않았고 설거지조차 제대로 하지 못했다. 그런데도 늘 같이 뭔가를 해먹자고 조르고 뭐든 시켜달라고 붙었다. 우리는 싱크대에 나란히 서서 음식을 만들고, 같이 먹고, 모래가 가져온 홍차를 마셨다.

"너랑 같이 살면 좋을 것 같아. 우리 나중에 결혼하지 말고 둘이 살자." 모래가 말했다.

"난 남자랑 살 건데."

"남자랑은 연애만 하고 나랑 살아."

"너 하는 거 봐서."

"정말로 얘기하는 거야. 내가 잘할게."

"알았어. 정 같이 살 남자 없으면 너랑 살지 뭐."

"너 그거 빈말 아니지."

"정작 자기는 남자친구도 있으면서 나한테 그래. 이래놓고 그 남자랑 살림 차리고 그러는 거 아니야."

모래는 무슨 말인가를 하려는 듯하다가 입을 다물었다. 모래는 남자친구에 대해 자세히 이야기하지 않았다. 내가 물어보면 짧게 답했지만 먼저 이야기를 꺼내지는 않았다.

모래는 공무가 우리집에 맡기고 간 농구공을 만지작거렸다.

"이거 해볼래?"

바람이 없고 햇볕이 따뜻한 겨울날, 우리는 농구공을 들고 근처 운동장으로 갔다. 골대 아주 가까이에서 온 힘을 다해 공을 던졌지만 골인은 어려웠다. 내 모습이 우스운지 모래는 웃다가 내가 농구하는 모습을 공무의 카메라로 찍기 시작했다.

"왜 찍어."

"공무 보여주려고 하지. 이번에는 나 찍어봐."

나는 농구공을 들고 포즈를 잡는 모래의 모습을 클로즈업해서 찍었다. 공이 골대에 들어가지 않아 웃는 얼굴이며 놓친 공을 잡으려고 어정대며 뛰어가는 뒷모습 같은 것들을. 모래가 운동장을 지나던 사람에게 부탁해서 우리 둘의 사진을 찍기도 했다. 몸을 좀 움직였다고 땀이 나서 코트를 벗고 우리는 잠시 스탠드에 앉았다.

"공무 입대하던 날, 서운하지 않았어?"

"누가?"

"너랑 공무 둘 다."

"아니, 너희 어머니 수술이었잖아. 그게 더 중요하지."

모래는 농구공을 만지작거렸다.

"그때 공무 어땠어? 마지막에 무슨 이야기 했어? 그런 얘길 너랑 안 했던 것 같아."

무리를 향해 걸어가던, 공무의 어설퍼 보이던 뒷모습이 눈앞에 그려졌다. 공무가 어땠냐고. 마냥 혼자였지. 마냥 혼자였어, 그애는. 처음부터 끝까지 혼자였던 사람처럼 혼자였어.

"공무는 널 좋아했어."

모래는 무표정한 얼굴로 나를 봤다.

"공무가 그래?"

"아니, 누구라도 그렇게 생각할 정도로 눈에 보였어."

모래는 아랫입술을 물어뜯었다. 좋은 것인지 괴로운 것인지 알 수 없는 표정이었다.

"그렇게 보였다니 재미있다. 근데 아니야. 아니었어."

모래는 확신을 두고 말했다.

"공무 걔가 섬세하지. 나한테 잘해준 건 맞아. 그런데 네가 생각하는 그런 감정은 아니었어. 그런 감정이었다면……"

모래는 거기까지 이야기하고 나에게 말하는 중이었다는 걸 잊은 사람처럼 입을 다물었다. 그애는 운동장 쪽을 응시했다.

"잘 지낼 거야. 추위를 타는 게 걱정이지만."

모래는 대답하지 않았다. 내 목소리가 들리지 않는 것처럼 보였다. 모래의 무릎 위에 있던 농구공이 떨어져서 운동장 쪽으로 굴러갔다. 공을 주우려 일어선 모래의 뒷모습을 나는 공무의 카메라로 찍었다.

내 말 들려?

그날 저녁, 컴퓨터 스피커에서 모래의 목소리가 나왔다. 여느 때처럼 모래가 열어놓은 인터넷 방송을 듣고 있을 때였다.

들리면 들린다고 네이트온에 써줘.

들려. 나는 메시지를 보냈다.

이렇게 얘기하고 있으려니 이상하지만 그냥 오늘은 이렇게도 말해보고 싶었어. 술 취한 거 아니야. 믿어줘. 목소리 잘 들려?

잘 들려.

그리고 한동안 모래는 아무 말도 하지 않았다. 얕은 숨소리가 스피커를 통해 전해졌다.

마음을 말로 잘 표현하는 사람들이 부러워. 난 그게 그렇게 어렵더라. 누군가 내 마음을 받아써줄 순 없겠지. 너도 공무도 이런 내가 답답했을 거야. 어쩌면 의뭉스럽게 보였을지도 모르겠어. 그렇지만 노력하지 않은 건 아니야. 그냥 그런 재주가 없었어.

거기까지 말하고 모래는 말을 멈췄다. 작은 숨소리가 들렸다.

공무가 형 때문에 병원에 다닐 때, 그때 공무에게 내가 할 수 없다고 생각했던 말을 했어. 항상 생각하고 있다고, 떨어져 있어도 네가 지금 어디서 어떻게 지내고 있을지 오로지 그 생각만 한다고 말했지. 자신이 없어져 나중에는 목소리가 작아졌고 말을 다 마쳤을 때는 둘 다 아무 말도 하지 않았어. 이런 용기를 낼 사람이 아니라고 생각했는데 꼭 그런 것도 아니었나봐.

그래서 네가 원하는 게 뭐야. 얼마 지나 공무가 묻더라. 그건 질문이었지만 사실 내 고백에 대한 대답이었어. 너한테 내 마음을 말하고 싶었어. 그것뿐이야. 나도 대답했어. 처음부터 잘될 거라고는 생각하지 않았어. 그냥 그런 예감이 있잖아. 우리는 고작 이 정도 가까워질 수 있을 뿐이라는 걸 나도 몰랐던 건 아니야.

그럼 갈게. 일어나려는데 공무가 그러더라. 착각하지 말라고. 단지 마음이 쓰이는 걸 그렇게 잘못 생각하지 말라고.

착각이었다면 이렇게 말하지 않았을 거야. 나는 대답했어. 내 마음에 대해 여러 번 의심했지만 확신만이 남았다고. 너는 어때, 네 마음은 어때. 내가 물었고 공무는 고개를 저었어. 자존심도 없는 사람처럼 이미 대답한 사람에게 다시 대답을 요구했던 거지. 그걸로 충분했어. 아무리 여러 번 묻는다고 하더라도 공무의 대답은 항상 같을 거라는 걸 그때 알았으니까.

개랑 같이 밥을 먹어도, 같이 길을 걷고 이야기하고 웃어도 괴로웠어. 우리의 마음이 너무 달라서 외로웠어. 마음이라는 게 사그라지기를 바라면서도 막상 얼굴을 마주보고 있으면 그 마음이 사라질까봐 겁이 났어. 아무리 나를 괴롭게 하더라도 소중한 것이었으니까. 그 마음을 잃은 나는 어떤 사람이 될지 알 수 없었으니까. 단지 혼자가 되고 싶지 않아서, 외로워지기 싫어서, 남들 사는 것처럼 살고 싶어서 진짜 마음 하나 없이 함께하는 사람들처럼 되고 싶지는 않았으니까. 그게 나에게는 가장 무서운 것이었는데. 나도 그런 사람들 중의 하나가 될까.

넌 그런 사람이 되지 않아. 내가 썼다.

입대하는 공무를 보러 갈 수는 없었어. 엄마 수술이 있었던 건 사실이지만 간단한 수술이었고 동생이 갈 수도 있었지. 공무가 가는 모습을 보게 된다면 겨우 붙잡아놓은 마음이 풀어져서 그애를 잡고 늘어질 것 같았어. 남자친구랑은 문제없이 만나고 있어. 그 사람 때문에 상처를 받지는 않아. 이게 나에게 좋은 거겠지. 옳은 길이겠지. 공무 말대로 늘 생각하고 걱정된다고 해서 사랑인 건 아니니까.

이게 좋은 거겠지. 옳은 길이겠지. 모래는 자기 자신에게 그렇게 말하는 것 같았다. 처음에는 작고 어두웠던 목소리가 뒤로 갈수록 조금은 들뜬 목소리로 변했다. 그 목소리를 들으며 나는 모래에게 실망했다. 상처받기 싫어서 자기 선택을 합리화하고 도망갔을 뿐이라는 생각이 들어서였다. 그 마음이 무엇인 줄 알면서도 그때의 나는 그렇게 모래를 판단하려 했다.

3

공무는 첫 휴가를 나와 엄마를 모신 납골당부터 들렀다. 우리를 만나고, 학과 선배네 자취방에서 머물 계획이라고 했다. 겨울인데도 피부가 타는구나. 유심히 자기를 들여다보는 나를 보고 공무는 소리 내어 웃었다. 그렇게 웃는 모습이 얼마 만인지 마음이 놓였다. 공무는 수원 경찰서에서의 자대 생활에 대해 이야기했다. 자대 배치 받기 전의 훈련소 생활에 대해서도 웃으며 말했다.

"동기들끼리 친해져서 재미있었어. 서로 잘 맞아서."

보쌈이 이렇게 맛있었나, 콜라가 이렇게 맛있었나, 감탄하며 공무는 평소의 그애답지 않게 많이 먹었다. 공무는 학원 아르바이트에 대해서 이것저것 물었고 나도 그간 못했던 이야기를 공무에게 쏟아내기 바빴다. 모래는 입을 다물고 먹기만 했다. 우리의 말에 같이 웃고 때때로 그래? 그랬어? 대답하기는 했지만 대화에 적극적으로 들어오지는 못했다. 모래도 공무도 서로를 어색해하고 있는 것 같았다. 공무는 나와 떠들면서 어색함을 이겨보려는 것 같았고, 모래는 그 순간이 지나가기만을 바라는 사람처럼 보였다. 공무에 대한 모래의 감정을 알게 된 후였으므로 나는 모래의 표정과 행동을 무심히 지나칠 수 없었다.

나와 모래가 돈을 합쳐 보쌈집 계산을 하자 공무는 이래서는 안 된다며 맥주라도 마시러 가자고 했다.

술집에 가서 우리는 공무의 카메라로 찍은 사진을 봤다. 내가 부엌에 서서 밥을 하는 사진, 모래가 농구하는 사진, 내가 희한한 맨손체조를 하는 사진들을 보며 우리는 웃었다. 나는 사진을 가리키며 이때 무슨 일이 있었는지, 왜 이런 사진을 찍게 됐는지 공무에게 이야기했다.

공무가 입대하기 전 마지막으로 만났던 날에 찍은 사진도 있었다. 슈퍼 앞에 우두커니 서서 눈을 맞고 있는 공무. 술집에서 다트 화살을 던지는 공무와 모래. 팔짱을 끼고 무슨 말을 하면서 걷고 있는 공무의 모습. 그리고 다시 공무가 찍은 모래의 사진이 나왔다. 모래는 편의점 앞에 서서 누군가와 통화를 하고 있었다. 화면은 온통 굵은 눈송이로 가득찼는데 모래는 한구석에 서 있었다. 나나 공무가 봐야 모래라는 것을 알 수 있을 정도의 아주 작은 피사체로, 반쯤은 눈송이에 가려져 있었다.

그날 모래는 술을 많이 마셨다. 주전자에 든 오이 소주를 시켜서 물컵에 따라 마셨다. 모래의 얼굴이 예전과 조금 달라졌다고 나는 느꼈다. 그즈음에 시작한 옅은 화장 때문인지, 조금 굳은 표정 때문인지, 모래를 모래이게 하는 어떤 분위기가 걷힌 것 같았다. 모래는 짙은 보라색의 폴라 티를 입고 있었다. 보풀이 많이 일어난 그 옷을 모래는 우리가 만나는 두 번의 겨울 동안 줄곧 입어왔었다.

"이거 받아."

공무가 백팩에서 'maru'라고 적힌 종이가방 두 개를 꺼냈다. 종이가방에는 각각 옅은 노란색의 브이넥 니트 하나, 짙은 감색의 라운드 넥 니트 하나가 들어 있었다.

"하나씩 골라봐."

"이 돈으로 너 입을 옷이나 사지. 여기 비싸잖아." 내가 말했다.

"나중에 취직해서 돈 벌면 그땐 정말 좋은 걸로 사줄게. 지금은 선물을 주고 싶어도 이 정도네."

"너는 뭐가 좋아?" 모래가 물었다.

"네가 골라봐. 난 다 좋아."

모래는 감색 라운드 넥 니트를 골랐다. 이미 불콰해진 얼굴로 네모나게 접힌 니트에 얼굴을 댔다.

"이거 뭐야. 부드럽잖아." 한 손으로 턱을 괴고 다른 한 손으로 무릎 위에 올려놓은 니트를 쓰다듬으면서 모래는 테이블을 응시했다. "나는 너한테 해준 게 없는데 이러면 안 되지." 모래가 말했다. "고마워. 고맙다는 말이야." 그 말을 하고 얼마 되지 않아 모래는 벽에 머리를 기대고 잠들었다.

공무는 자고 있는 모래를 바라봤다. 내가 맞은편에 앉아 있다는 것도 잊은 듯이 그렇게 한참 동안 모래를 봤다. 공무는 모래를 보는 일에 굶주렸던 사람처럼 보였다. 빤히 뜯어보는 것도 아니고 대충 훑어보는 것도 아니었지만 그렇다고 다정하고 따뜻한 시선을 주는 것도 아니었다. 다시는 못 볼 사람의 얼굴을 보듯이, 눈에 담아 두고두고 꺼내봐야 할 얼굴을 보듯이 공무는 모래를 봤다. 그 응시를, 나는 방해할 수 없었다.

모래의 핸드폰이 울렸다. '오빠'라고 저장된 번호였다. 전화가 몇 번 더 오고 나서야 나는 전화를 받았다.

"어디야."

"저 은아 친구 선미예요. 지금 은아가 잠깐 화장실에 가서요."

모래가 만취해서 자고 있다는 말을 솔직히 할 수 없었다. 혹여 모래가 이 문제 때문에 그와 다툴까봐 두려워서였을까. 모래에게 남자친구 이야기를 많이 들은 건 아니었지만, 나는 본능적으로 알고 있었던 것 같다. 그가 모래의 흐트러진 모습에 화를 낼 사람이라는 것을. 나는 그냥 알았다. 그는 내 말에 대답을 하지 않았다.

"여보세요?"

"은아가 전화를 계속 안 받더군요. 지금 어디세요."

"여기, 은아 집에서 가까운 사거리 호프집이에요. 곧 들어갈 거예요."

"지금 몇 십니까." 그가 조용한 목소리로 말했다.

"……"

"평일 밤에 여자 둘이서 지금 뭐하는 겁니까. 걱정되게요." 부드럽고 예의바른 말투로 그는 나를 다그치고 있었다.

"곧 들어가요. 제가 집까지 데려다줄 테니 걱정 마세요."

"화장실에 간 게 아니라…… 은아 지금 취했죠?"

"아니에요."

확실하지는 않지만 작게 웃는 소리가 들렸다.

"지금 일어나요. 집에 가서 전화하라고 할게요."

"그렇게 하시죠."

그는 전화를 끊었다.

"가봐야 할 것 같아. 모래도 너무 취했고 시간도 벌써 이렇게 됐네."

내 말에 공무는 백팩을 메고 자리에서 일어났다.

"내가 모래 데려다줄게."

"아니야. 같이 가자. 나도 갈게."

흔들어 깨웠지만 모래는 니트를 안고 자리에서 일어나지 않았다. 미간에 주름이 잡혔지만 입은 웃고 있었다.

"가자, 모래야. 걸을 수는 있지?"

모래는 고개를 끄덕였다. 굽이 있는 부츠를 신고 있어서 발목이

꺾일까봐 걱정하며 나는 모래를 부축했다. 생각보다 많이 취하지는 않았는지 모래는 내게 기대지 않고 잘 걸어갔다.

"이제 언제 보나." 모래는 바닥을 보고 걸으며 말했다.

"다음 휴가 때 보겠지." 공무가 대답했다.

"이제 우리 언제 보나." 모래는 다시 그 말을 하고 고개를 들어 공무를 봤다. 둘은 서로를 보고 실없이 웃었다. 서로의 얼굴에 그려놓은 웃긴 그림을 바라보며 웃는 사람들처럼. 그 모습을 보며 나는 잠시나마 예전으로 돌아간 기분을 느꼈다. 공무와 모래가 서로 장난치며 놀리고 웃던 예전으로.

모래의 집까지는 보통 걸음으로 십 분 거리였다. 우리는 할 수 있는 한 천천히 걸어서 모래의 아파트 입구까지 걸었다. 아무런 대화도 나누지 않고 따로따로 거리를 두고 걸었다. 그렇게 천천히 걷는 것만이 온전한 대화여서 어떤 말을 하든 그 대화의 균형을 깨뜨릴 것 같았다. 차가운 공기, 가로등의 노란 불빛, 보도를 밟는 느낌과 구두 속 얼어붙은 발의 통증 같은 감각만을 분명하게 느끼면서.

모래의 아파트 입구에 젊은 남자가 서 있었다. 기다란 모직 코트를 입고 손에는 가죽장갑을 낀 키가 큰 남자였다. 그는 우리가 그쪽으로 가까이 다가갈 때까지 꼼짝 않고 서서 우리를 지켜보고 있었다.

"오빠."

그는 모래 곁의 우리가 보이지 않는 것처럼 모래의 눈앞에 대고 핸드폰을 흔들었다. 이러느라고 전화를 안 받았느냐는 비난처럼 보였다. 모래는 주머니에 손을 넣고 그를 가만히 바라봤다.

"말해야지." 그가 말했다. "미안하다고, 말해야지."

모래는 난처해 보였다. 입술을 핥으면서 모래는 그의 코트 주머니 쪽에 시선을 뒀다.

"사과하면 용서할게." 그가 부드러운 미소를 지으며 말했다. 어둠 속에서 그의 희고 매끄러운 피부와 좋은 재질의 모직 코트가 눈에 들어왔다. 모래는 그를 똑바로 보면서 아무 말도 하지 않았다. 그의 요구에 저항하는 표정이었지만 두려움을 숨길 수는 없었다. 그 모습이 내게 말로 표현할 수 없는 감정을 일으켰다.

"미안해."

"뭐가 미안하지?"

"전화 안 하고 안 받은 거."

"그리고?" 대답이 부족하다는 듯이 남자가 물었다.

"모래야. 추워. 들어가." 내가 말했다. 모래는 굳은 것처럼 그 자리에 서 있었다. "여기 이러고 서 있지 말고 들어가." 내가 다시 말하자 모래는 현관 쪽으로 걸음을 옮겼다.

"남의 일에 상관 마세요." 그가 부드럽게 웃으며 말했다. "남의 커플 일에 끼어들지 말라고."

"모래야, 가." 모래는 엘리베이터에 올라탔다. "가, 빨리 가, 모래야." 나는 엘리베이터 창으로 보이는 모래에게 말했다. 돌아서 보니 그는 주차장 쪽에 서 있는 공무를 쳐다보고 있었다. 공무는 그가 보이지 않는 것처럼 고개를 돌려 다른 쪽을 봤다. 나는 그를 지나서 아파트 입구 쪽으로 걸어갔다. 공무도 나를 따라 나왔다.

"택시 타고 역까지 가. 빨리 가면 동대문까지는 갈 수 있을 거야." 내 말에 공무는 고개를 끄덕였다. 나는 그애가 들고 있던 종이가방에 만원짜리 한 장을 몰래 흘려넣었다. 주머니에는 교통카드뿐이었고, 버스가 끊겨서 집까지 걸어야 했다. 나는 사거리까지 되돌아가서 큰길을 따라 우리집으로 걸어갔다. 찬바람을 맞으면 머리가 맑아지고 생각을 비울 수 있으리라고 생각했지만 가슴이 크게 뛸 뿐 마음이 진정되지 않았다.

그날 이후 며칠 동안 모래에게선 아무런 연락이 없었다. 네이트온에도 접속하지 않았고, 인터넷 방송도 열지 않았다. 나는 모래의 미니홈피에 들어가서 그애가 BGM으로 걸어놓은 음악들을 랜덤 재생하고 누워 있었다.

파도타기를 통해 모래의 남자친구 미니홈피에도 들어가봤다. 적게 잡아도 마흔 개는 되어 보이는 일촌평이 적혀 있었다. "멋진 형님, 다음에도 한잔해요" "형수님과 행복하시길……" 등등의 말들이었다. 미니홈피 대문에는 모래와 그가 같이 찍은 하두리 사진이 걸려 있었다. 사진에서 그는 팔을 뻗어 모래의 어깨에 둘렀다. 모래는 나이보다 어려 보이는 편이었고, 그는 제 나이치고는 성숙해 보여서 아홉 살보다도 더 나이 차이가 나는 커플로 보였다.

사진첩 폴더는 여러 개로 나뉘어 있었다. 나, 우리 가족, 중학교 친구, 고등학교 친구, 과 친구, 동아리 친구, 회사 생활, 우리 자기. 나는 '우리 자기' 폴더에 올려진 모래의 사진을 봤다. 시즐러나 아웃백 같은 패밀리 레스토랑에서 같이 찍은 사진, 캔모아 그네 의자에 앉아 있는 사진, 멀티플렉스 영화관 입구에서 찍은 사진 같은 것들이었다. 사진 아래로 "여자친구한테 잘해라" "우리 형수님 방학인가" "야 이 도둑놈아" "형수님 좀 웃으세요" 같은 댓글이 보였다. 그는 모래의 허리나 어깨를 자기 쪽으로 끌어당겼고 모래는 내내 굳은 표정을 지었다.

공무는 토요일 오후면 항상 컬렉트 콜로 전화를 걸었다. 길어봐야 오 분 정도였지만 그 짧은 통화가 내게는 소중했다. "너, 저번에 보내준 편지 좋았어." 공무는 그런 말을 빠뜨리지 않고 했다. "몇 번이고 읽어, 네가 보내준 편지." 공무가 무언가에 대해 그렇게 좋다고 말하는 건 거의 처음 있는 일이었다. 나는 수업을 들을 때나 학관 로비에서 혼자 자판기 커피를 마실 때, 지하철에서 앉을 자리가 날 때면 노트를 꺼내 공무에게 편지를 썼다.

내가 쓴 편지들은 무미건조하고 단조로웠다. 점심으로는 무얼 먹었고, 저녁에는 무얼 먹었고, 지하철에서 어떤 사람을 봤고, 어떤 공부를 했고, 학원에서는 시험지를 몇 장 채점했고 하는 아무 쓸모 없는 이야기였다. 그런데도 나는 쓰는 일을 멈출 수가 없었다. 공무가 웃을 만한 일이라면 아무리 작은 것이더라도 메모해놓았다가 편지에 썼다. 너 그거 정말이야? 웃겼어, 라는 답장이 오면 그보다 큰 보람이 없을 정도였다.

어떻게 그렇게 긴 글을 수시로 썼는지 지금으로서는 이해할 수가 없다. 그러나 돌이켜보면 그 편지들이 그 시절의 나를 구해줬던 것 같다. 데이트도 없고, 변변한 학교 친구도 없고, 경제적으로 쪼들려서 예쁜 샌들 하나 사지 못하고, 자주 체하고, 과외는 잘리고, 일하는 학원의 동료들과는 겉돌면서도 괜찮았다. 세상 누군가는 나의 이런 변변찮은 일상의 소식을 기다리고 있다는 사실 때문이었던 것 같다. 그렇게 3학년 봄이 갔다.

"모래랑 연락하니?" 어느 날 컬렉트 콜로 전화한 공무가 물었다.

"응. 가끔씩은. 학기중이라 걔도 나도 바빠서."

"그래."

"무슨 일 있어?"

"아니야, 그냥 궁금해서. 모래 잘 지내나."

"공무야."

"응."

"넌 누군가를 사랑한다는 게 뭔지 알아?"

그뒤로 무슨 이야기를 나눴는지는 기억나지 않는다. 다만 나는 모래와의 다툼에 대해 공무에게 이야기하지 않았다. 우리가 얼굴을 붉히며 싸웠던 날에 대해서는.

나는 그날에 대한 모래의 설명을 바랐다. 우리 눈앞에서 벌어졌던 당혹스러운 상황에 대해서, 그 이후 남자친구와 어떤 말이 오갔는지에 대해서. 그러나 모래는 입을 다물었고 그 일로부터 이 주가 지나서야 아무렇지 않은 듯이 문자 하나를 보냈을 뿐이었다.

모래는 내가 일하던 학원 앞에 와서 퇴근길의 나를 기다리고 있었다. 짧은 단발에 파마를 한 동그란 얼굴이 강아지처럼 보였다. 우리는 근처 파파이스로 가서 버거를 시키고 자리에 앉았다.

"머리 언제 잘랐어?"

"저번주에. 기분 전환 겸. 어때 보여?"

"어때 보일 것 같니? 네 모습이 지금 나한테."

모래는 입술을 핥으며 나를 봤다.

"못생겨 보이겠지. 형편없어 보이겠지."

"전화 기다렸어. 집까지 데려다줬는데 적어도 네가 먼저 연락했어야 하는 거 아니야? 나라고 뭐 네 걱정도 안 될 것 같아?"

모래는 아무 대답도 하지 않고 콜라 컵의 빨대를 앞니로 씹었다. 한참을 망설이던 모래가 입을 열었다.

"그런 모습, 너희한테 보이게 돼서 미안하고 부끄러웠어. 실망스러웠지, 그날."

"……"

"많이…… 이상해 보였어?"

"모래야. 난 누가 너한테 그렇게 대하는 거 싫어. 자기가 뭔데 너한테 그렇게 해?"

"전화에 민감해, 그 사람. 그날 그래서 화가 났던 거고. 그래도 내가 미안하다고 하면 금방 마음 풀리니까. 너희에게 미안하다고 전해달래. 평소에는 잘해줘."

"계속 만날 거니?"

"응."

"너도 아니라는 거 알잖아."

모래는 곰곰이 생각하다가 고개를 끄덕였다.

"더 가기 전에 끝내. 싫어. 네가 그런 사람 만나는 거."

"그러고 싶었어, 사실은. 헤어지자고도 했었고. 그런데 그럴 수가 없었어. 그렇게 만나다보니까 이제는 내 쪽에서 헤어질 자신이 없어지는 거야. 이제껏 누가 나를 이렇게까지 좋아해줬나 싶고. 잘만 맞춰나가면 되지 않을까 싶고."

"좋아하니?"

"어. 그런 것 같아."

"이해할 수 없어."

"너, 내가 한심해 보이지. 남자에게 조종당한다고 생각하지."

"……"

"네가 나를 그렇게 판단하고 비난할까봐 너한테 말하지 못했던 거야."

"너한테 내가 그런 사람이었어?"

"사람을 좋아하게 되면, 특별한 관계가 되면 어쩔 수 없는 부분이 있는 거야. 좋기만 하고 다 잘 맞기만 하는 그런 관계가 어디 있어. 넌 그런 사람을 찾는지도 모르겠지만 그건……"

"너한테 그런 충고 듣고 싶지 않아."

"넌 이런 감정 모르잖아."

그때의 나는 화가 났을까 슬펐을까. 아마 외로웠던 것 같다. 모래의 말은 맞았다. 나는 사람을 사랑한다는 것이 무엇인지 알지 못하는 사람이었다. 나의 자아를 부수고 다른 사람을 껴안을 자신도 용기도 없었다. 나에게 영혼이라는 것이 있다면, 그 영혼은 "안전제일"이라고 적힌 조끼를 입고 헬멧을 쓰고 있었을 것이다. 상처받으면서까지 누군가를 너의 삶으로 흡수한다는 것은 파멸. 조끼를 입고 헬멧을 쓴 영혼은 내게 그렇게 말했다.

공무에게서 편지가 온 건 그로부터 며칠 뒤였다.

　선미에게

　몇 번이나 펜을 잡았지만 편지를 쓸 수 없었어. 예전에는 하고 싶은 말을 그렇게도 글로 많이 썼었는데 언제부터인지 점점 글을 쓰기가 어려워지더라고. 그러다 어제 네 편지를 받았지.

　아무 말이나, 마음에서 나오는 말을 그냥 써보려고 해. 예전에 천리안에 썼던 것처럼 그렇게. 아주 어릴 때. 엄마 따라 서울에 갔다가(아마 여의도였을 거야) 길에 모여 있는 전경들을 봤었어. 옆에는 전경 버스가 있었는데, 창에 빽빽한 창살 같은 것이 달려 있고 말이야. 다들 방망이에 방패를 들고 줄을 서서 무언가를 기다리고 있었고 나는 그 모습이 무서웠어. 무섭다고 말해서는 안 됐으니까 입을 다물고 지나갔지만 꽤나 선명하게 기억에 남아 있었나봐. 그런 내가 전경이 되다니.

입대한다고 했을 때 네가 나에게 말했지. 너무 참지 말라고. 그러지 말라고. 네가 나한테 뭔가를 하라 마라 한 건 그때가 처음이었던 것 같아서 꼭 그러리라고 결심했어. 그런데 여전히 참고 있어, 선미야. 무엇을? 많은 것들을. 인간에게 기대하는 그 모든 것들을 포기하고 참고 그러는 것 같아.

여기 와서 가장 힘들었던 건 차량 번호 외우기였어. 총경, 경정, 경감, 경위…… 차종과 번호를 외워야 해. 경찰서 정문 앞, 차양을 친 콘크리트 단상 위에 올라서서 정면을 응시하고 높은 사람들의 차가 들어오면 거수경례를 해야 해. 처음엔 선임이 옆에서 포즈를 잡아준다고 해야 하나, 그러고는 조금 길이 들면 그곳에 혼자 몇 시간이고 서 있어. 내가 잠이 많잖아. 그렇게 서 있으면서도 까무룩 잠이 들어서 짧은 꿈을 꾸기도 하고. 여러 생각에 잠기기도 하고. 숫자에 약해서 들어오는 차량 번호가 총경의 것인지 경위의 것인지 헷갈리기도 하고. 나한테 차라는 건

검정 차, 회색 차, 흰 차 이 정도였는데 여기 와서 많이 혼나면 서 차종에 대해서 익혔어. 차종과 숫자라니, 솔직히 아직도 완벽하게 익혔다고는 못하겠어.

다들 그렇게 혼자 서 있는 게 어렵다고 하는데 나는 차라리 그게 좋아. 그렇게 서 있는 거지. 몇 시간이고 앞을 보면서. 대체 얼마나 많은 괴로움이 지나야 삶이라는 걸 살 수 있을까. 그런 생각을 요즘 해. 지나가기를 바라는 시간이 많았어.

경찰서 정문 앞에 혼자 서서 네가 전화로 물었던 말을 생각했어. 누군가를 사랑하는 게 어떤 건지 아느냐고. 사랑이라는 말을 너무 오랜만에 들어서 조금 놀랐어. 사랑, 사랑이라고.

아마 중학교 1학년 때쯤이었을 거야. 강원도 살 때, 직업군인들 가족끼리 모일 일이 많았었거든. 계급이 높은 남자들은 거실 소파에 앉고, 낮은 사람은 바닥에 앉고, 여자들은 계급이 높은 남자의 부인이 식탁 의자에 앉고, 낮은 남자의 부인이 싱크대 앞에 서서 부지런히 움직이는. 그때 알게 된 어떤 사람이 있었어.

나이는 이십대 중반 정도였는데 항상 난처해 보였어. 여자들의 대화에 끼어들려고 노력하는데도 잘 어울리지 못하고 남편도 항상 못마땅하게 쳐다보는 거야. 길에서 그 부부를 볼 때면, 매번 남자가 멀찍이 앞에서 걸어가고 그녀는 짐 따위를 들고 남편을 쫓아가는 식이었어. 그때 학교 근처에 폐가가 많았거든.

죽어버린 골목이라고 해야 하나. 학교 끝나고 혼자서 그쪽으로 걸어갔던 날이 있었는데 그 사람이 골목에 쪼그리고 앉아서 담배를 피우고 있었어. 나를 보고 놀라서 담배를 바닥에 끄더라고. 옆에는 장을 본 비닐봉투가 있고. 내가 가만히 서 있으니까 놀란 표정을 접고 와보라고 손짓하는 거야. 그 비닐봉투에서 아몬드 초콜릿 한 박스를 꺼내 줬어. 가까이서 보니 멀리서 봤을 때보다 훨씬 어려 보였어. 안경을 쓰고 있었는데 울었는지 눈가 피부가 붉게 일어나 있고. 얼굴이 전체적으로 부어 있었어. 그런 사람이 주는 초콜릿을 거절할 수가 없어서, 그리고 어쩐지 맛있게 먹는 모습을 보여줘야겠다는 생각이 들어서 포장을 뜯어 오도독오도독 씹어 먹었어. 정말 맛있더라. 처음엔 예의상 먹어야겠다고 생각했는데 정신을 차려보니 한 박스를 다 먹은 거야.

그 사람은 쪼그리고 앉아서 그런 날 가만히 보고. 나도 쪼그리고 앉아서 그 사람을 보고. 무슨 생각이었는지, 그 사람만큼은 내 이야기를 들어줄 거라고 생각했는지 어쨌는지 모르겠지만, 난 내 얘길 했어. 아빠와 형이 나를 때릴 때 어떤 기분이 드는지. 아무 이유도 없이 맞고 있을 때 그 몸에서 나를 꺼내오기 위해, 그 몸이 나와 무관한 것이라고 나 자신을 세뇌하기 위해 애쓰는 내가 있다고.

그 사람은 집중해서 내 이야기를 들었어. 누군가 내 말을 들

174

어준다는 것만으로도 위안이 될 수 있다는 걸 그때 처음 알았지. 이야기를 마쳤을 때 그 사람이 나를 보고 말하더라.

너를 사랑해서 그런 거야. 너의 형도 아버지도 너를 사랑해서 그러는 거야. 너도 어른이 되면 알게 될 거야. 그게 다 사랑이라는 걸.

나는 자리에서 일어나서 골목 끝까지 걸어가 바닥에 침을 뱉었어. 입속에 고인 초콜릿의 단맛이 불쾌하게 느껴져서. 그 단맛이 입속에 달라붙어 떨어지지 않아서. 그때 나는 사랑이라는 말이 참 더럽다고 생각했어. 더러운 말이라고. 사랑이라는 말을 입에 올리는 사람을 경멸하고 또 경멸할 거라고 다짐했어.

나는 사람이 사랑한다는 것을 알지 못해. 어쩌면 사랑을 할 수 있을지도 모르지만 그건 무서운 일이라고, 두려운 일이라고 생각해. 사람들은 사랑이라는 알리바이로 아무 짓이나 할 수 있다고 생각하는 걸까.

며칠 뒤에 다시 모임이 있었어. 그 사람은 바닥에 신문지를 깔아놓고 휴대용 가스레인지에다 돼지 목살을 구웠어. 입고 있던 하늘색 블라우스의 등 부분이 땀으로 축축이 젖어 있었어. 얼굴에도 땀이 났고. 사람들이 건배를 하고 웃고 떠드는 동안, 그녀는 그 세계와 무관한 사람인 것처럼 불판 위의 돼지기름을 닦으면서 고기를 굽고 있었어. 고기 한 점도 자기 입속으로 넣지 못한 채, 누가 고기를 굽고 있는지 따위에는 관심도 없는 사람들에게 둘러싸여서. 순간 눈이 마주쳤지만 나는 모른 척 고개를 돌렸어. 이게 당신이 생각하는 사랑이냐고 묻고 싶었지.

어쩌면 그때 그녀는 자기에게 그 모든 게 다 사랑이라는 말을 하고 싶었는지도 몰라. 그 말이 거짓이고 얕은 자기 위안에 불과하다고 비난할 수도 있겠지. 하지만 누가 비난할 수 있을까. 제대로 된 위로조차 할 수 없었던 외로운 사람에게 어떤 비난을 할 수 있을까. 너에게 사랑이라는 말을 들었을 때 그 모습이 생각났어. 신문지 위에 쪼그리고 앉아 고기를 굽고 있던 사람의 젖은 등이.

처음 쓸 땐 한 장을 어떻게 채워야 할지도 몰랐는데 쓰다보니 앞뒤로 세 장이나 썼네. 내가 혼자 잘 지내는 사람이라고 생각했는데, 누군가와 말하지 않고도 오래 지낼 수 있다고 생각했는데, 너에게 편지를 쓰면서 내가 더이상 그런 사람이 아니라는 걸 알게 됐어. 빨리 만나서 얼굴을 보고 이야기하고 싶어.

공무

돌아보면 그때만큼 공무와 가까웠던 적은 없었던 것 같다. 공무는 종종 그런 식으로 긴 편지를 보내왔다. 경찰서 정문 앞에 서서 정면을 응시하며 혼자 생각했던 이야기들을. 그러나 공무는 모래에 대해서만은 아무런 이야기도 하지 않았고, 그건 나도 마찬가지였다.

봄학기가 거의 끝날 무렵, 공무가 휴가를 나왔다. 겨울에 봤을 때보다 더 살이 빠지고 볕에 탄 얼굴이 낯설게 보였다. 제대를 하고 난 뒤에야 공무는 그때의 이야기를 했다. 헬멧으로 머리를 맞으면 아플 뿐이지만 방패로 맞으면 목에서 머리가 찢겨 날아가버리는 것 같았다고. 그렇게 맞고도 머리가 아직 몸에 붙어 있어서 이상한 기분이었다고.

그날 공무와 나는 둘이 만났다. 명동에서 늦은 점심을 먹고 밖으로 나오니 좋은 날씨가 아깝다는 생각이 들어서 계속 걸었다. 종로3가에 줄을 지어 있던 가위바위보 게임기에서 돈을 잃기도 하고, 인사동을 지나면서 과일주스를 사 먹기도 했다.

"이제 어디로 갈까?" 공무의 물음에 나는 경복궁을 지나 부암동 쪽으로 가보자고 말했다. 그렇게 걸으면서도 하나도 피곤하지 않았고 오히려 힘이 나는 느낌이었다. 커다란 가로수가 늘어선 언덕길을 올라가면서도 기운이 났다. 부암동에 다다라서는 길가에 서서 아래로 작게 보이는 주택가의 모습을 가만히 바라보기도 했다.

"어디로 가고 싶어?" 공무가 다시 물었고 나는 백사실계곡으로 가는 길이 적힌 표지판을 손가락으로 가리켰다. 우리는 언덕을 올라가서 계곡 입구에 갔다.

계곡의 바위에 앉아서 우리는 하던 말을 모두 접고 물 흐르는 소리와 바람에 나뭇잎들이 쓸리는 소리를 들었다. 비를 맞은 낙엽이 흙에 섞이는 냄새를 맡았다. 우리는 해가 다 질 때까지 그곳에 앉아 있었다. 올라올 때는 더웠지만 물가에 오래 앉아 있으려니 추웠다.

그때 나는 공무와 포옹하고 싶었다. 만약 내 옆에 모래가 있었더라도 나는 똑같은 충동을 느꼈을 것이다. 그애를 껴안아 책의 귀퉁이를 접듯이 시간의 한 부분을 접고 싶었다. 언젠가 다시 펴볼 수 있도록, 기억할 수 있도록. 그러나 스물둘의 나는 공무를 포옹하지 않았다. 다만 젖은 바위에서 미끄러지지 않기 위해 버둥거리며 비탈을 내려왔을 뿐. 주택가를 지나 육교를 건너 버스를 탔고, 우리는 광화문역에서 헤어졌다. 그날 집으로 돌아와, 나는 모래에게 전화했다. 파파이스에서 싸운 이후 데면데면해졌지만 어느 정도는 서로 마음을 푼 상황이었다.

"공무가 나랑 만난 얘기 했어?"

모래는 공무를 만났다고 했다. 공무가 모래에게 전화했고, 모래 학교 근처에서 만나 같이 밥을 먹었다고 했다. 오랜만에 만나 조금 어색했지만 한 시간쯤 지나자 예전처럼 농담도 주고받고 좋았다고 모래는 말했다. 공무는 경찰서 생활에 대해, 모래는 학교 생활에 대해 이야기했다고, 곧 다시 만나자고 웃으며 헤어졌다고 했다.

"그렇게 재미있게 이야기하고 돌아서는데 이상한 기분이 들었어." 모래가 말했다. "우리의 모든 대화가 그저 예전의 모방이었다는 기분이."

"모래야."

"그저 예전의 우리를 흉내내고 있었던 거야. 그것도 열심히. 공무도 알았겠지."

"……"

"뒤돌아서서 작년 이맘때쯤 내가 얼마나 공무를 좋아했었는지를 떠올렸어."

모래는 남자친구와 헤어졌다고 말했다. 남자는 언제나 문제의 원인을 모래에게서 찾았다. 자기는 원래 인내심이 많은 사람인데 모래 때문에 인내심을 잃어버린다고. 자기는 원래 부드럽고 다정한 사람인데 모래 때문에 폭언을 할 수밖에 없다고. 그는 모래가 자신이 원하는 이상적인 애인이 아니며, 모래가 달라지지 않고서는 계속 만날 수 없다고 말했다. 그러나 모래가 어떻게 하는지 봐서 다시 만날 수도 있으므로 기다리라고 했다. 모래가 무슨 보험이라도 되는 것처럼.

"그 사람은 아니야."

"나도 알아."

얼마 지나지 않아 모래는 싸이월드를 탈퇴했다. 공무의 사진에 댓글을 단 모래의 이름을 누르면 "탈퇴한 회원의 미니홈피입니다"라고 적힌 페이지가 나왔다.

4

여름방학부터 나는 홍천의 한 기숙학원에서 강사로 일했다. 일하던 학원에서 알던 강사가 홍천에 기숙학원을 차리고 도움을 요청했던 것이다. 숙박이 제공됐고 보수도 좋았다. 막상 가보니 이런 곳에 학원이 있나 싶을 정도로 외진 산골이었다. 학원은 야트막한 언덕 위에 세워져 있었다. 학원이라기보다는 작은 종합병원처럼 보였다.

처음에는 이 개월만 지내기로 한 그곳에서 나는 칠 개월을 더 살게 됐다. 돈 때문이었다. 원장은 대학생 아르바이트생에게 주는 급여라고 할 수 없을 정도의 큰 금액을 제시했다. 칠 개월 동안 휴학하고 돈을 모은다면 복학 후에는 돈 걱정 없이 학교를 다닐 수 있었다. 그 돈이 내 생활에 어떤 안락을 보장할지 나는 기대했다. 내가 모을 수 있는 돈을 어림하는 것만으로도 마음에 부드러운 안정감이 퍼지는 느낌이었다. 방으로 돌아와 모래에게 앞으로 칠 개월을 더 지낼 거라고 문자를 보냈고 모래는 이유를 묻지 않고 알겠다고 답했다.

구 개월간 그 건물 삼층에서 잠을 자고 이층에서 수업을 하고 일층에서 밥을 먹었다. 새벽 여섯시 반이 되면 학원생들은 체육복을 입고 학원 밖으로 나가 달렸다. 나도 그 시간쯤 일어나 샤워를 하고 식사를 하러 식당에 갔다. 강사들은 강사들끼리 모여서 밥을 먹었다.

나를 제외한 강사들은 삼십대 초중반이었고 처음부터 학원 강사가 꿈이었던 사람은 없었다. 강사들은 나에게 이것저것 물어봤다. 대학에서 어떤 활동을 했는지, 어떤 동아리에 소속되어 있는지, 왜 요즘 대학생들은 사회참여를 하지 않는지, 어째서 개인주의 문화가 판을 치게 되었는지. 나는 요즘 대학생들의 대표라도 된 기분으로 식당에 앉아 있었다. 그러는 선생님들은 왜 입시 지향적인 사교육 현장에서 일하고 있느냐고 반박하고 싶었지만 침묵했다. 피치 못할 선택을 한 사람들에게 자신들 삶의 모순을 또박또박 말하는 건 잔인한 짓이 될 테니. 그 시간들을 거치지 않은 인간으로서 그런 비판을 하는 것만큼 쉬운 일은 없을 테니까.

남편이 학위논문을 쓴다고 생활비며 융자를 모두 책임져야 하는 강사, 서울에서 학원을 차렸다가 빚더미에 올라 이곳으로 내려와야 했던 강사, 십 년간 고시 공부를 하다가 취업 때를 놓친 강사…… 자기 처지를 푸념하는 사람들도 있었지만 입을 다물고 굳은 얼굴로 앉아 있는 강사들이 더 많았다.

그런 이야기를 듣고 있자면 공무와 모래와 함께 롯데리아에서 팥빙수를 먹던 때가 그리웠다. 거친 얼음과 다디단 팥의 맛, 작고 단단한 찹쌀떡의 맛, 마지막에 바닥에 남은 것을 마실 때의 시원함 같은 것들이.

매일의 단순한 일상은 잡념을 줄이는 데 도움이 됐다. 화장실이 딸린 일인실에는 에어컨까지 있고 공기도 좋았다. 규칙적으로 균형 잡힌 식단의 밥을 먹어 몸도 좋아졌고, 학생들도 호의적이었다.

화학에 대해 풀어 설명하면서 내가 왜 처음 화학에 흥미를 느끼게 되었는지 이해할 수 있었다. 물질은 사라지지 않는다. 변형될 뿐. 산화되어 재만 남는다고 하더라도 보이지 않는 영역에서 물질은 아주 작은 부분도 사라지지 않고 여전히 존재한다. 그 과학적 사실은 어린 나에게 세상 어떤 위로의 말보다도 다정하게 다가왔었다.

"그래도 사람은 사라져." 내 말을 듣고 모래는 그렇게 대답했다. "사라지지 않는 사람은 없어. 사람의 물질성이 남아 있다고 하더라도."

그래서 네 말은 내게 위안이 되지 않아. 모래는 내게 그렇게 말하는 것 같았다. 시간이 많이 지났지만 나는 모래의 그 말을 선명하게 기억한다. 모래는 내가 무슨 말을 하든 그래? 그렇구나, 라고 듣는 편이었지 그렇게 다른 의견을 제시하는 편은 아니었으므로. 아마 그즈음부터 모래는 조금씩 달라지고 있었던 것 같다. 내가 매일 조금씩 달라졌듯이, 모래 또한 내가 처음 만났던 모래와는 다른 사람이 될 수밖에 없었을 것이다.

그 시기, 모래와 종종 통화하면서 나는 모래가 내 생각처럼 단순한 사람이 아니라는 사실을 깨달았다. 모래에게서 나보다도 더 비관적인 면을 발견한 날도 있었고, 그애의 이상한 우울함에 화가 난 날도 있었다. 모래는 때로는 울기도 하고, 때로는 삐딱하고 공격적으로 말하기도 했다. 그러나 다정한 바탕이 사라진 건 아니었다. 우리는 나날의 대화 속에서 섞이고 있었다. 그때는 몰랐지만 우리는 앞으로 우리가 지니고 살아갈 시각을 서로 견주고 나누고 때로는 거부하고 때로는 받아들이고 있었다. 어느 때보다 열려 있었다. 그러나 모래가 내게 모든 것을 보여준 건 아니었다. 내가 그랬듯이.

어떤 사람들은 벼랑 끝에 달린 로프 같아서, 단지 나와 연결되어 있다는 느낌만으로도 안도감을 준다. 당시에는 몰랐지만 모래도 내게는 그런 사람이었다. 나에게 그런 사람이 몇이나 되었을까. 나를 세상과 연결시켜준다는, 나를 세상에 매달려 있게 해준다는 안심을 준 사람이. 그러나 모래에게도 내가 그런 사람이었는지는 확신할 수 없다.

예전만큼은 아니었지만 그래도 꾸준히 공무에게 편지를 썼고, 공무는 토요일이면 컬렉트 콜을 걸었다. 삼십대 중반의 수학 선생님과도 친해져서 이런저런 이야기를 하기도 했다. 그녀는 갓 돌을 지난 아기를 친정 엄마에게 맡기고 이곳으로 왔다고 말했다. 빠른 시간 안에 돈을 모아서 다시 돌아갈 거라고, 내가 막냇동생 같아 예쁘다고 말했다. 나는 그런 그녀에게 알게 모르게 마음을 붙였던 것 같다.

학원을 떠나기 전날 밤이었다. 그녀가 자기 방으로 나를 초대했다. 그곳에서 그녀가 감춰둔 팩소주를 꺼내 같이 마셨다. 그녀는 얼마 마시지도 않아 벽에 기대어 앉아 고개를 숙였다.

"무슨 생각 하는지 알아요." 그녀가 말했다. "우리랑 식당에 앉아 있을 때, 교무실에서 우리가 이야기할 때 이선생님이 무슨 생각 하는지."

나를 공격하리라는 것을 알아채고 나는 체념했다. 결국 이렇게 되는 것이구나, 싶어서. 내가 무슨 말을 해야 할지 망설일 때 그녀가 말을 이었다.

"실패한 인생이라고 생각하겠죠. 어쩌다 저런 인생 살게 됐나 싶을 거예요. 근데 있잖아요. 최선을 다했던 거예요. 우리 모두. 순간순간. 그게 최선이었던 거예요. 포기하지도 않은 거예요."

"갈게요. 너무 많이 드셨어요."

"자기가 무슨 특별한 사람이라도 될 거라고 생각하는 거겠지. 그 나이에 벌써 돈 보고 여기 왔으면서. 나는 적어도 안 그랬어. 머리에 피도 안 마른, 새파란 나이부터 이런 데 기웃거리진 않았어, 적어도 나는."

"그래요, 선생님. 전 돈이 좋아요. 돈이 좋아서 여기 왔어요."

"내 방에서 나가."

나는 자리에서 일어나 방으로 왔다. 사람에게 기대하지 않으리라고 결심했으면서도 결국 기대하게 된 나를 탓했다.

입소할 때는 한여름이었는데 어느덧 한겨울이 되어 돌아가는 길이 온통 얼어 있었던 기억이 난다. 시외버스를 타고 집으로 돌아가는 길에 나는 내가 떠났던 곳으로 돌아간다는 실감을 느낄 수 없었다. 기숙학원이 더 가깝게 느껴졌고 내가 돌아가야 하는 곳이 낯설었기 때문이다.

공무의 정기 휴가 때 우리는 모래의 학교 앞 찻집에서 만났다. 거의 일 년 만에 셋이 모인 날이었다.

"너 키 컸어?" 내가 묻자 공무는 그렇다고 답했다. "이 센티 더 컸더라, 저번에 재보니까."

그러나 나는 부쩍 마른 모래에게 왜 그렇게 살이 빠졌느냐고 물을 수가 없었다. 공무도 묻지 않았다. 우리는 마주보고 앉아 서로를 웃기려고 노력하고 있었다. 서로 괜찮아 보이려고 애쓰면서. 모래는 가방에서 카메라를 꺼내 공무에게 건넸다.

"이제 이거 네가 보관해." 모래가 말했다. "난 사진 찍는 데 취미도 없고, 네가 휴가 나와도 항상 보는 건 아니니까."

공무는 대수롭지 않은 표정으로 카메라를 받았다.

"자, 그럼……" 공무는 카메라의 전원을 켜고 우리 쪽을 향해 카메라를 내밀었다.

"이제 나 그렇게 찍지 마." 모래가 말했다.

공무는 어깨를 으쓱하고 카메라를 자기 무릎 위에 올려놓았다.

아무렇지 않은 척했지만 상처받았다는 것을 숨길 수 없는 표정이었다. 모래는 자기가 그렇게 말했다는 데 스스로 당황한 것처럼 보였다.

"난 공무 네 사진이 좋아." 모래가 말했다. "이제껏 찍어준 거 고마워. 네가 날 찍은 사진들을 보면……" 모래는 잠시 뜸을 들이다 다시 입을 열었다.

"솔직히, 너희가 그렇게 떠나고 나서 나 좀 외로웠어."

모래의 말에 우리는 한동안 말을 잃었다.

"여기서 외로운 사람이 너 하나였니."

"선미야." 공무가 내게 눈짓을 했다.

"공무 쟨 군대에 있고 난 돈 벌려고 강원도 들어갔던 거야. 나 강원도 가기 전에는 그럼 우리가 그렇게 가까웠어? 자꾸 멀어지려고 했잖아. 넌…… 내가 너보다 그렇게 더 강하다고 생각하니?"

"선미야." 공무가 내 팔을 잡았다.

"넌 내가 나약한 모습 보이는 걸 싫어하지. 그러면서도 내가 솔직하지 않다고 이야기했어. 내가 뭘 어떻게 해야 해. 외로우면 외롭다고 말하면 되는 거 아니야. 왜 난 네 앞에서 내가 외롭다고 말할 수도 없어? 나도 사람이야. 그것도 너무 불완전한 사람이야. 외롭다고 말한다고 해서 널 공격하는 건 아니야."

"그럼 그렇다고 그때 말했으면 됐잖아."

"네가 강원도 가고 난 뒤에 남자친구를 다시 만나게 돼서 너에게 떳떳하지 못했어. 네가 날 미워할까봐 무서웠어."

"내가 무서웠어?"

"넌 나한테 소중한 사람이니까." 모래가 말했다. "망치고 싶지 않았으니까."

얼굴의 눈물을 닦아내는 모래를 나는 안았다. 모래의 몸은 감기 걸린 사람처럼 뜨거웠다. 얇은 니트 아래로 어깨와 등의 가느다란 뼈가 만져졌다. 모래는 왜 이렇게 나약한 걸까. 그때의 나는 생각했다. 겉으로는 울고 있는 모래를 달래면서도 속으로는 그 어느 때보다도 더 모래를 단죄했다.

충분히 벗어날 수 있는 상황에 다시 들어가놓고 나와 공무 앞에서 외롭다고 징징대다니. 모래의 등을 두드리며 나는 생각했다. 세상에 얼마나 많은 진짜 고통이 있는데, 고작 이런 일로 애처럼 울고 있다니.

그런 우리의 맞은편에 공무가 앉아 있었다. 무릎 위에 놓인 카메라를 바라보면서. 모래가 울음을 멈출 때까지 우리는 한동안 아무 말도 하지 않았다.

"이제 예전처럼 지낼 수는 없겠지." 공무가 말했다. "다른 사람들도 사귀고, 졸업하면 일도 시작할 거고, 그리고 아마 높은 확률로 외로울 거야." 그애는 거기까지 말하고 나를 빤히 쳐다봤다.

"그러니 언젠가 너희가 '너 같은 아저씨 꼴 보기 싫어' 하면 매달릴 거야. 잠깐만이라도 나랑 같이 놀아줘, 이러면서 젖은 낙엽처럼 들러붙어서 떨어지지 않고."

"아저씨 좀 떨어져." 모래가 바지를 터는 시늉을 하면서 작게 웃었다.

우리는 그제야 우리의 생활에 대해 이야기했다. 모래는 처음으로 아르바이트를 시작했고, 공무는 상경이 되어 비로소 경찰서 옥상에 올라갈 수 있게 됐다.

"자살 위험 때문에 이경 일경은 못 올라가게 막거든."

옥상에 올라가서 처음으로 본 수원의 야경이 얼마나 아름다웠는지, 밤하늘이 그렇게 아름다운 줄 전에는 알지 못했다고 그애는 말했다. 이제 시간이 날 때마다 옥상으로 올라가서 그렇게 바깥 풍경을 보곤 한다고. 그 말을 하는 공무의 얼굴이 좋아 보였다.

우리는 밀린 이야기를 하고 피자가게에 가서 피자를 먹었다. 커다란 피자 한 판을 시켜서 내가 두 쪽을 먹고, 공무가 다섯 쪽을 먹고, 모래가 한 쪽을 먹었다. 전에는 적어도 세 쪽을 먹고 샐러드 접시까지 채워 먹던 모래였다.

"나 먼저 갈게." 모래가 말했다. "조금 피곤하네."

모래는 사거리 쪽으로 걸어갔다. 공무와 나는 거리에 서서 모래의 뒷모습을 바라봤다. 한 번쯤은 돌아봐줄 줄 알고 서 있었지만 모래는 뒤돌아보지 않았다.

우리는 캔맥주를 사서 공무의 캠퍼스 언덕에 갔다. 능처럼 생긴 언덕에 깔린 잔디는 죽어 있었고 언덕 중앙에는 나무 계단이 있었다. 아직 추운 날씨였지만 우리는 그 언덕에 앉아 술을 마셨다.

"모래, 왜 저렇게 말했는지 알아?" 내가 물었다. 공무는 고개를 저었다.

모래가 그 남자를 다시 만난다는 건 이미 눈치채고 있던 일이었다. 나에게 연락을 뜸하게 할 때부터 짐작하고 있었다. 휴가를 나온 공무가 모래를 만나 직접 이야기를 들었다고 했다.

"모래는 자기가 널 배신했다고 생각해." 공무가 말했다. "그래도 오늘은 잘 먹더라. 저번에 만났을 때는 먹는 시늉만 했었어. 그때보다 살도 붙었고."

"그랬어?"

"회복할 거야. 자기가 회복하는 모습을 우리가 봐주기를 바라고 있을 거야."

공무는 시든 잔디를 쓰다듬었다. 그 모습을 보며 나는 내가 알지 못하는 모래와 공무의 마음에 대해 생각했다. 모래가 회복되기를 바라는 공무의 마음은 나의 마음과 얼마나 비슷하고 또 얼마나 다를까. 나는 망설이다 입을 열었다.

"난 너랑 모래가 잘되길 바랐어."

나는 그 말을 하고 한 뼘 옆의 공무를 쳐다봤다. 공무는 이해한다는 듯이 부드럽게 웃어 보였다.

"이러는 편이 나아."

"……"

"내가 어떤 사람인지 알면 떠날 테니까. 모래가 그 사실을 확인하고 떠난다면 난 감당할 수가 없어."

공무는 자세를 바꿔 웅크리고 앉았다.

"그래서 지금 모래가 좋아 보여?"

공무는 자기 무릎에 얼굴을 묻고 고개를 저었다. 그날 공무는 내게 카메라를 맡겼다.

집으로 돌아와 공무의 카메라에 담긴 사진들을 봤다. 모래가 갖고 있다가 휴가 때 공무에게 주는 식이어서 그것들은 모두 공무와 모래의 사진이었다. 어떤 사진이 공무의 것인지, 모래의 것인지 정확히 알 수 있는 방법은 없었다. 둘이 찍은 사진들이 닮아 있었기 때문이다.

높은 곳에서 찍은 사진들이 많았다. 건물들의 옥상과 작은 사람들의 정수리가 보이는 사진들. 63빌딩에 올라가서 찍었을 한강 사진도 있었다. 서쪽 하늘로 해가 지는 모습을 시간을 두고 몇십 개의 컷으로 나눠 찍은 사진이었다. 하늘 위에 흰색 점처럼 나온 달을 찍은 사진과 푸른 하늘 위로 번지는 구름을 찍은 사진들이 많았다. 찻길 옆의 식물들, 메타세쿼이아, 플라타너스, 개나리 나무를 찍은 사진들도 꽤 있었다.

카메라 가방에서 나온 다른 메모리 카드에 담긴 사진도 봤다.

계곡, 돌계단, 포장되지 않은 흙길, 대나무 숲과 돌로 쌓은 오래된 성이 있었고 풀이 듬성듬성 난 공터가 보였다. 버스에서 찍었을 풍경 사진들도 있었다. 누가 손바닥으로 쓸고 지나간 것 같은 이미지들이었다. 구름과 달과 산이 모두 속력을 이기지 못하고 프레임 안에서 뭉개졌다. 길게 늘어난 달이 하늘 위에 밝은 곡선을 그렸다. 피사체를 포착할 시간과 빛이 부족해서 잘못 찍힌 사진들이었다.

그리고 바다가 나왔다. 하늘은 잿빛이었고 파도가 높았다. 모래사장으로 갈색 해초들과 쓰레기가 밀려나와 있었다. 긴 모래사장의 아주 멀리로 방파제와 등대가 보였다. 자세히 보니 등대 앞에 사람 하나가 서 있었다. 화소가 충분하지 않아 아무리 사진을 확대해도 사람이라는 것만 확인할 수 있었다. 모자이크하듯 색종이를 네모나게 잘라 만든 사람처럼 보였다. 그것이 바다 사진의 마지막이었다.

또다른 메모리 카드를 열어봤다. 첫번째 사진은 우리가 졸업한 고등학교였다. 학교 담장 위에 카메라를 올려두고 찍었는지 학교 본관과 강당, 구령대와 스탠드, 운동장이 모두 들어왔다. 학교 앞의 상가들, 버스 정류장, 우리가 별말 없이 같이 걸어다니던 거리와 공무의 대학 캠퍼스, 갈색 샌들을 신은 모래의 발, 공무가 살던 아파트 앞 정자 사진이 이어졌다. 그러다 돌로 쌓은 성벽 사진이 나왔다. 성벽 바깥으로 찻길과 주택, 상가 건물들이 보였다. 확대해보니 '수원 예식장'이라는 간판이 보였다.

그후로는 서툰 관광객이 찍은 것 같은 사진이 이어졌다. 인적 없는 저수지 사진과 교복을 입고 하교하는 아이들의 뒷모습, 길고양이 사진들…… 밝은 대낮부터 찍은 사진의 명도는 점점 낮아졌다. 아직 해가 지기 전이지만 얇은 종이를 오려붙인 것 같은 달이 떠 있는 시간, 수원 경찰서의 모습이 화면에 나왔다.

그때부터 해가 완전히 질 때까지 경찰서 건물이 이어졌다. 경찰서 사진을 열 장쯤 지나자 어둠 속의 경찰서 건물 사진이 나왔다. 건물의 네모난 창마다 형광등 불빛이 들어와 있었다. 그 사진에서 나는 옥상 위에 서 있는 한 사람을 봤다. 너무 어두워 사람의 형태만 분간할 수 있었지만. 다음 사진에서 그 사람은 사라졌고, 그것이 그 메모리 카드의 마지막 사진이었다.

5

4학년 봄학기가 끝날 무렵, 오랜만에 모래가 집에 왔다.

"잤어?"

"응. 너 기다리다가 좀 잤어."

"그럼 더 자. 나도 네 옆에서 눈 좀 붙이게."

우리는 내 방에 펴놓은 요 위에 누웠다. 내가 허리가 아프다고 하자 모래는 엎드리라고 하고는 손가락으로 허리를 마사지했다.

뭉친 근육이 풀리고 시원해져서 얼마 지나지도 않아 그대로 잠들었던 것 같다. 잠에서 깨자 내 옆에 누워서 나를 바라보고 있는 모래가 보였다. 나를 보는 눈에 모래 특유의 다정함이 어려 있었다.

"뭘 그렇게 봐."

모래는 대답하지 않고 내 머리카락을 가만히 쓰다듬었다. 나는 눈을 감고 모래가 내 머리를 쓰다듬도록 내버려뒀다. 모래의 팔이 움직일 때마다 이불이 쓸리는 소리가 났다. 모래의 손길을 받으며 나는 천천히 숨을 쉬었다.

"아르바이트하면서 학교 다니느라 힘들었지." 모래가 말했다. "쉬는 날에는 쓰러져서 잠만 자고, 다른 뭘 해볼 틈도 없이."

나는 고개를 끄덕였다.

"네가 멀리 있든 가까이 있든 네 생각 많이 했어."

나는 눈을 감은 채로 모래의 이야기를 들었다.

"나에게 넌 늘 강한 사람이었다? 뭐든 자기 힘으로 다 해내고. 나처럼 징징대지도 않고. 같은 나이지만 언니 같은 사람이라고 생각했어."

모래가 그런 이야기를 한 건 처음이었다.

"그런 너도 사람인데. 힘든 거 내색하지 않았을 뿐인데. 내가 어려서 그걸 잘 몰랐던 것 같아."

나는 눈을 뜨고 모래의 얼굴을 봤다. 기다랗게 자란 앞머리가 모래의 눈을 찌르고 있었다.

"나 신경쓸 시간에 너 밥이나 잘 먹고 다녀."

"친구야."

"응."

"사랑해."

"뭐라는 거야."

나는 자리에서 일어나 모래를 보고 웃었다. 그애가 멀쩡한 티셔츠를 뒤집어 입고 있어서였다. 모래는 그런 일쯤은 대수롭지 않다는 듯이 티셔츠에서 팔을 빼서 돌려 입었다.

"곧 네 생일이잖아."

모래는 가방에서 이것저것을 꺼내 바닥에 늘어놓았다. 파이스트의 시디, 이사벨 아옌데의 소설, 최승자의 첫번째 시집, 그리고 비닐 랩으로 포장한, 모래 얼굴만한 쿠키 다섯 개였다.

"이게 다 뭐야."

모래는 랩을 벗긴 쿠키 하나를 내게 건넸다. 울퉁불퉁하고 못생긴 초콜릿 쿠키였다.

"내가 만든 거야."

"나눠 먹자."

나는 방에 간이 상을 펴고 우유 두 잔을 따랐다. 모래의 쿠키는 짭짤하고 달았다. 한입 먹으니 어금니가 뻐근해질 정도로 침이 돌았다. 입에서 바로 바스러지지 않는, 부드럽고 쫀득한 식감이었다. 반으로 나눈 쿠키를 모래는 두 손으로 들고서 열심히 먹었다.

모래가 무언가를 그렇게 맛있게 먹는 모습은 오랜만이었다.

몇 번이고 맛있다는 말을 반복하는 나를 보며 모래는 반달눈으로 웃고 있었다. 그때 그애는 어떤 생각을 하고 있었을까.

우리는 너무 커서 다 먹을 수 없다고 생각했던 쿠키 하나를 걸신들린 사람들처럼 다 먹었다.

"이거 받아." 모래는 내게 스카치테이프로 여러 번 봉한 편지봉투를 건넸다.

밤 아홉시쯤 되는 시간이었다. 모래는 손가락으로 흐트러진 머리를 대충 빗고 떠날 채비를 했다. 벙벙한 티셔츠를 입어 심하게 마른 몸이 눈에 띄지 않았고 실제로도 살이 조금 붙은 모습이었다. 운동화를 다 신은 모래가 신발장 앞에 서 있었다. 야자수가 그려진 초록색 박스 티셔츠에 긴 청바지, 어깨까지 내려오는 부스스한 머리카락. 항상 메고 다니던 상아색 백팩을 손으로 들고서 그애는 나를 가만히 바라봤다.

공무에게서 전화가 온 건 한밤중이었다.

"선미야."

나는 자리에서 일어나 앉아 핸드폰에 귀를 기울였다. 핸드폰 너머 그애의 불규칙적인 숨소리를 들으면서 나는 공무가 울음을 참고 있으리라고 짐작했다.

그날 우리는 서로에게 어떤 위로의 말도 전하지 못했다. 어느 한 사람 울지도 못하고, 완성되지 못한 문장만을 조금씩 흘려보낼 뿐이었다. 나는 내가 무슨 감정을 느끼는지도 제대로 이해하지 못한 채로 그후 몇 달을 보냈다. 공무에게 편지를 쓰지 않았고, 공무 또한 나에게 편지나 전화를 하지 않았다.

열대야가 시작될 무렵, 나는 처음으로 가위에 눌렸다. 눈을 감고도 모든 것을 볼 수 있고 들을 수 있는데도 몸을 움직일 수 없었다. 가위가 풀려 일어나면 손이 떨렸다. 다시 잠들 수가 없었다. 어두운 방에 우두커니 앉아 해가 뜨기를 기다리는 날들이 많았다.

냉동실에 보관한 모래의 쿠키를 조금씩 다 먹고, 최승자의 시집을 한 편 한 편 천천히 여러 번 읽고 나서야 가을이 왔다. 가을이 되어서야 나는 공무와 몇 차례 통화할 수 있었다. 수업을 듣고 시험을 치고 아르바이트를 하고 인터넷으로 토익 강좌를 들었다. 서점에 들러 산 최승자의 두번째, 세번째 시집을 가방에 넣고 다니면서 마음에 드는 시편을 외우기도 했다. 모래와 공무와 내가 걸어다니던 더러운 천변과 뒷골목이 그 시집 안에 들어 있었다. 이십 년 전, 우리처럼 그곳을 떠돌던 사람들의 마음이 그 가을의 나를 부축했다.

공무가 제대휴가를 나오던 날, 나는 경찰서 맞은편에서 그애를 기다렸다. 춥지만 화창한 날이었다. 우리는 치킨을 먹고 수원성에 올라 한참을 걸었다. 응달 벤치에 앉은 그애의 얼굴은 고요했다. 나이를 먹고 힘이 들어 그런 표정밖에 남아 있지 않은 사람의 얼굴

같았다. 한숨에 젊음을 빼앗긴 사람처럼, 그래서 어떤 기대도 두려움도 남아 있지 않은 사람의 얼굴로 공무는 나를 봤다.

"복학은 안 할 거야."

"무슨 말이야?"

"다시 대학에 가려고. 열차 기관사가 되고 싶어. 수능 공부를 다시 해야 하겠지."

"……"

"이런 채로도 살아갈 수는 있겠지. 그렇지만 이런 식으로 다른 사람의 마음을 대하기에는 적당하지 않아. 그래선 안 된다는 생각이 들었어."

"그 학위로 다른 일을 구할 수도 있잖아."

"이게 최선이야."

공무는 그 말을 하고 웃어 보였다. 공무의 결정에 대해 더는 가타부타하지 않고, 나는 공무에게 그애의 카메라와 메모리 카드를 전했다.

그때의 나는 내가 졸업 이후에도 변변한 일자리를 잡지 못하리라는 것을 몰랐다. 무리한 대출을 받아가며 대학원에 입학하게 될 것도, 그곳에서 처음으로 연애를 하고, 졸업과 취직을 하고, 오래 연애한 남자와 파혼하고 한동안은 매일 술을 마시지 않으면 잠들지 못하리라는 것도 몰랐다. 아무렇지 않게 서른 살의 허들을 넘고 원래 그 나이로 살아온 사람처럼 능청을 떨게 될 것도, 최승자의 시집을 읽으며 간신히 버티던 스물셋의 가을 같은 건 어린 날의 유약한 감상이었다고 과거의 나를 평하게 되리라는 것도 몰랐다.

그 모든 사실을 모른 채로 스물셋의 나는 공무와 수원성 벤치에 앉아 있었다. 그러나 그때의 나에게도, 앞으로 조금씩 멀어지게 될 공무와 나의 모습을 그려보는 건 그다지 어렵지 않은 일이었다.

모래가 건넨 편지를 나는 바로 열어보지 않았다. 스카치테이프로 여러 번 봉한 편지 봉투를 열어보기가 어쩐지 두려웠던 것 같다. 어떤 내용이 들어 있을지도 모르면서 흔쾌히 열어볼 용기가 나지 않았다. 하룻밤을 자고 일어나서야 나는 봉투를 뜯어 모래의 편지를 읽었다.

나비야.

너의 이름을 써놓고 한참 동안 생각했어. 너에게 무슨 말을 해야 할까. 이제 와서 무슨 말을 하더라도 다 변명이 될 뿐이겠지만, 적어도 최선을 다해서 변명하고 싶어.

언젠가 너한테 물었잖아. 넌 왜 별칭을 나비라고 했느냐고. 네가 말했지. 나비는 세상 모든 이름 없는 고양이들의 이름이라고. 그냥 길 가는 고양이에게 나비야, 하고 부르는 목소리들이 좋아서 나비라고 했다고. 화를 내면서, 악을 쓰면서 나비야, 나비야, 하진 않잖아, 라고. 그래서 나도 너를 부를 때 나비야, 나비야, 하고 어쩐지 다정하게 불렀던 것 같아.

넌 이름 없는 고양이들에게서 너를 봤을까. 비가 오면 비를 맞고 배가 고파서 쓰레기봉투를 뜯는, 이름 없는 고양이라는 이유로 해코지를 당하기도 하는 그 길가의 애들에게서 너를 봤을까.

우린 스무 살 여름에 만났지. 지금이 스물셋의 여름이니 이십대 초반의 시간을 함께 보낸 셈이네. 아니지, 우리 모두 열일곱 살 때부터 통신에서 서로를 알고 있었으니 시간을 좀더 거슬러 올라가게 되는구나. 전화선을 컴퓨터에 연결해서 푸른 화면이 뜨면 설렜지. 그곳에서는 내가 좋아하는 것들에 대해 아무리 얘기해도 괜찮았어. 우리 게시판에 다른 애들이 썼던 글 모두가 마치 나에게 하는 말 같았고. 그래서 댓글도 다 달고 그랬었는데.

그날 정모 공지를 읽지 못했더라면 나는 평생 너와 공무를 알지 못했을 거야. 같은 버스를 타도, 지하철 옆자리에 앉아도 서로가 누구인지 알지 못했을 거고 우린 서로의 세상에 존재하지 않는 사람들이었겠지. 일어나지 않은 일에는 아쉬움도 없으니 나는 너희 없이 그런대로 예전처럼 지냈을 거야. 수업 듣고 바로 집에 와서 물릴 때까지 음악만 들으면서. 그게 사는 건 줄 알고 그렇게 살았겠지. 안전하게.

그날 정모에 나가면서 꽤 용기를 냈어. 이미 약속 시간에 한 시간이나 늦었고, 비도 많이 내려서 아무도 기다리지 않으리라고 생각했는데 공무가 말한 가방이 보이더라. 혹시나 하고 빵집

안에 들어갔을 때 너희는 막 나가려는 참이었지. 실제로는 처음 만나는 사람들인데도 반가웠고, 너희가 나비와 공무여서 더 좋았던 것 같아.

너희와 있을 때는 나의 좋은 부분이 자연스럽게 나왔어. 그래서 그런 착각도 했어. 나는 나아졌고, 예전의 나와는 전혀 다른 사람이 되었다고. 너희들에게는 너희가 좋아할 만한 내 모습만 보여주고 싶었어. 그리고 나에게도.

그런 식으로 내가 나를 따돌렸던 것 같아. 너희에게 보여주지 못할 정도로 미워 보이고 창피했던 내 모습을 따돌렸어. 예전부터 그랬었어. 왜 내 모습이 그렇게 부끄러웠을까. 왜 나 스스로가 그렇게도 못나 보였을까. 저리 가. 나는 그애에게 말했어. 내 눈에도, 남들 눈에도 보이지 않는 곳에 숨어 있어. 왜 너는 죽지도 않아? 사라지지도 않고 그대로 내 안에 남아 있어? 그렇게 거칠게 나를 대하는 게 어른이 되는 것인 줄 알고서.

예전 일들을 잊고, 지워버리고, 연연하지 않으려 하고, 내 안에 갇힌 그애가 추워하면 더 외면해서 얼어죽기를 바라고, 배고 파하면 그대로 굶어 죽기를 바라면서 겉으로는 평온한 사람이 된 것처럼 연기했지. 그게 다 뭐였을까. 그애는 나였는데.

나비 너는 내가 행복하게 살 거라고 했지. 앞으로 더 나아질 거라고. 마치 미래를 내다볼 수 있는 사람처럼 확신을 담아서 말했지. 그렇게 말해준 사람은 네가 처음이었어. 너는 네가 나에게 얼마나 큰 사람이었는지 상상하지 못할 거야. 그 사실이 항상 기쁨이었던 것만은 아니었지만.

너의 말 한마디에 연연하고 마음이 가라앉기도 했으니까. 네가 강원도에 갔을 때 매일 너를 기다리면서 몇 주만 지나면 다시 볼 수 있으리라고 생각했었는데, 넌 문자 하나로 그곳에서 칠 개월을 더 지내겠다고 말했어. 너의 삶이고 너의 선택인데 이상하게도 너에게 버려진 기분이 들더라. 어느 밤엔가는 너에게 화가 나는 거야. 나를 돌아보지도 않는 너의 냉정함에 화가 났어. 그날 밤에 잠들지 못하고 뜬눈으로 누워서 생각했지. 네가 밉다니. 말도 안 되는 일이라고. 그날 밤, 나는 내가 평생을 속으로 다른 사람들을 책망하며 살았다는 걸 알아차렸어. 그리고 그 책망의 무게만큼 그 사람들에게 의존했다는 것도.

나를 숨도 쉬지 못할 만큼 몰아붙이던 남자친구에게조차 나는 의존했었던 거지. 내가 내 힘으로 제대로 서 있지를 못해 자꾸만 누군가에게 기대려고 했던 거야. 내가 기대어 서 있는 벽이 자꾸만 무너지고 벽이 아니라 나를 해치는 돌덩어리들이라는 걸 알게 된다고 하더라도. 그걸 털고 일어나서 자기 힘으로 서 있으려고 하지 못했어. 너는 너에게 미안해해야 해. 언젠가 나비 네가 화를 내며 그렇게 말했지.

미안해. 창밖으로 해가 뜨는 모습을 보면서 나는 조용히 말했어. 정말 미안해.

나비야, 나는 엘에이로 돌아갈 거야. 짧게라도 돌아가고 싶지 않았지만 그곳에서 다시 시작하려고 해. 내 마음을 모두 설명해 보여줄 수가 없어서, 이렇게밖에 할 수 없는 나를 용서해줘.

중력도 마찰력도 없는 조건에서 굴린 구는 영원히 굴러간다.

언젠가 네가 한 말을 난 종종 떠올렸어. 영원히 천천히 굴러가는 공을 생각했어. 그 꾸준함을 상상했어. 이상하게도 눈을 감고 그 모습을 그려보면 쓸쓸해지더라. 데굴데굴 굴러가는 그 모습이 어쩐지 외로워 보여서. 그래도 우린 중력과 마찰력이 있는 세상에 살고 있어서 다행이구나. 가다가도 멈출 수 있고, 멈췄다가도 다시 갈 수 있는 거지. 영원할 순 없겠지만. 이게 더 나은 것 같아. 이렇게 사는 게.

사람이란 신기하지. 서로를 쓰다듬을 수 있는 손과 키스할 수 있는 입술이 있는데도, 그 손으로 상대를 때리고 그 입술로 가슴을 무너뜨리는 말을 주고받아. 난 인간이라면 모든 걸 다 이겨낼 수 있다고 말하는 어른이 되지 않을 거야.

너희가 내게 줬던 시간과 마음을, 나는 잊을 수 없고 앞으로도 잊지 않을 거야.

잘 지내.

모래

모래의 편지를 반복해 읽으면서, 그 동그랗고 아이 같은 글씨를 손으로 만지면서 나는 모래를 다시 볼 수 없으리라는 걸 직감했다.

모래의 편지를 손에 쥐고 길을 걸어가면서 나는 내가 딛고 있는 지면이 몇 미터쯤 가라앉는 체감을 했다. 나는 모래가 내게 의존하고 있다고 생각했다. 내 눈에 모래는 타인이 없으면 살아갈 수 없는 허약한 사람이었다. 관계에 대한 그애의 성실함이 때때로 비굴해 보이기도 했다. 사람에게 치명적으로 상처받지 않았으므로 마음껏 다정할 수 있다고도 생각했다. 내 마음속, 그 모든 확신이 적힌 카드들을 들춰 보면서 나는 그 카드의 뒷면에 쓰인 말들을 읽었다. 나는 다그치는 사람, 이해하지 않으려는 사람, 오해하고 단죄하는 사람, 자신이 사랑받을 수 없다고 믿는 사람, 누구보다도 모래에게 마음을 기댔던 사람, 이 모든 사실을 부정했던 사람……

셋이 마지막으로 만났을 때, 마른 몸으로 울던 모래를 떠올렸다. 그날 모래의 말과 눈물이 나약함이 아니라 용기에서 나왔다는 것을 나는 그제야 깨닫게 됐다. 고통을 겪는 당사자를 포함해서 어느 누구도 그 고통이 진짜인지 가짜인지를 판단할 권리가 없다는 것도.

나는 언제나 사람들이 내게 실망을 줬다고 생각했었다. 그러나 그보다 고통스러운 건 내가 사랑하는 사람에게 실망을 준 나 자신이었다. 나를 사랑할 준비가 된 사람조차 등을 돌리게 한 나의 메마름이었다. 사랑해. 나는 속삭였다. 사랑해, 모래야.

나는 이제 서른다섯이고 그때의 일을 자주 떠올리지는 않는다. 이 특별할 것도 없는 이야기를 누구에게 해본 적도 없다. 누구나 살면서 몇 개의 다리를 건너듯이, 그때의 나도 공무와 모래와 함께 어떤 길고 흔들리는 다리를 건넜는지도 모른다. 다리의 끝에서 각자의 땅에 발을 내디뎠고, 삶의 모든 다리가 그렇듯이 그 다리도 우리가 땅에 발을 내딛자마자 사라져버렸다. 다리 위에서 우리가 지었던 표정과 걸음걸이, 우리의 목소리, 난간에 몸을 기댔던 모습들과 함께.

당시는 몰랐지만 오랜 시간 내 마음속에서 자라나던 공포는 그때부터 본격적으로 커졌던 것 같다. 절대로 상처 입히고 싶지 않은 사람에게 상처를 줄 수 있다는 두려움. 그것이 나의 독선으로 이루어질 수 있는 일이라는 사실이 나를 조심스러운 사람이 되게 했다. 어느 시점부터는 도무지 사람에게 다가갈 수가 없어 멀리서 맴돌기만 했다. 나의 인력으로 행여 누군가를 끌어들이게 될까봐 두려워 뒤로 걸었다.

알고 있는데도. 서로 상처를 주고받으면서 사랑할 수 있다는 것도, 완전함 때문이 아니라 불완전함 때문에 서로를 사랑한다는 것을 알면서도 나의 몸은 그렇게 반응했다.

나는 무정하고 차갑고 방어적인 방법으로 모래를 사랑했고, 운이 좋게도 내 모습 그대로 사랑받았다. 사랑만큼 불공평한 감정은 없는 것 같다고 나는 종종 생각한다. 아무리 둘이 서로를 사랑한다고 하더라도 언제나 더 사랑하는 사람과 덜 사랑하는 사람이 존재한다고. 누군가가 비참해서도, 누군가가 비열해서도 아니라 사랑의 모양이 그래서.

이렇게 모든 것이 희미해져도 조금은 분명하게 남아 있는 일이 있다.

내가 홍천 기숙학원에서 일할 때, 모래가 찾아왔던 적이 있다. 모래는 밤색 코트를 입고 커다란 단추가 달린, 털실로 뜬 크로스백을 메고 왔다. 우리는 읍내 중국집에서 짬뽕과 탕수육을 먹고, 따뜻한 보리차를 들고서 석유난로 옆에 앉아 있었다. 반투명한 필름을 붙인 유리창으로 정오의 햇빛이 내려왔고, 햇빛을 받은 모래의 가느다란 머리칼이 빛났다. 석유난로 옆으로 따뜻하게 데워진 공기가 움직이는 모습이 보였다. 우리는 아무 말도 없이 노곤하게 앉아 햇빛을 맞았다.

"좋다."

"참 좋네."

그런 말을 주고받으면서 바라본 모래의 얼굴이 낯설어서 나는 출입문 쪽으로 시선을 돌렸다. 모래도 그런 내 마음을 순간 알아차렸다는 것을 나는 알았다. 모래는 그때 대수롭지 않은 표정을 지으려고 애썼다. 아마 나도 그랬을 것이다.

자리에서 일어나 우리는 오래 걸었다. 첫눈이 내리기 전이었고 산책할 수 있을 정도의 쌀쌀한 날씨였다. 모래가 나를 찾아와서 반가웠고 함께 있는 시간이 좋았으면서도, 모래와 그렇게 걸으며 나는 다시 혼자가 되고 싶다는 생각을 했다.

버스 창가 자리에 앉은 모래를 올려다보던 일이 떠오른다. 조금만 참으면 곧 혼자가 될 수 있다는 생각으로 시간을 어림하며 그애를 볼 때, 모래는 붉어진 얼굴로 미간을 찌푸리며 미소 짓고 있었다. 모래는 한동안 고개를 숙였다가 나를 봤다. 웃음기 없는 붉은 얼굴로 나를 바라보던 모래가 차창의 커튼을 닫았다. 아직 버스가 출발하지 않았는데도.

그 장면을 나는 아직도 기억한다. 그애를 보내면 마냥 후련하기만 할 것 같았던 마음이 어떤 두려움으로 바뀌던 순간을. 버스가 떠난 뒤에도 나는 터미널에 가만히 서서 모래가 탄 버스가 서 있던 자리를 바라봤다. 그곳에는 아무것도 없었고, 나는 찬바람에 몸을 떨었다.

고백

미주는 내가 수사가 되기 전에 사귄 마지막 여자친구였다. 우리는 두 달 정도 만나다가 미주의 뜻으로 헤어졌다.

헤어지고 나서도 우리는 한 번씩 만나곤 했다. 연인으로 만난 게 두 달이었고 친구로 십 년이 넘었으니 이제는 우리가 한때 연인이었다는 사실이 농담처럼 느껴지곤 한다. 미주는 내가 수도회에 입회할 때도 와서 축하해주었다. 예배당 맨 끝에서 노란 소국 다발을 들고 있던 미주의 모습이 떠오른다. 천주교 예식을 처음 봐서 그런지 꽤나 어리둥절해하던 모습이었다. 그때는 나도 미주도 이십대 중반이었다.

우리는 학과가 같았지만 학부제 때문에 서로를 몰랐다. 구전문학 수업에서 강신굿을 보러 답사를 떠난 날 나는 미주를 처음 봤다. 헐렁한 회색 후드 티에 청바지를 입고 흰 운동화를 신은 미주는 고택의 섬돌에 앉아서 내리 굿을 지켜봤다. 화장기 없는 얼굴에 짧은 단발머리였는데 얼굴이며 머리카락이며 다 버석버석해 보이던 것이 기억난다.

그날, 굿이 다 끝나고 미주는 무당에게 뭔가를 따지고 있었다. 자정이 넘은 시각이었다. 무당은 나이가 지긋한 박수였는데 무언가 미주의 심기를 건드린 말을 한 것처럼 보였다. 미주는 담당 교수와 동네 주민들, 같은 수업을 듣는 학생들이 다 보는 앞에서 무당에게 뭐라 뭐라 소리를 질렀다. 교수는 무당과 주민들에게 고개 숙여 사과했다. 내가 왜 그랬는지 지금도 모르겠지만 나는 밖으로 뛰어나가는 미주를 따라나섰다.

"저기요." 내가 부르는데도 미주는 돌아보지 않고 걸어갔다. "차 끊겼어요. 어쩌려고 그래요?" 미주는 그제야 고개를 돌리고 말했다. "나도 몰라요." 그 모습이 너무 대책 없어 보여서 나는 입을 벌리고 그녀를 바라봤다. 우리는 버스 터미널 벤치에 앉아서 자다 깨다 하며 첫차가 오기를 기다렸다. 같이 첫차를 타고 서울로 올라가는 길에 나는 나도 모르게 미주의 어깨에 머리를 얹고 침을 흘리며 잤다. 우리는 그때의 이야기를 하면서 아직도 웃곤 한다.

우리는 이제 서른네 살이고 여전히 일 년에 한두 번 정도 만나서 같이 밥을 먹고 차를 마신다. "나 살 많이 쪘지." 미주는 그런 말로 얘기를 시작한다. 아니라고 말하면서도 나는 미주를 만날 때마다 놀라곤 한다. 미주는 볼 때마다 몸이 조금씩 불어나 있었다. 건강하게 살이 찌는 게 아니라 어딘가 아픈 것처럼 부은 모습이었다. 나의 고향에서는 그런 살을 벌살이라 했다. 벌살이 붙은 얼굴에 다정한 눈빛만은 여전했는데, 그 여전함이 마음을 쓰리게 했다.

미주는 서른 살 무렵에 신춘문예에 시가 당선돼 등단했고 작년에는 시집도 냈다. 시를 잘 이해할 수는 없었지만 시집을 읽고 수도원 주변을 한참 걸었던 기억이 난다. 나는 미주의 시집에서 내가 처음 봤던 미주, 멍한 얼굴로 굿을 구경하고는 무당에게 소리지르던 미주의 모습을 떠올려냈다. 미주와는 웃긴 추억인 양 이야기했지만 사실 그때 나는 그런 미주를 멀리서 보며 마음이 아팠고, 그 이유를 알 수 없어 당혹했었다. 미주의 시를 읽으면서 나는 꼭 그때의 기분을 느꼈다. 미주는 자기 시를 어떻게 읽었느냐고 묻지 않았고, 나도 별다른 말을 하지 않았다. 그리고 얼마 전 나는 종신서원을 했다.

"종은아."
"응?"
"너희 하느님은 살인자도 용서하시니?"
"진심으로 회개한다면 용서하시지."
"회개, 한자가 뭐니?" 대답하려는데 미주가 다시 말을 이었다. "자살한 사람은 어떠니? 너희 하느님은 자살한 사람도 혼내고 벌을 주고 그러시니." 미주는 가만히 테이블을 바라봤다. 미주가 내게 이런 이야기를 한 건 처음이었고, 나는 좀처럼 입을 열 수 없었다.

"됐어. 내가 괜히 무거운 소릴 했네. 근데 좋은아……" 거기까지 말하고 미주는 입을 다문 채로 카페 영수증을 조각조각 찢었다. 모른 척하고 넘어가긴 했지만 미주는 그전에도 몇 번 내게 어떤 말을 하려다 만 적이 있었다.

"미주야." 나는 미주를 가만히 바라봤다.

미주가 지갑에서 무언가를 꺼냈다. 작은 스티커 사진 한 장이었다. 교복을 입은 아이들 셋이 짓궂은 표정으로 웃고 있었다. 미주는 가운데에서 브이 자를 그리고 있는 아이를 손끝으로 짚었다. "이게 나야." 그러고는 양옆의 아이들을 가리켰다. "얘는 주나고, 얘는 진희야. 우린 늘 셋이었거든." 미주는 그렇게 말하고 스티커 사진을 내 앞으로 밀었다. 창밖으로는 가느다란 가을비가 내리고 있었다.

미주와 주나, 진희는 고등학교 1학년 때 같은 반에서 만났다. 셋 다 같은 중학교 출신이었지만 중학교 때는 얼굴만 아는 사이였다. 집이 가깝고 같은 버스를 타고 학교에 가다보니 그들은 자연스레 가까워졌다. 표면적인 이유는 그랬다.

미주가 고등학교에 입학한 지 얼마 안 되었을 때의 일이었다. 미주는 등굣길에 학생부장에게 머리를 맞아 바닥에 쓰러졌다. '귀걸이를 했다'는 이유였다. 학생부장이 미주의 귓불에 난 점을 귀걸이라고 생각한 것이었다. 미주는 놀라서 일어나지도 못하고 울었다. 그런 미주 앞에서 주나는 학생부장에게 낮은 목소리로 항의했다.

"어디서 어른한테 건방지게 굴어?" 소리치는 학생부장에게 주나는 미주에게 사과하라고 요구했다. "그거 맞은 게 뭐가 대수라고." 그렇게 말하는 학생부장을 지나 주나는 미주의 치마에 묻은 먼지를 손으로 탁탁 털어줬다. "저런 비겁한 새끼 땜에 울지 마. 뭣도 아닌 게 미쳐서 저 지랄이야." 주나는 미주의 어깨를 팔로 감싸고 토닥였다.

미주에게 주나는 그런 사람이었다.

다시 그 나이만큼의 시간이 흘렀는데도, 미주는 주나가 자신을 편들어줬던 기억을 쉽사리 잊을 수 없었다.

그때 미주는 어떻게 자신의 의사를 말로 표현해야 하는지 잘 모르는 아이였다. 무언가 억울하고 화가 나는 일이 있어도 눈물을 흘리거나 고작 웅얼댈 뿐, 대개는 아무 말 못하고 삼켜버렸다. 자기 생각을 주장할 줄 몰랐기에 무난한 아이로 보였지만 미주 자신은 뱉지 못한 자기 말에 갇힌 느낌을 받았다. 자기 생각을 시원스레 잘 말하는 주나가 미주는 부러웠지만, 한편으로는 불편하기도 했다.

그리고 진희가 있었다.

진희를 생각하면 가느다랗고 긴 팔이 떠오른다고 미주는 말했다. 물속에서 걸어가는 사람처럼 휘적휘적 걷던 모습이며 늘 초등학생으로 오해받았던 어린 얼굴이 보인다고. 진희는 목소리가 작았지만 우스운 이야기를 잘했고 자지러지듯이 웃을 때는 작은 새처럼 보였다.

미주의 눈에 진희는 투명한 물속에 숨어 있는 작은 담수 진주 같았다. 자신을 담은 물빛만큼만 반짝이고 완전한 구를 이루지는 못하지만 둥그렇고 부드러운 진주.

진희는 미주의 글을 처음 봐준 사람이기도 했다. 샤프펜슬로 끼적인 미주의 노트를 가져다가 타이핑해준 사람이기도 했다. "이것도 읽어봐." 진희는 자기가 재미있게 읽은 책들을 미주에게 빌려주고, 기다렸다가 책에 대한 감상을 나누기를 좋아했다. 언젠가 같이 양귀자의 소설에 대해 이야기할 때 자기가 좋아하는 문장을 손가락으로 훑어가며 읽던 진희.

진희는 소설 속 주변 인물들에게 관심이 많았다. 중요하지 않은 인물들의 입장에서 사건을 보는 걸 좋아했다. 주제와 핵심 제재를 파악하는 것이 독서의 전부인 줄 알았던 미주는 진희의 이야기를 들으며 소설을 읽을 때와는 다른 종류의 재미를 느꼈다. 미주 자신이 쓴 글을 보여주었을 때도 진희는 진희의 방식대로 이야기를 읽어냈다. 자기가 의도치 않았던 부분, 알지 못했던 부분이 진희의 시선을 통해 드러나는 순간이 미주는 신기했다.

주나가 언제나 미주의 편을 들어주는 든든한 존재였다면 진희는 다른 사람들은 알지 못하는 미주의 작은 모서리를 쓰다듬어주는 친구였다. 직설적이고 조금은 거칠게 행동하는 주나와 조용히 자기 안으로 침잠하기를 좋아하던 진희 사이에 미주가 있었다.

주나는 진희를 좋아했다. 그렇게 말하는 걸 좋아하면서도 진희가 말할 때는 입을 다물고 진희의 이야기를 들어줬고 진희 앞에서는 조심스럽게 행동했다.

"야, 이 병신아." 주나가 미주에게 장난으로 한 말에 진희는 얼굴을 붉혔다. "병신이란 말 안 썼음 좋겠다. 그런 식으로 남 비하하는 말 안 써도 되는 거잖아." 그렇게 말하는 진희 앞에서 부끄러워하던 주나의 얼굴을 미주는 기억한다. 좋게 말하자면 주나는 미주를 진희보다 더 편하게 대해줬고, 나쁘게 말하자면 미주보다 진희를 더 소중하게 대했다. 주나는 장난으로라도 진희를 놀리거나 괴롭히지 않았고 진희의 말이라면 토를 달지 않았다.

셋이란 이런 거구나. 미주는 종종 자신이 주나와 진희의 특별한 관계에 딸린 부록인지도 모른다고 생각했다. 둘의 관계에는 미주가 개입할 수 없는 단단한 지점이 있었다. 그 마음을 이야기했을 때 진희는 자기야말로 그런 생각을 했다고 대답했다. "그렇잖아. 너희 둘은 허물이 없다고 해야 하나. 편해 보여. 내가 낄 수 없을 때가 있어."

"아니지. 내가 깍두기지. 너희끼리 책 빌려 읽고 얘기하고 그러잖아. 그럴 때 난 할말 없었어." 주나까지 이렇게 말했을 때 셋은 싱긋이 웃었다. 셋이라는 숫자 안에서 모두가 소외감을 느낄 수밖에 없었다는 사실이 이야기를 나누면서 조금은 가볍게 느껴져서였다.

"정말이야. 난 너희 둘 다 똑같이 좋아해. 누굴 더 좋아하고 누굴 덜 좋아하고 그런 거 없어." 미주가 말했다.

"그래? 난 너보다 진희가 더 좋은데." 주나는 그렇게 말하고는 심술궂게 웃었다. 주나의 그런 장난은 언제나 미주의 마음을 시리게 했다. 장난이라는 포장을 벗기고 나면 아주 작고 희미한 것이더라도 자신을 향한 주나의 악의를 찾아낼 수 있었으니까. 아직 어린 아이의 잔인함이었을까, 아니면 애정과 악의를 동시에 느끼는 습관 때문이었을까. 그 이유에 대해서 미주는 여전히 이해하지 못한다. 그렇다고 해서 주나의 애정이 거짓이었다거나 허위였다는 말은 아니다. 오히려 뜨겁고 헌신적인 애정이었다고 말해야 옳았다.

집에 놀러온 미주에게 주려고 더운 여름날 불 앞에 서서 김치볶음밥을 만들고 계란을 부치던 주나. 추운 날 바들바들 떠는 미주에게 "난 추위 안 타니까"라며 자기 목도리를 목에 매어주던 주나. 감기에 걸린 미주에게 푹 쉬어야 금방 낫는다고 말하고는 숙제를 대신 해주던 주나. "펜이 예쁘네" 말하면 "이 펜 너 가져" 하고 뭐든 베풀려 하던 주나. 자기 공부가 밀려 있으면서도 미주가 도움을 청하면 미주가 이해할 때까지 시간을 들여 하나하나 설명해주던 주나. 그런 주나의 애정은 따뜻함 이상의 온도를 지니고 있었다.

주나네 집은 주나와 미주, 진희가 방과후에 항상 모이는 장소였다. 학교가 끝나고 주나네 집에 가서 같이 잠을 자기도 했고, 시험 기간에는 공부한다는 명목으로 모여서 끝도 없이 수다를 떨기도 했다. 방학 때는 아예 주나네 집에서 살다시피 하면서 주나 엄마의 고깃집에서 일을 돕고 밥을 얻어먹기도 했다. 주나네 화장실의 칫솔 거치대 한편에는 주나, 미주, 진희의 칫솔이 나란히 걸려 있었다. 주나의 방에는 미주와 진희의 잠옷과 문제집, 노트가 자연스레 섞여 있었다.

주나는 물리학과나 수학과에 진학하고 싶어했다. "문제 풀다보면 내가 없어지는 것 같아. 잡생각도 다 사라지고 몰입이 된다고 해야 하나. 재밌어." 주나는 빨리 고등학교를 졸업해 대학에 가길 원했다. 일어나고 싶을 때 일어나고, 자고 싶을 때 자고, 입고 싶은 옷을 입고 자유롭게 살아보고 싶다고 말했다.

문과를 택한 미주와 진희는 2학년 때도 같은 반이 되었고, 주나 홀로 이과에 진학했다. 주나는 이과반에서 새로운 친구들을 사귀더니 그애들과 어울려 노느라 쉬는 시간에 미주와 진희를 찾아오지 않는 때가 많았다.

"걔네야, 우리야?" 묻는 미주 앞에서 주나는 깔깔대며 말했다. "걘 그냥 친구지."

"그럼 우린 뭔데."

"나도 몰라. 너흰 그냥이 아니야. 그냥 친군 아니잖아. 우리가." 주나는 괜히 시선을 다른 곳으로 두고 말했다.

"주나 말이 맞아." 진희가 대답했다. "그냥 친구가 필요해서 만나는 게 아니잖아. 우린 서로 정말 좋아하는 사이잖아."

그렇게 말하는 진희를 주나는 꼭 껴안았다. "너도 그렇다니 좋다." 주나가 답했다. "나도 그래." 미주는 둘에게 들리지 않을 작은 소리로 말했다.

셋은 학교 벚꽃나무 밑에서 같이 사진을 찍었다. 봄소풍을 갔다 돌아오는 길에 명동에 들르기도 했다. 중간고사가 끝나고는 동대문에 가서 청바지와 티셔츠를 사기도 했고, 학교 강당 지붕에 나란히 누워 있기도 했다. 교환 일기장도 만들었는데 회전이 빠른 날이면 하루에 세 사람이 전부 일기를 쓰기도 했다. 주말에는 상업 지구에 가서 우동을 사 먹고 돈이 생기면 오락실이나 노래방에 가서 놀고 당시 유행하던 스티커 사진을 찍었다. 형광 노랑, 빨강, 파랑의 가발을 쓰고 그 모습이 우스워 깔깔대면서. 실컷 놀고도 헤어지기 싫어서 결국 주나네 집에 가서 텔레비전을 보고 주나가 해주는 밥을 먹고 같이 잤다.

단둘이 같은 반이 되면서 미주는 진희에 대해서 더 많이 알아갈 수 있었다. 미주가 보기에 진희는 굉장히 예민한 사람이었는데 겉으로는 오히려 둔감해 보였다. 자기 감정만큼이나 타인의 감정에도 예민해서 그런 것 같았다. '나 예민한 사람이니까 너희가 조심해야 돼'라는 식이 아니라, 네 마음이 편하다면 내가 불편해져도 상관없다는 식으로 자신의 예민함을 숨기려고 했다. 대수롭지 않은 척 상대의 얘길 들으면서도 얼굴이 붉어지고 입술을 물어뜯던 진희의 모습을 미주는 기억한다.

진희가 책상에 엎드려 자고 있을 때, 운동장을 가로질러 걸어갈 때, 볼펜을 이리저리 돌릴 때 미주는 자신이 진희를 안다고 생각했다. 넌 누구에게도 상처를 주지 않으려 하지. 그리고 그럴 수도 없을 거야. 진희와 함께할 때면 미주의 마음에는 그런 식의 안도가 천천히 퍼져나갔다. 넌 내게 무해한 사람이구나.

그때가 미주의 인생에서 가장 행복한 시절이었다. 미주의 행복은 진희에 대해 아무것도 알지 못했기 때문에 가능했다. 진희가 어떤 고통을 받고 있었는지 알지 못했으므로 미주는 그 착각의 크기만큼 행복할 수 있었다.

진희의 열여덟번째 생일날, 셋은 버거킹에서 햄버거를 먹고 시립문화센터 앞 운동장으로 걸어갔다. 운동장 스탠드에 앉아서 주나와 미주는 진희에게 생일 축하 노래를 불러줬다. 이상하게도 웃음이 많이 나오는 날이었다. 셋은 어느 때보다도 시끄럽게 떠들어 댔고 좀처럼 자리에서 일어나지 않았다. 해가 짧아져 여섯시밖에 안 되었는데 이미 사위가 어둑했다.

"할말이 있어." 진희가 운동장 쪽을 바라보며 말했다. "내가 무슨 말을 해도 너흰 이해해주리라고 생각했어. 그래서……"

"뭔데?" 주나가 진희의 말을 끊고 물었다. "뭔데. 빨리 말해봐." 주나가 재촉했다.

"이런 말, 하지 못할 거라고 생각했는데…… 그런데도 말하고 싶었어. 너흴 속이고 싶지 않았어." 어둑해진 탓에 자세히 보이지 않았지만 진희의 얼굴이 빨갛게 달아올랐으리라고 미주는 생각했다. 보통 이야기는 아닌 듯싶었고, 어떤 것이든 진희가 말하지 않았으면 좋겠다고 바랐다. 한참을 망설이다 진희가 입을 열었다.

"난 여자를 좋아해."

"그게 뭔 소린데?" 주나가 물었다.

"난 레즈비언이야, 애들아."

"진희 네가 레즈란 말이야?" 주나가 재차 물었다.

"그래."

"우웩." 주나는 토하는 시늉을 하고 웃었다. "장난치지 마. 내가 믿어줄 것 같냐?" 주나는 또다시 웃었지만 진희는 조용히 고개를 흔들었다.

"장난 아니야, 주나야. 오래 생각하고 말한 거야. 이게 나야." 진희는 작은 목소리로 말했다. 이게 나야…… 진희는 왼쪽 가슴에 오른 손바닥을 대고 있었다. 가슴에 구멍이 뚫려 안에 있는 것들이 쏟아지지 않게 막아내야 하는 것처럼.

미주는 그런 진희를 보고 말문이 막혔다. 이런 상황이 닥치면 어떻게 행동해야 하는지 아무도 미주에게 알려주지 않았으니까. 가슴에 손바닥을 대고 굳은 듯 앉아 있는 진희에게 미주는 어떤 말을 해야 할지 알지 못했다.

"미주 너도 말 좀 해봐. 그렇게 빤히 보고 있지만 말고 말 좀 해보라고." 주나가 말했다.

"나는…… 난……"

시간을 되돌려 어느 한 순간으로 갈 수 있다면 그때로 가고 싶다고 미주는 간절히 생각했다. 그때로 돌아간다면 이야기해줘서 고맙다고, 나는 너의 편이라고 말할 거라고, 너를 그렇게 외롭고 아프게 하지 않을 거라고. 하지만 그때의 미주는 더듬거리다 끝내 아무 말도 제대로 하지 못했다.

"정말 역겹다." 주나는 그렇게 말하고 자리를 떴다. 책가방을 메고 운동장을 가로질러 가던 주나의 뒷모습을 미주는 기억한다.

진희는 손등으로 얼굴에 묻은 눈물을 닦고는 미주의 얼굴을 한동안 바라봤다. 열여덟이 아니라 열둘이라고 해도 믿을 수 있을 정도로 어린 얼굴이었다. 그런 진희의 얼굴에는 자기 또래 특유의 생기가 없었다. 한없이 어린 얼굴에 노인의 표정이 덧씌워진 것 같았다.

미주는 할말을 찾지 못해 교복 치마를 만지작거리기만 했다. 레즈비언이라는 사람들이 있다는 사실은 알고 있었지만 아주 멀리에 있을 거라 여겼었다. 미주는 진희가 분명 진희 자신에 대해 잘

못 판단했으리라고 생각했다. 더 솔직히 말해서 진희는 '그런 사람들' 중의 하나가 되어서는 안 됐다.

"주나가 막말 잘 하는 거 알지." 미주가 말했다. 진희는 아무 말 없이 운동장 쪽을 바라보고 있었다.

"근데 진희 너 그 말 정말이야?" 미주의 질문에 진희는 진저리 치듯이 고개를 저었다.

진희는 미주 쪽으로는 시선을 두지 않고 가방을 챙겨서 버스 정류장으로 걸어갔다. 평소라면 같이 버스를 타고 갔겠지만 어쩐지 그러고 싶지 않아서 미주는 할머니 댁에 들러야 한다고 거짓말을 했다. 여전히 진희는 아무 대답 없이 앞으로 걸어가기만 했다.

"생일 축하해." 미주는 버스 정류장으로 걸어가는 진희에게 소리쳤다. "내일 보자!" 진희는 아무 소리도 듣지 못한 것처럼 뒤돌아보지 않고 앞을 향해 천천히 걸어갔다. 진희의 회색 백팩에는 셋의 스티커 사진을 담은 플라스틱 케이스가 걸려 있었다. 그 작은 케이스는 진희의 발걸음에 맞춰 조금씩 흔들렸다.

미주는 받아야 할 위로를 다 받았다. 담임교사는 미주를 따로 불러 진희의 소식을 전했고 마음을 추스를 때까지 집에서 쉬라고 제안하기도 했다. 미주는 진희의 발인을 다 지켜볼 수 있었다. 다시 학교로 돌아왔을 때 아이들은 미주의 상처를 염려했다. 미주의 부모도 최선을 다해서 그녀를 위로했다. 다른 사람들의 눈에 미주는 가장 가까운 친구를 잃은 가여운 아이였다. 진희는 유서를 남기지 않았다.

그즈음의 기억은 많은 부분 삭제되어 있다. 드문드문 스냅사진을 보듯이 어떤 장면들이 보였지만 그조차도 확실하지 않았다. 미주는 자주 토했던 기억, 자기를 바라보는 사람들의 시선이 괴로웠던 기억, 여러 명과 함께 교실에서 호흡하고 있다는 생각만으로도 진땀이 흐르던 기억이 난다고 했다. 사람들은 미주를 통해 자신들이 몰랐던 진희의 사정에 대해 알고 싶어했다. 미주라면 진희의 죽음에 대해 설명해줄 수 있으리라 믿는 것 같았다. 처음에는 은근히, 나중에는 꽤나 노골적으로 그들은 미주에게 진희에 대해 물었다. 다른 장소에서 주나 또한 그런 질문을 받고 있으리라고 미주는 생각했다.

주나는 미주 곁으로 오지 않으려 했다. 장례식장에서도, 화장장으로 가는 버스 안에서도, 화장장에서도, 다른 곳에서도 마찬가지였다. 화장이 진행되는 동안 주나는 건물 벽 앞에서 고개를 숙이고 서 있었다. 그 옆으로 미주가 다가갔지만 주나는 꼼짝도 하지 않았다. "주나야." 주나는 자기 팔 위에 얹는 미주의 손을 뿌리쳤다.

그 이후에도 세상은 예전과 똑같았다. 일곱시 반까지 학교에 가서 0교시 수업을 듣고, 야자를 마치고 집에 가면 열두시였다. 시간이 가기를, 시간이 흐르고 흘러 마음이 무뎌지기를 미주는 바랐다. 그때부터였는지도 모른다. 미주가 미래를 기대하지 않게 된 것은. 무엇을 이루고, 어떤 일들을 경험하고, 보다 나은 인간이 되는 일에 대한 관심이 사라지게 된 것은. 자신에게는 앞으로 다가올 시간을 누릴 자격이 없다는 믿음이 마음 깊은 곳에 뿌리를 내리게 된 것은. 그저 시간이 흐르기만을 열여덟 미주는 바라고 바랐다.

충격이 지나가고 나서 슬픔이 밀려왔다. 미주는 자신이 진희에게 버림받았다고 믿었다. 네가 이런 식으로 나에게 상처를 주다니. 이런 차가운 방식으로 네가 나를 버리다니, 나를 떠나다니. 아무 말도 없이, 유서 한 줄도 없이, 쓰고 또 써도 채울 수 없는 공백을 주다니. 나에게 너의 유서를 쓰게 하는 벌을 주다니. 가지 말라고, 한 번 붙잡을 기회조차 주지 않았다니.

그 생각으로부터 도망치기 위해 미주는 입시에 집중했다. 가끔 아파트 단지 놀이터에 가서 울고 돌아와 문제집을 풀고 오답 노트를 만들었다. 공부에 집중한다는 이유로 방문을 닫아걸 수 있었고, 원한다면 누구와도 대화하지 않고 하루를 보내기도 했다. 미주가 이야기하고 싶은 사람은 오로지 주나뿐이었다. 하지만 주나는 온갖 방법으로 미주를 떠나가고 있었다. 미주가 주나의 교실에 찾아가면 주나는 피곤하다, 숙제를 해야 한다, 다른 친구와 할 얘기가 있다는 핑계로 미주와 대화하지 않으려 했다. 집에 갈 때도 주나는 미주와 같은 버스를 타지 않았다.

3학년 개학을 앞둔 겨울, 미주는 울면서 주나네 집에 찾아갔다. 파카를 입고, 운동화를 신고, 얼어붙은 길바닥을 미끄러지듯 걸어서 주나가 사는 빌라로 갔다. 파카 소매로 눈물을 닦고 최대한 아무렇지 않은 척 삼층으로 걸어올라갔다. 초인종을 누르고 기다리자 주나 엄마가 문을 열었다.

"주나 집에 없어." 주나 엄마는 피곤해 보였다. 미주는 신발장에 있는 검은 운동화를 봤다. 주나에게 신발이라고는 그 검은 운동화밖에 없었다.

"놓고 온 게 있어서 그래요. 잠깐 주나 방에 가서……"

"그게 뭐니. 내가 가져다줄게."

"아줌마."

"미주야." 그렇게 말하고 주나 엄마는 고개를 저었다. 옴폭 들어간 눈은 붉게 충혈되어 있었다. "너도 이제 고3이야." 주나 엄마는 따뜻한 손바닥으로 미주의 찬 볼을 쓰다듬었다. "자, 이제 집으로 가. 추운데 이러고 다니지 말고." 그녀의 손에서 마늘 냄새가났다.

주나가 없다는 말이 거짓말이라는 것을 미주는 너무 잘 알고 있었고, 주나 엄마 또한 미주가 그 사실을 안다는 것을 알았다. 주나는 예전 같은 방식으로 미주를 보려 하지 않았다.

미주는 아이들의 말을 통해서 주나가 육군사관학교에 진학했다는 소식을 들었다. 규율이라면 누구보다 치를 떨던 아이가 군인이되기로 결심했다는 사실에 미주는 망연해졌다. 그 이유에 대해 묻고 싶었지만 그런 대화를 하기에 주나는 이미 너무 멀어져 있었다.

시간이 상처를 무디게 해준다는 사람들의 말은 많은 경우 옳았다. 하지만 어떤 일들은 시간이 지날수록, 그 진상을 알아갈수록 더 깊은 상처를 주기도 했다. 이미 세상에서 사라진 진희에 대해서, 진희가 겪었을 고통에 대해서 미주는 대학에 와서야 피하지 않고 마주할 수 있었다. 겉으론 의연한 척하면서도 여렸던 그애가 받았을 고통이 얼마나 컸을지 미주는 짐작할 수조차 없었다. 그애가 얼마나 용기를 내어 커밍아웃을 했을지, 그때 자신과 주나가 했던 행동이 얼마나 끔찍한 짓거리였는지도, 미주는 그 사건으로부터 일 년 반이 지나서야 솔직히 인정할 수 있었다. 진희가 자길 버린 게 아니라 자기가 진희를 버렸다는 사실을 미주는 그제야 참담한 마음으로 바라보았다. 아무것도 몰라서 그런 짓을 했다는 말은 변명이 될 수 없었다. 후회로 울어 자기 마음을 위로하는 짓은 하고 싶지 않았다. 어쩔 수 없이 쏟아지는 자신의 눈물이 미주는 역겨웠다.

대학 1학년 여름, 6호선 지하철에서 미주와 주나는 우연히 만났다. 단발머리의 주나는 제복을 입고 있었다. 당황한 미주에게 뜻밖에도 주나는 웃으며 다가왔다. 아무것도 거리낄 게 없다는 태도였다. 예전 모습은 찾아볼 수 없었다.

"잘 지냈어?" 주나가 물었다.

"응. 너는?"

"나야 잘 지내지."

"지낼 만해? 학교."

"그럼. 동기들도 다 좋고, 선배들도 괜찮고."

"그래. 좋아 보인다."

"대학 들어간 거 축하도 못했네. 네가 가고 싶어했던 데잖아."

"운이 좋았지. 난……"

"그 바지, 우리 동대문에 가서 같이 샀던 거 맞지?"

미주는 고개를 끄덕였다. 진희가 죽은 후 예전 일에 대해서 말한 것은 처음이었다. 주나는 아무렇지 않은 것처럼 '우리'에 대해 말하고 있었다.

"이제 내려야 돼." 미주가 말했다.

"번호 그대로지?"

"응."

미주는 지하철에서 내려 주나 쪽을 보고 섰다. 주나는 그렇게 서 있는 미주를 향해 미소 지으며 손을 흔들었다. 다시는 이렇게 마주보며 이야기할 수 없다고 생각했는데 그럴 수 있어서 가슴이 떨렸다. 어쩌면 다시 주나와 만날 수 있을지도 모른다는 희망이 조심스레 피어났다. 미주는 용기를 내 주나에게 같이 밥을 먹자고 문자를 보냈고, 주나는 그에 응했다.

미주와 주나의 대학은 지하철로 십오 분 정도 떨어져 있었다. 둘은 월곡역이나 석계역에서 만나 같이 밥을 먹기도 하고 차를 마시기도 했다. 언제나 미주가 제안해 이루어진 만남이었다. 주나는 만나자는 미주의 제안을 거절한 적도 없었지만, 나서서 연락하지도 않았다. 주나는 미주의 말에 고개를 끄덕이기도 하고 가끔은 웃기도 했지만, 미주는 그런 주나를 만나고 돌아오는 길에 늘 마음이 아팠다. 그러면서도 주나의 말과 행동과 표정을 곱씹으며 주나가 자신을 미워하지 않는다는 증거를 찾기 위해 전전긍긍했다.

둘은 진희에 대해서 이야기하지 않았고, 진희를 연상하게 하는 어떤 기억도 입에 올리지 않았다. 그것이 둘만의 보이지 않는 계약이었다. 그 계약을 지킬 때에만 둘은 얼굴을 마주할 수 있었다.

그러나 진희에 대해 말하지 않고 공유할 수 있는 추억은 없었다. '우리'라는 말에는 늘 진희가 포함되어 있었으므로 결국 미주와 주나가 함께했던 시간은 없던 일이 됐다. 주나는 달라진 표정과 말투로 진희가 있던 시간의 자신과 지금의 자신이 다른 사람이라는 걸 증명하려는 것 같았다. 그렇게 애쓰는 주나의 모습을 보며 미주는 입술을 깨물었다. 우리는 솔직해질 수 없구나. 아무것도 터놓고 나눌 수가 없어. 미주는 그 사실을 알면서도 그럴 수밖에 없었기에 주나에게 달라붙었다. 얼굴을 마주보는 일이 가슴 아프더라도 주나에게 필사적으로 달라붙을 수밖에 없던 시간이 있었다.

그렇게 반년쯤 지났을 때 미주는 우연히 주나를 만났다. 주나의 집과 미주의 집 사이에 있는 놀이터에서였다. 말이 놀이터였지

구석진 곳에 있는데다 놀이 기구도 별로 없었고 그마저도 대부분 다 망가져서 그네 네 개 중에 멀쩡한 게 하나밖에 없었다. 시소 아래 타이어도 땅에 거의 파묻혀버렸고, 나무말 두 개도 바닥에 처박혀 있었다. 그곳, 썩은 나무 벤치 위에 주나가 앉아 있었다. 1월이었는데도 바람막이 잠바에 추리닝 바지를 입고 있었다. 주나는 미주와 눈이 마주치자 "김미주!"라고 소리치며 손을 흔들었다. 방금 전에 샤워를 했는지 머리카락에 물기가 남아 있었다. 열여덟 살 때의 주나 같다고 미주는 생각했다.

주나에게서 희미한 술냄새가 났다. 미주가 주나 옆에 앉자, 주나는 미주의 양팔을 두 손으로 꽉 잡았다. 잔뜩 일그러진 얼굴에 웃음이 어려 있었다. "김미주 너는……" 악력이 세서 팔이 아파 왔다. 주나는 생각보다 더 많이 취한 것 같았다. 미주는 몸을 비틀어서 주나의 손을 떼어내려 했다. "이거 놓고 말해." 주나는 손의 힘을 풀고 미주의 얼굴을 바라봤다. 훈련을 다녀왔는지 얼굴이 그을어 있었고 콧등은 빨갛게 벗겨져 있었다. 예쁜 가면을 썼던 얼굴이 예전으로 돌아간 것처럼 보였다. 그래, 이게 너지. 미주는 생각했다. 그리운 얼굴이었지만 막상 다시 그 얼굴을 마주하자 두려워졌다.

"네가 군인이 되다니." 자기도 모르는 사이에 나온 말이었다.

"나 육사 가는 데 넌 관심도 없었지."

"네가 날 피했었잖아." 겨우 꾹꾹 욱여넣었던 서운함이 억울함으로 터져나왔다. 자신의 심장이 뛰는 소리가 크게 들렸다.

"보기 싫었으니까. 네 얼굴." 주나가 미주를 쏘아보며 말했다. 울음이 치받쳤지만 지고 싶지 않아서 미주는 주나가 상처받을 만한 말을 머릿속에서 고르기 시작했다.

"네가 진희에게 어떻게 말했는지 나만 알았으니까 그랬겠지." 실제로 그렇게만 생각한 건 아니었다.

"내가 뭐라고 했는데? 뭐라고 했는데?"

"네가 더 잘 알겠지." 미주는 자신이 주나에게 그렇게 말할 수 있으리라고는 한 번도 생각해본 적이 없었다. 자기 얼굴을 보기 싫었다는 주나의 그 말에 무너진 마음의 조각조각들이 날카롭게 일어섰다.

"어. 알아. 너 나 탓했지. 나 땜에 걔 죽은 거라고. 응? 그럼 차라리 시원하게 얘길 하지 그렇게 쳐다보니? 네 눈…… 네 눈빛에 내 기분이 얼마나 개같았는지 알아?"

"그 모든 게 다 네 탓이라고 생각하지 않았어. 우리 탓이었겠지, 우리 탓. 그래서 너랑 터놓고 말하고 싶었던 거야."

"뭐, 같이 붙잡고 통곡이라도 하고 싶었니? 우리? 걘 너 때문에 죽은 거야. 나쁜 년아."

"말 함부로 하지 마. 내가, 내가 무슨 쓰레기라도 되는 것처럼, 말하지 마, 넌, 날……"

"네가 그때 걜 어떤 표정으로 봤는지 알아? 걔가 사람도 아닌 것처럼, 그렇게 경멸하듯 봤어, 넌."

"몰랐으니까, 몰랐으니까 그랬어."

"인정하면 뭐가 달라져? 걔가 살아 돌아와? 너한텐 이 모든 게 쉽겠지. 진희야 미안해, 흑흑. 그러면서 널 용서하겠지. 그게 쉬울 테니까, 너는. 넌 그런 애니까." 그렇게 말하는 주나의 눈이 순수한 분노로 빛나고 있었다. "넌 예전부터 의뭉스러웠어. 아니, 위선적이었지. 남들이 널 어떻게 생각하는지만 신경쓰고. 네가 너 말고 다른 사람한테 관심이나 있었어?"

"그러는 너는?"

"나? 적어도 난 네가 아니라서 기뻐. 너 같은 인간이 아니라는 게 기뻐."

"이렇게 잔인하게 굴면 네 마음 편해져?"

"우습다. 가장 잔인한 사람은 너 아니었니."

"넌…… 널 몰라. 네 상처만 알고 내가 너 때문에 얼마나 아팠는지 짐작도 못해. 넌 예전부터 그랬어. 넌 사람들을 다치게 해. 망가지게 해."

그 말을 듣고 주나는 숨을 들이마셨다. 무슨 말을 하려고 했지만 숨을 짧게 들이마시느라 말을 하지 못했다. 주나는 움켜쥔 양손을 벤치 위에 놓고 흐느끼고 있었다. 몸을 떨며 짧게 헐떡이는 마른 울음이었다.

"넌, 미주, 넌, 진휼, 네가……" 주나가 이어지지 않는 문장을 뱉어내려고 애쓸 때 미주는 자리에서 일어났다. 벤치 위에 쭈그리고 앉은 주나가 그 어느 때보다도 작아 보였다.

"다신 보지 말자." 그렇게 말하는 미주의 몸이 덜덜 떨렸다. 다문 입에서 신음이 새어나왔다. 미주는 놀이터와 골목을 빠져나와 큰길가로 걸어갔다. 어둠 속에서 차고지로 가는 버스가 속력을 내어 달리고 있었다. 미주는 앞으로 계속 걸어갔다. 눈물이 멈추지 않아 차고지 앞에 서서 울었다.

그날, 진희에게 지었던 표정을 미주 자신은 알지 못했다. 그렇다고 해서 그때 어떤 마음으로 그애를 바라봤었는지 잊은 건 아니었다. 주나의 말이 맞았다. 미주는 눈빛으로 주나가 진희에게 했던 말보다 더 가혹한 말을 했다. 그 사실을 미주는 더이상 부정할 수 없었다. 마지막 버스가 들어올 때까지 미주는 그곳에 서 있었다.

"종은아." 미주가 내 이름을 부른다. "너라면 들어줄 거라고 생각했어."

미주가 내게 왜 이 이야기를 했는지 나는 묻지 않았다. 용기를 내어 이야기하기까지 미주가 마주했던 시간이 얼마나 차갑고 단단한 것이었을지 나는 짐작할 수 없었다.

다만 언젠가 우리가 연인이었을 때 내 어깨에 떨어졌던 미주의 눈물이 기억났다. 손을 잡고, 내 어깨에 얼굴을 기대어 자고 있는 줄만 알았던 미주의 몸이 조금씩 흔들렸던 것이 떠올랐다. 그때 나는 아무것도 묻지 않았었다. 미주의 몸에 갇혀 있던 이야기를, 그 곳에 그렇게 갇혀 미주를 떨게 하고 울게 했던 이야기를 나는 이제 야 듣게 되었는지도 모른다.

그날 미주는 무당에게 그런 말을 했었다. "당신이 걜 알아요? 나도 모를 애를 당신이 어떻게 안다고 말해요? 당신은 아무것도 몰라, 아무것도." 앞의 얘기는 듣지 못했지만 미주는 그렇게 말하고 고택을 뛰쳐나갔다. 그 난장판 속에서도 미주를 바라보던 무당의 표정은 슬퍼 보였었다. 아마 미주는 자신을 안타까이 보는 무당의 그 눈빛을 이겨내지 못했을 것이다. 우리는 때때로 타인의 얼굴 앞에서 거스를 수 없는 슬픔을 느끼니까. 너의 이야기에 내가 슬픔을 느낀다는 사실이 너에게 또다른 수치가 될 수 있다는 것을 잊은 채로.

미주의 말과 미주를 바라보는 무당의 표정이 내 마음을 움직였다. 스물하나의 나는 그 끌림의 이유를 알지 못했고, 미주는 내가 자신을 동정하고 있다고 했다. 나의 연민이 끔찍해서 더이상은 연인으로 만날 수 없다고 말했다. 납득할 수 없는 이유였지만 어떤 납득에는 십 년 이상의 시간이 걸리기도 한다. 자신을 동정하는 사람에게 미주가 무슨 말을 할 수 있었을까.

피조물에게서 위안을 찾지 마십시오. 수사가 되었을 때 나의 담당 수사는 그렇게 말했다. 감실龕室 앞으로 나아가세요. 하느님께 이야기하세요. 그의 말에 나는 일정 부분 동의했으며 신에게 나의 존재를 의탁하고자 했다. 신의 현존에는 분명 그가 말한 위안이 존재했다. 그런데도.

그런 밤이 있었다. 사람에게 기대고 싶은 밤. 나를 오해하고 조롱하고 비난하고 이용할지도 모를, 그리하여 나를 낙담하게 하고 상처 입힐 수 있는 사람이라는 피조물에게 나의 마음을 열어 보여주고 싶은 밤이 있었다. 사람에게 이야기해서만 구할 수 있는 마음이 존재하는지도 모른다고 나의 신에게 조용히 털어놓았던 밤이 있었다.

우리는 남은 차를 마저 마시고 가방을 든다. 구원이니 벌이니 천국이니 지옥이니, 하물며 사랑이니 하는 이야기는 더는 입에 올리지 않은 채로. 우리는 문을 열고 밖으로 나간다. 각자의 우산을 쓰고 작별 인사를 나누고 뒤돌아 걸어간다. 그렇게 걸어간다.

손길

혜인이 정희를 마주친 건 유독 추웠던 여섯번째 집회가 끝난 뒤였다.

그날, 시청역으로 가던 혜인의 눈에 맞은편 성공회 성당이 들어왔다. 한밤의 성당은 조명을 받아 은은하게 빛나고 있었다. 그 모습을 제대로 보려고 혜인은 발길을 멈췄다.

얼마나 그렇게 서 있었는지, 집회가 끝난 뒤 시청역으로 걸어가는 사람들 속에서 얇은 코트를 입은 여자 하나가 혜인을 쳐다보고 있었다. 안경을 고쳐 쓰고 그녀를 올려다보며 혜인은 어떤 표정을 지어야 할지 알 수 없었다.

여자는 반갑다는 표정을 지으면서도 혜인 쪽으로 걸어오지 못했다. 혜인은 고개 숙여 인사했다. 그제야 여자는 다가와서 혜인아, 하고 말을 걸었다. 털장갑을 낀 채로 내민 여자의 손을 혜인은 맞잡아주지 않았다. 여자는 손을 도로 코트 주머니에 넣고 입을 열었다.

이게 얼마 만이야?

그러게요.

혜인은 그녀에게서 시선을 돌려 보도블록을 내려다봤다.

이렇게 만나게 될 줄은……

잘 지내셨어요?

나야…… 추운데 어디 가서 차라도 마실래?

혜인은 고개를 저었다.

아니에요. 들어가봐야 돼요.

그래, 너무 갑작스럽게……

갈게요. 들어가세요.

한참을 걷다가 혜인은 뒤를 돌아봤다. 아까와 같은 곳에 서서 자신을 향하고 있는 여자의 모습이 보였다. 얼굴이 보이지도 않는 먼 거리에서 둘은 서로를 바라봤다.

저 사람과 다시 만날 확률이 얼마나 될까. 이렇게 우연히, 길을 가다, 서울 한복판에서 다시 만나게 될 확률이. 그 확률은 제로에 가깝다. 다시 만날 수 없어 후회하게 될 확률은 얼마나 될까. 그 질문에 혜인은 확답할 수 없었다. 혜인은 마음을 돌려 여자 쪽으로 되돌아갔다. 여자에게 명함을 건네고 혜인은 다시 시청역으로 걸어갔다.

─혜인아, 추운데 잘 들어갔니. 다시 널 만날 수 없다고 생각했는데 그렇게 잠시라도 만나게 돼서 기뻤어. 잘 자.

혜인은 문자에 답하지 않았다. 여자의 전화번호를 저장하고 카톡에 들어가보니 '김정희'라는 이름과 함께 프로필 사진이 떴다. 청바지에 흰 셔츠를 입은 여자가 기타를 연주하는 프로필 사진을 넘겨 혜인은 이전 사진들을 봤다. 공연장에서 여자 다섯이 같이 기타를 연주하는 사진, 자동차 운전대를 잡고 웃고 있는 사진, 산꼭대기에 올라가서 찍은 사진, 패러글라이딩을 하며 찍은 사진이 보였다.

복잡할 것 없는 이야기였다. 여자는 혜인의 숙모였다. 여자는 삼촌과 함께 혜인의 부모를 대신해서 혜인을 양육했다. 일곱 살부터 열한 살까지 사 년 동안을. 혜인이 열여덟이 되던 해에 삼촌과 사별한 여자는 작별 인사도 없이 그대로 자취를 감췄다.

나는 항상 네 편이야. 세상 모두가 널 떠나도 난 네 곁에 있을 거야.

여자가 했던 말을 혜인은 오래 되뇌었다. 지키지도 못할 말을 왜 한 거지. 어떻게 그럴 수 있었지. 이제 다시 볼 수 없다는 말 한마디 하는 게 그렇게 어려웠나. 나에게 당신이 어떤 사람인지 당신이 더 잘 알지 않나.

그렇게 여자를 미워하던 시간도 지나갔다. 이제 혜인에게 여자는 아낌없이 사랑을 줬던 큰사람만도, 작별 인사도 하지 않은 채로 자신을 떠났던 잔인하고 비겁한 사람만도 아니었다. 여자는 어떤 사람이었을까, 생각하면 제대로 아는 것이 별로 없기도 했다. 여자는 그저 좋기만 한 사람도, 미칠 듯이 미운 사람도, 가족도 친구도, 그렇다고 아주 모르는 사람도 아니었다. 그녀는 혜인의 마음속에서 완전히 죽어버렸다가도 어느 순간이면 다시 살아나는 오래된 타인이었다.

*

다섯 살까지는 할머니와 엄마가, 여섯 살에는 고모가 자신을 키웠다고 혜인은 들어 알았다. 그렇지만 여자의 집에 가기 전까지의 기억은 신기할 정도로 공백에 가까웠다. 어느 커다란 나무 아래에서 초콜릿을 먹던 장면이 혜인의 가장 오래된 기억이었고, 그 장면에는 여자가 있었다.

공업고등학교를 졸업하고 엔지니어로 일하던 아버지가 왜 갑작스럽게 발명가의 꿈을 키우게 됐는지는 모를 일이라고 엄마는 말했다. 기갈이 든 그의 꿈은 모든 것을 탐욕스럽게 빨아들였다. 안정적인 직장을, 저금을, 전세금을, 아내의 꿈을, 자식의 유년을. 화투짝 두 개 크기로 일간지 한쪽에 실린 조잡한 아이디어 상품. 그것이 아버지가 그 모든 것을 갈아넣어 만든 그의 삶 전부였다.

아내가 두 사람 몫의 일을 하는 동안, 모진 에미 소리 들어가며 빚을 갚으려 애쓰는 동안, 자식이 이 집 저 집을 전전하는 동안, 이십대 초반의 여자가 혜인을 맡아 키우는 동안.

성인이 되고 나서 혜인은 여자에게 자신의 존재가 얼마나 큰 부담이었을지 이해했다. 혜인과 함께 살기 시작했을 때 여자의 나이는 고작 스물둘이었다. 어린 혜인의 입장에서야 어른이었지만 지금 생각해보면 말도 안 될 정도로 어린 나이였다. 그것이 시가의 압력에 의한 돌봄 노동이었다고 생각하면 얼굴이 붉어졌다. 대학 졸업 무렵 혜인은 엄마에게 이 이야기를 꺼냈다. 어떻게 신혼집에 시조카를 맡길 생각을 했느냐고. 양육비를 제대로 주기나 했느냐고.

엄마는 망설이다 말했다. 엄마와 아빠 모두 고모가 계속 봐주기를 원했다고, 따로 부탁한 적도 없었다고. 여자가 바랐다고 했다. 여자를 워낙 싫어했던 아빠가 심하게 반대했지만, 혜인 또한 여자와 함께 가겠다고 고집을 피웠다고 했다. 그때 어떤 이유로 자신이 여자를 따라갔는지, 여자가 왜 자신을 키우겠다고 자청했는지 혜인은 이해할 수 없었다.

돌이켜보면 여자는 그 나이대 애들처럼 잘 놀았다. 담배 피우고 친구들 만나고 춤추는 걸 좋아했고 잘 웃고 잘 울었다. 친구들을 만나러 갈 때면 짧은 머리칼에 무스를 발라 머리 모양을 고정하고 피부 화장은 안 한 채로 입술에만 붉은 립스틱을 발랐다. 새댁, 쥐 잡아먹었어? 동네 사람이 훈계를 하면 아니 내가 고양이도 아니고 부엉이도 아니고 왜 쥐를 잡아먹어요. 잡아먹기를? 하고 웃으며 받아쳤다. 여자랑 놀다보면 혜인은 여자가 자기와 놀아주는 것이 아니라 같이 놀고 있다는 느낌을 받았다.

여자는 오층짜리 아파트 오층에 살았다. 조금만 걸어 옥상에 올라가면 아파트 단지가, 학교로 가는 길이 보였다. 여자는 재떨이를 들고 옥상 난간에 붙어 서서 담배를 피웠다. 그동안 혜인은 왕복 달리기를 했다. 옥상의 한쪽 끝까지 달려가서 난간을 손으로 찍고, 다시 반대편 끝까지 달려서 손으로 찍었다. 다른 사람과 경주라도 하듯이. 한참을 달리고서 숨이 차면 손을 앞으로 내밀고 헉헉대며 개 흉내를 내기도 했다. 그럴 때 자신을 보며 웃던 여자의 모습이 혜인은 좋았다. 부스스한 머리칼에, 가까이서 보면 담배 불티 때문에 작은 구멍이 여러 개 뚫린 얇은 티셔츠를 입고, 슬리퍼를 신은 채로 미소 지으며 자신을 보던 여자의 모습을 혜인은 아직도 그려볼 수 있었다.

둘은 버스 타는 걸 좋아했다. 한강을 가로지르던 버스를. 버스 창문을 열면 머리카락이 날리고 매연이 들어왔지만 냄새로, 촉감으로 계절을 느낄 수 있었다. 63빌딩은 볼 때마다 더 높아지는 것만 같았고, 강은 혜인의 눈에 바다라고 해도 믿을 정도로 넓고 커다랬다. 혜인은 좌석에서 삐져나온 노란색 스펀지를 손가락으로 만지면서 창밖의 풍경을 구경했다.

여자를 따라 여자의 친구들을 만나러 가기도 했다. 졸업식장,

약혼식장, 결혼식장, 예전에 다니던 직장 동료 모임, 친구네 집들이 같은 곳을 따라다녔다. 누구야? 누가 물으면 여자는 언제나 우리 조카야, 라고 답했다. 그다음 질문은 열이면 열 같았다. 본인 자식은 언제 가질 거냐고. 여자는 생길 때가 되면 생기겠지, 라고 가볍게 답했다.

어느 가정집 거실에서 여자와 여자의 친구들이 서태지와 아이들의 노래 테이프를 틀어놓고 춤을 추던 모습도 혜인은 기억한다. 점심으로 중국 음식을 시켜 먹고 커피를 타 먹고 다 같이 서서 춤을 추던 모습을. 여자는 혜인의 두 손을 잡고 웃으며 춤을 췄다. 한 손으로 혜인의 손을 잡아서 빙글 돌리고, 반대로 자기가 돌기도 했다. 그렇게 춤추고 바닥에 누우면 방이 빙글빙글 돌았다. 토할 것 같아! 소리지르면서 혜인은 배가 아프도록 웃었다. 혜인이 그렇게 소리 내어 웃고 얼굴이 빨개질 정도로 흥분해서 노는 건 자주 있던 일이 아니었다. 여자 앞에서는 웃고 떠들다가도 다른 곳에서는 그러지 못했으니까.

학교에서도, 다른 어른들 앞에서도 혜인은 늘 쉽게 긴장했다. 겁도 두려움도 많아서 선생님이 질문을 하면 우물거리기 일쑤였다. 가만히 있어도 혼나고 벌받을 것 같은 기분에 사로잡혔다.

엄마와 만날 때도 혜인은 긴장했다. 그런 혜인에게 여자는 엄마가 너를 얼마나 보고 싶어했겠냐고, 데면데면하게 굴지 말라고 타일렀다. 그러나 서먹하다고 해서 엄마가 싫었던 건 아니었다. 아니, 도리어 혜인은 엄마가 너무 좋고 그리웠다. 엄마가 눈앞에서 웃고 있어도 그리웠다. 그런 하루를 보내고 엄마와 헤어질 때, 울지 않으려고 애를 쓰며 뒤돌아설 때의 기분이 어땠는지 또렷이 기억할 수는 없지만. 그러나 엄마 앞에서 좋은 모습을 보이고 싶어, 의젓한 모습을 보이고 싶어 노력했던 기억은 난다.

그때의 엄마는 언제나 혜인에게 미안해하는 사람이었고, 그런 엄마 앞에서 혜인은 무슨 말을 해야 할지 알지 못했다. 어떤 나이까지 자식은 부모를 무조건 용서하니까. 용서해야 한다는 마음도 없이 자연스럽게. 어떤 이유도 없이 무조건 부모를 좋아하는 마음처럼, 아이들의 마음은 어른의 굳은 마음과 달라 자신의 부모를 판단하지도 비난하지도 못한다고 혜인은 생각했다.

이런 날도 있었다.

주머니에 손을 넣지 않으면 손이 쓰릴 정도로 차가운 바람이 부는 날이었다. 학교를 다녀와 초인종을 눌렀지만 문이 열리지 않았다. 곧 숙모가 오겠지, 생각하고 혜인은 복도에 앉아서 몸을 웅크렸다. 하지만 아무리 시간이 지나도 여자는 오지 않았다. 혹시 낮잠 자나 싶어서 초인종을 다시 눌렀지만 여전히 답이 없었다. 일층에서 오층까지 오르내리면서 혜인은 여자를 기다렸다. 그 시간도 지나자 체념하고 현관문 앞에 다시 쪼그리고 앉았다. 항상 집 열쇠를 챙기라는 여자의 말이 생각났고, 그 말을 듣지 않은 자신이 원망스러웠다. 손과 발이 다 얼어서 피부가 찢어지는 것같이 아플 즈음 여자가 왔다.

여자는 계단을 올라오자마자 혜인의 이름을 큰 소리로 부르며 달려와 혜인의 손을 잡았다. 이를 어째, 이를 어쩌지, 발을 구르며 여자는 열쇠로 현관문을 열었다. 현관에 서서, 신발도 벗지 않은 채로 여자가 혜인에게 물었다. 혜인의 얼어붙은 손을 자기 손으로 연신 감싸 녹이면서.

너 여기서 얼마나 기다린 거야?

혜인은 고개를 저었다.

학교 끝나고 바로 왔어?

응……

그럼 여기서 내내 기다린 거야?

고개를 끄덕이는 혜인을 여자는 품에 끌어당겼다.

미안해, 숙모.

뭐가?

여자가 굳은 표정으로 혜인에게 말했다.

열쇠…… 까먹어서.

여자는 현관에 주저앉아 혜인을 올려다봤다.

누가 너한테 그러라고 했어. 내가 잘못한 걸 네가 왜 사과해.

여자는 혜인의 손을 계속 잡은 채 현관에 앉아서 애처럼 울었다. 새빨개진 얼굴 위로 눈물 콧물이 흘렀다. 어른이 그런 식으로 거칠게 우는 모습을 본 건 처음이었다. 여자가 왜 우는지도 잘 이해하지 못한 채로 혜인은 얼떨떨하게 그 자리에 서 있었다. 자신에 대한 염려 때문인 것 같다고 생각하면서도 자신 때문에 누군가가 이렇게까지 마음 아파할 수 있다는 사실이 이상하게만 여겨졌다.

손은 이렇게 다 얼어가지고……

여자는 자신이 무슨 이유로 늦었는지 이야기했지만 혜인은 그 이유를 잊었다. 그런 이유 같은 건 중요하지 않았으니까. 그녀의 손안에서 자신의 얼어붙은 손이 다 녹았으니 혜인은 그것으로 충분했다.

*

기억 속의 여자와 삼촌은 지금의 혜인보다도 젊은 사람들이었다.

둘은 친구처럼 막역하게 지냈는데, 혜인의 눈에는 그렇게 좋아 보이던 모습이 어른들에게는 불경스러운 것으로 받아들여졌다. 부부 사이에 위아래가 없고 여자가 다섯 살이나 많은 남편에게 존대를 하지 않는다는 이야기가 분노 속에 회자됐다. 어른들은 기가 센 여자가 순진한 막내를 홀렸다는 말을 했다. 아주 가끔 얼굴을 볼 수 있었던 아빠도 명절 가족 모임에는 꼭 참석해서 여자를 보고 혀를 찼다.

부엌에서 할머니와 고모가 나누던 말들을 혜인은 똑똑히 들었다. 전라도 여자, 그래, 그래, 제 아비가 군대에서 맞아 죽었다고, 그 이상한 종교 믿어서 총을 안 들겠다고 했대요…… 그래도 어쩌겠어, 우리 애가 눈에 뭐가 씌었는지 어디서 저런 걸 여자라고 데리고 와서…… 반대하는 결혼 하는 거 아니라고, 애도 안 들어서고 속이 상해서, 예전 같았으면 소박감이지…… 엄마는 그들의 말에 동조하지도 부정하지도 않았다. 자신이 그런 평가의 도마 위에 오르지 않았다는 것으로 안심했을까.

여자와 삼촌이 오지 않은 가족 모임에서 사람들은 더 거침없이 말했다. 조용한 아이라고 해서 들을 귀가 없는 것은 아닌데도.

그러니까 빨갱이 자식이라고요. 그걸 어머니가 마음 약해 허락을 해줘서 이 지경이 된 거 아닙니까. 하고많은 집안 중에 그런 집이랑 얽혀서. 집사람 말로는 혜인이 재 키우면서 담배까지 피운대요. 이게 말이 됩니까. 술집 여자도 아니고 가정주부가 담배를 피워요? 집안에서 놀면서 막내가 벌어온 돈으로 하는 일이 뭡니까. 언제까지 재를 그 집에 맡겨야 하는지 모르겠어요. 나도 참 답답해서.

그런 일을 겪으면 등을 펼 수 없을 정도의 위경련이 찾아왔다. 얼굴에 식은땀이 흘렀고 이명이 들렸다.

우리 식구 중에 저런 사람 없는데, 혜인이 재는 참 유난해. 약하고 예민하고.

고모의 말을 들으면서, 엄마와 함께 거실 한구석에서 접은 다리를 끌어안고 혜인은 누워 있었다. 어른들은 서로 사이좋게 지내야 한다고 말하면서도 같이 증오할 사람 하나를 필요로 하는 것 같았다. 숙모와 제대로 대화 한번 해본 적도 없으면서, 숙모가 얼마나 웃기고 재미있는지도 모르면서, 삼촌이랑 얼마나 즐겁게 사는지 보고도 못 본 척하면서 숙모가 삼촌 인생을 망쳤다고 했다.

그들은 삼촌이 어떤 삶을 살고 있는지 제대로 바라보려고 하지 않았다. 아니, 그럴 수 없었을 것이다. 혜인이 아는 한 그런 말을 했던 사람 중에 삼촌보다 더 행복한 이는 없었으니까. 겪어보지 못한 일을 상상할 수 없는 무능력으로, 그들은 자신들이 경험한 삶에 기대어 삼촌의 불행을 어림짐작했다.

삼촌과 여자는 마치 서로 웃기려고 태어난 사람들 같았다. 마주 앉아서 이야기를 하면 끝도 없었고 말 대신 방귀를 주고받기도 했다. 누가 서로를 더 웃길 수 있는지 경쟁이라도 붙은 것처럼 굴 때도 있었는데 그럴 때 혜인은 눈물까지 흘려가며 웃었다. 그 둘이 어떻게 나이들어가고, 나이들어 어떤 방식으로 서로를 웃기려고 노력하는지 볼 수 없다는 사실이 혜인은 새삼스러웠다.

삼촌은 아마추어 마술사였다. 그는 혜인에게 자신의 미녀 조수가 되어달라고 부탁했고, 혜인은 기쁜 마음으로 삼촌과 함께 쇼에 등장했다. 관객은 여자 한 사람뿐이었다. 나비넥타이를 한 삼촌과 하얀 타이츠를 신고 원피스를 입은 혜인. 얼마 남지 않은 사진에서 혜인은 그 모습을 본다. 사진 속 혜인은 올챙이처럼 볼록 나온 배로 심각한 표정을 짓고 있고, 삼촌은 손짓을 하며 웃고 있다.

잘게 찢어진 종이를 복원해 보여주면서, 텅 빈 상자에서 피워낸 붉은 장미꽃을 건네면서, 마치 놀라움과 기쁨밖에 모르는 사람처럼 과장된 표정을 지으면서 삼촌은 이제 그때의 자신보다 더 나이가 든 혜인을 바라보고 있다.

산다는 건 이상한 종류의 마술 같다고 혜인은 생각했다. 기대하지 않았던 존재가 나타나 함께하다 한순간 사라져버린다. 검고 텅 빈 상자에서 흰 비둘기가 나왔다가도 마술사의 손길 한 번으로 사라지듯이. 보통의 마술에서는 마술사가 사라진 비둘기를 되살려내지만, 삶이라는 마술은 그런 역행의 놀라움을 보여주지 않았다. 한 방향으로만 진행되는 마술. 그건 무에서 유로, 유에서 무로는 가지만 다시 무에서 유로는 가지 않는 분명한 법칙을 따랐다. 그 룰을 알고 있는 이상 그저 꽃이 필 때 웃고 비둘기가 마술사의 손등에 앉아 있을 때 감탄할 일이었다.

그러나 아무것도 사라지지 않았다면. 사실 사라졌다는 것이 너무도 교묘한 트릭이라면 어떨까. 그래서 언젠가 다른 마술들처럼, 마술사의 손길이 닿아 영영 사라져버린 줄 알았던 새와 꽃이, 토끼가 나타난다면. 무대 뒤에 또다른 무대가, 역행의 마술이 가능한 무대가 있다면 어떨까.

고등학교 2학년 수학여행을 다녀왔을 때 직장에 있어야 할 엄마가 거실 소파에 앉아 있었다.

혜인이 너 이 얘기 듣고 놀라지 마.

혜인은 배낭을 멘 채 서서 엄마의 이야기를 들었다.

사고였어.

슬픔은 언제부터 시작되었을까. 지금의 혜인은 생각한다. 바닥에 앉아 울면서도, 토하면서도 그것은 슬픔 때문이 아니었다. 그곳에는 그렇게 우는 자신을 무표정하게 바라보는 또다른 자신이 있었다. 울면서도 머릿속은 텅 빈 채로 오히려 고요했다. 마음을 잘 챙겨야지. 괜찮아져야지. 그만 울어야지. 엄마의 그런 말들을 들으며 혜인은 장례가 끝날 동안 자신에게 연락 한 번 하지 않았던 어른들의 결정을 믿을 수 없었다.

너를 위해서였어.

슬퍼할 기회를 주지 않으면 덜 아플 거라고 어른들은 생각했었던 것 같다. 나중에 조용히 말해주는 편이 나을 것이라고. 마음이라는 게 그렇게 쉽기만 하면 얼마나 좋을까. 막으면 막아지고 닫으면 닫히는 것이 마음이라면, 그러면 인간은 얼마나 가벼워질까.

여자의 핸드폰은 내내 꺼져 있었다. 보낸 문자에는 답이 없었고, 음성 메시지를 남겨도 그랬다. 그래도 언젠가는 연락이 닿으리라 기대했지만 여자는 끝까지 연락하지 않았다. 그리고 전화번호를 바꿨다.

시간이 지나고 혜인은 여자에게 이 이야기를 해주고 싶었다. 그때 자신이 힘들었던 건 삼촌이 떠났다는 사실 때문만은 아니었다고. 당신이 삼촌을 얼마나 좋아했는지 알았으니까, 당신에게 삼촌이 어떤 의미였는지 알았으니까 그렇게 아팠던 것이라고.

여자가 아무 말도 하지 않고 떠나버린 것. 그 단순한 사실이 그때의 자신에게는 해결할 수 없는 숙제였었다고 혜인은 생각했다. 그럴 수 있다고 이해하고 넘어가기에 여자는 혜인에게 너무 큰 사람이었다.

여자의 행동은 혜인에게 이런 메시지로 다가왔다. 이렇게 쉽게 떠나버릴 수 있을 정도로 너와 나 사이는 아무것도 아니었다고. 사실 넌 내게 그렇게 중요한 사람도 아니었다고. 그때의 혜인에게 여자의 태도를 이해하고 넘어간다는 것은 그런 메시지에 동의한다는 것과 같은 의미였다.

그렇게 오래도록 이해하지 않으려고 애쓰면서, 그런 식으로 도리어 여자와 함께한 시간의 의미를 붙잡으려 했는지도 모른다고, 오래도록 알고 있었으면서도 모른 척했던 그 사실을 혜인은 그 겨울 내내 응시했다.

＊

―생일 축하해.

2월 10일로 넘어가던 자정에 여자에게서 문자가 왔다.

―네 마음 편할 때 연락 줘.

혜인은 핸드폰을 가만히 바라봤다. 고작 이런 문자에 반가움을 느끼는 자신의 모습이 놀라웠지만 그 마음을 부정할 수는 없었다.

오래 망설이다 혜인은 그 문자에 답하지 않았다.

떨어져 살게 된 이후에도 여자는 혜인의 생일을 잊지 않았다. 생일 자정이 되면 삐삐가 왔고, 혜인은 전화기를 들고 여자가 남긴 음성 메시지를 들었다. 여자는 최대한 밝은 목소리로 이런저런 이야기를 하면서 혜인을 웃게 하려고 노력했다.

고등학교 1학년 때 처음으로 가져본 핸드폰도 여자가 준 선물이었다. 부모님께는 비밀로 하라면서 준 그 선물을 들킬까봐 혜인은 핸드폰을 언제나 무음으로 설정해 가방에 넣어놓았다가 베개 밑에 두고 잤다. 여자는 혜인에게 "뭐하고 있어?" 문자를 보내기도 하고, 여러 기호들로 만든 토끼, 수박, 별, 강아지 같은 그림을 보내기도 했다. 전화를 안 받으면 음성 메시지를 남겨서 자기가 겪었던 웃긴 이야기들을 했다. 그 모든 것들이 혜인에게 위안을 줬다. 사람으로부터 받을 수 있는 행복이 얼마나 위태롭고 위험한 것인지 여자로부터 배운 셈이라고 혜인은 종종 생각하곤 했다. 사람은 그런 식으로 쉽게 행복해질 수 없는 법이라고.

생일로부터 한 달이 지나 혜인은 텔레비전으로 대통령 탄핵 인용 장면을 봤다.

같이 집회에 나갔던 친구들에게서 축하 문자가 왔고, 그러자 무리의 꼬리에 붙어서 다니던 토요일 밤들이 기억났다. 멀리 무대에서 가수가 노래를 부르거나 앞쪽 사람들이 구호를 외치면 한 박자 늦게, 메아리 같은 소리가 들렸다. 그곳에서, 여자는 플라스틱 초 모형을 들고 있었다. 그곳에 자주 나왔을까. 수십만 명의 사람들 속에서, 여자와 나도 가까워지다 멀어지다 하며 그렇게 걷고 있었겠지. 그 생각을 하면 어쩐지 일이 손에 잡히지 않았다.

그날 밤, 여자에게서 다시 문자가 왔다.

—혜인아, 답을 하지 않아도 좋아. 나는, 네가 그냥 내 문자를 읽어주는 것만으로도 족해. 얼마 전에 꿈을 꿨어. 시청역 앞에서 우연히 만난 너와 함께 밤새 이야기하는 꿈을. 너와 함께 술을 마시고 네 앞에서 기타를 치고 같이 웃는 꿈을. 너와 함께 밤하늘을 보는 꿈을. 꿈속에서 우리는 헤어지지 않았어. 꿈은 꿈일 뿐이라고, 잠에서 깬 내게 이야기했어. 그런데도 꿈속에서 내가 얼마나 행복했는지 꿈에서 깨어나서 너에게 말하고 싶어졌어.

잠자리에 누워서 혜인은 그 문자를 여러 번 읽었다.

1호선 열차를 타고 통학을 하던 때가 기억났다. 열차가 한강을 지날 때면 어쩔 수 없이 여자가 떠올랐고, 그리웠다. 그 마음과 애써 싸웠던 적도 있었지만, 시간이 지나면서 혜인은 그리운 감정이 들이칠 때면 그냥 그것이 밀려오도록 내버려뒀다. 그립구나. 내가 여자를 그리워하는구나, 속으로 중얼거리면서. 여자의 문자를 읽고 혜인은 그런 그리움이 자신만의 것이 아니었다는 사실을 확인할 수 있었다.

여자를 만나면 물어보고 싶었다. 어떻게 자신을 싫어하지 않을 수 있었는지. 피 한 방울 섞이지 않은 군식구에, 예쁘지도 않고 잔병치레도 많은 작은 아이를 어떻게 싫어하지 않을 수 있었는지. 자기 생활을 어떻게 내어줄 수 있었는지 묻고 싶었다. 그러나 이렇게 많은 시간이 흐르고 나서 지나간 시간의 정답을 찾듯 모든 것을 물어 알아내고 싶지 않았다. 그럴 이유도 없었다.

사람 사는 일에 그 정도의 이별은 별로 대수로운 일도 아니니까. 이건 특별한 일이 아니야. 혜인은 오랫동안 그렇게 생각했다. 그건 그녀가 온갖 종류의 상처를 처리하는 방식이었다. 이 정도 일에 연연하지 말자, 다른 사람들이 겪는 일들에 비하면 이런 건 아무것도 아니야, 사람들은 다 이러고 살아, 너만 겪는 일인 것처럼 유난 부리지 마, 스스로를 다그쳤다.

혜인은 여자의 문자를 보며 여자의 꿈속 장면을 떠올려봤다. 다시 얼굴을 마주보고 좋은 말이든 나쁜 말이든 서로 주고받는 모습을.

혜인은 답을 할 준비가 되어 있었다.

*

4학년 종업식을 마치고 얼마 지나지 않아 혜인은 부모의 집으로 돌아가게 됐다. 괜찮겠니? 물어보는 어른들의 말에 혜인은 고개를 끄덕였다. 여기에서 저기로, 다시 저기에서 거기로 보내지는 심정이라는 것을 입을 열어 설명하고 싶지 않았다. 그래서 혜인은 대수롭지 않은 시늉을 했다.

혜인이 이사 가기 전날까지도 여자는 혜인의 짐을 정리했다. 혜인의 물건 목록을 종이에 쭉 정리해놓고 하나하나 줄을 그어가면서 빠뜨린 것은 없는지 확인했다. 짐을 담은 커다란 종이 박스 위에 앉아서 목록을 확인하는 여자의 모습을 혜인은 문가에 서서 바라봤다. 그 모습을 보며 혜인은 여자가 자신의 부재를 오래 기다려왔던 것은 아닌지 작게 의심했다.

혜인이 숙모와 같이 산다는 사실을 알았던 한 친구는 그렇게 말했다. 우리 아빠가 그랬는데 너희 숙모 대단한 사람이라고. 착한 사람이라고. 네가 얼마나 안쓰러웠으면 데려와 키웠겠냐고.

그 말을 들으며 혜인은 앞으로도 절대 그 아이의 말을 잊지 못하리라는 것을 예감했다.

숙모.

여자는 고개를 들어 혜인을 바라봤다.

숙모는 내가 불쌍해 보였나.

그런 말을 입 밖으로 내뱉게 될 줄은 몰랐다. 여자는 그 말을 듣고 엷게 웃었는데, 혜인은 그 말이 여자를 상처 입혔다는 사실을 알아차렸다.

그런 넌 내가 불쌍해 보이냐.

여자는 장난스러운 미소를 지으며 물었다.

아니.

그럼 어때 보이는데.

짧은 반고수 머리카락 아래로 보이는 작은 눈, 볼 위의 주근깨, 입가의 파인 흉터, 기다란 목, 큰 손과 발, 말린 생강 냄새, 따뜻한 체온, 두꺼운 양말, 혜인을 바라볼 때의 장난스러운 표정 같은 것들.

숙모는 숙모지.

혜인은 그렇게 말하고 여자 쪽으로 다가갔다.

내 숙모지.

여자의 곁에 붙어 앉은 혜인의 머리를 여자는 몇 번이고 쓰다듬었다.

너는 혜인이지. 혜인이 너는 너지.

그 자리에 앉아서 여자는 혜인에게 이런저런 이야기를 했다. 사람들이 이애는 누구예요, 물어보면 조카예요, 라고 답하면서도 언제나 충분한 대답을 하지 못한 느낌이었다고. 혜인과 최대한 먼 곳까지 가보고 싶었지만 여력이 되지 않아 가장 멀리 간 곳이 속리산 법주사였다고. 그것이 여자에게는 아주 중요한 일이었다는 듯이 여자는 우리가 가장 멀리 간 곳이야, 법주사, 라고 몇 번을 말했다. 그러자 차가운 계곡물과, 계곡 근처의 음식점에서 같이 전골 음식을 먹었던 것, 그리고 매미가 쉴새없이 울던 소리가 떠올랐고, 혜인은 여자와 자신이 이제 예전처럼 함께할 수 없으리라는 사실을 실감할 수 있었다.

어여 자. 아침 일찍 오시니까.

알았어.

너도 이제 5학년이네.

응.

여자는 어떤 말을 하려다 말고, 다시 하려다 말고 입을 열었다.

너 참 잘했어. 참 잘했어, 혜인아.

혜인의 기억에 여자는 좀처럼 진지해지지 않는 사람이었다. 항상 얼굴에 웃음이 묻어 있어 정확히 무슨 감정을 느끼는지 종잡을 수가 없었다. 집회가 끝나고 시청역 앞에서 여자와 마주쳤을 때, 혜인은 여자에게서 그때와는 다른 얼굴을 봤다. 웃음기가 걷힌 얼굴, 두려움과 망설임을 숨기지 못하는 얼굴, 열여덟 혜인이 보고 싶었던 얼굴, 알고 싶었던 얼굴로 여자는 혜인을 바라보고 있었다.

그때의 여자의 나이가 되어 혜인은 생각한다. 여자는 어쩌면 자신에게 삶의 무거움을 미리 알려주려고 하지 않았던 것인지도 모른다고. 자신이 세상과 인간에 대해 미리부터 겁을 집어먹지 않기를 바랐는지도 모른다고. 그저 좋은 것만 보여주고 싶다는 단순한 마음으로 그렇게 행동했는지도 모른다고. 그리고 생각했다. 그럴 수밖에 없었던 것일지도 모른다. 농담과 웃음과 천연덕스러운 행동으로 자기를 지켜오고 관계를 맺어왔다면, 그저 그런 방법으로밖에 혜인을 대할 수 없었으리라고.

어쩌면 여자도 울고 싶었는지 모른다. 혜인에게 기대어 자기 이야기를 하고 싶었는지도 모른다. 그러나 그런 행동들이 혜인과 자신 사이를 망쳐버릴까봐, 혜인을 떠나게 할까봐 자제했는지도 모른다. 나는 명랑한 사람이고, 나는 심각하지 않은 사람이고, 나는 가벼운 사람이고, 그런 사람이어야지 버림받지 않고 관계를 맺어갈 수 있다고 배우며 자라왔는지도 모른다. 더이상 웃음으로 자신을 방어할 수 없는 순간이 되었을 때 여자가 할 수 있는 일은 무엇이었을까. 혜인은 생각했다.

방방이에서 뛰는 자신을 보고 큰 소리를 내며 웃던 여자의 얼굴을 혜인은 떠올렸다.

여자와 함께 살던 시절, 그 동네에는 넓은 들판이 있었다. 지금은 건물이 빼곡하게 들어선 그곳은 여름이면 들풀이 아무렇게나 자랐고 겨울에는 시든 풀들이 누워서 마른 열매를 떨어뜨렸다.

그곳에 열흘에 한 번꼴로 이동식 방방이가 찾아왔다. 열댓 명의 아이들이 올라가서 같이 뛰어도 모자라지 않을 커다란 방방이였다. 가끔은 솜사탕 수레도 같이 왔다. 아이들이 많이 모일 만한 조건이었지만 혜인의 기억에 그곳은 늘 한산했다. 주택이 모인 지역과 거리가 있어서였는지, 아이들이 따로 오기에는 멀고 위험해서였는지 알 수 없는 일이었지만 늘 그랬다.

숙모! 숙모!

혜인은 그곳에서 혼자 점프했다. 두 다리를 꼿꼿하게 펴고서 한참을 뛰다가 나중에는 앉아서, 누워서 뛰었다. 방방이 주인 아저씨가 쳐놓은 펜스 한참 바깥에서, 여자는 혜인을 보며 웃었다. 점프를 하는 것도 재미있었지만, 그런 자신을 바라보는 여자의 시선이 혜인은 좋았다. 나, 이만큼이나 잘 놀고 있어요, 이만큼이나 즐거워요. 확인시켜주듯이 혜인은 깔깔대며 뛰었다.

여자가 한 발자국씩 다가올수록 혜인은 더 과장된 몸짓으로 점프했다. 얼굴을 장난스럽게 일그러뜨리면서 그 정도는 식은 죽 먹기라는 듯이 가볍게 뛰어올랐다. 가끔은 잠시 정지한 것처럼 공중에 머물면서.

설탕이 부드럽게 녹아내리는 냄새가 풀냄새에 섞였고, 바람이 불었다. 여자는 그물 모양의 펜스를 한 손으로 잡고 혜인을 봤다.

숙모도 올라와. 같이 뛰어.

그곳에 서서 여자는 고개를 저으며 웃었다.

연주회는 3월 24일 금요일 저녁, 어느 카페에서 열렸다. 카페는 혜인의 집에서 버스를 타고 이십 분 정도 걸리는 곳에 있었다. 상가 건물에 있는 카페는 천장이 높았고, 두 층으로 나뉘어 있었다. 연주회 시작 십 분 전에 도착했는데도 일층에 사람이 가득차서 혜인은 이층으로 올라가는 계단의 중간 지점에 앉았다. 혜인은 연주자들이 앉을 의자를 바라봤다. 다섯 개의 검은 의자들 앞에는 보면대가 놓여 있었다.

연주회는 정시보다 십 분 늦게 시작됐다. 카페 조명이 꺼지자 사람들이 손뼉을 쳤다. 어둠 속에서 기타를 조율하는 소리가 들렸다. 잠시 침묵이 지나고 연주가 시작되자 무대 쪽으로 밝은 조명이 들어왔다.

다섯 명의 연주자들은 비슷한 나이대로 보였는데, 앉은 자세는 제각각이었고 옷을 맞춰 입지도 않았다. 민트색 레이스 원피스를 입은 연주자, 티셔츠에 조끼를 입고 청바지를 입은 연주자, 흰색 맨투맨 티에 기다란 시폰 치마를 입은 연주자, 밤색 체크무늬 바지 정장을 입은 연주자가 저마다의 자세로 기타를 연주했다.

그리고 맨 왼쪽 자리에 여자가 있었다. 머리칼은 예전보다 더 짧았고, 회색의 헐렁한 브이넥 니트에 검은 스키니진을 입고 워커를 신은 차림이었다. 검은 테 안경을 쓰고, 입을 꽉 다문 채로 그녀는 악보에 시선을 고정했다. 기다란 손가락이 기타 위에서 움직였다. 앉은 자세가 꼿꼿했다.

마이크도, 스피커도 없는 공연이었다. 그런데도 작은 공간에 울리는 소리가 얕지 않았다. 조율이 완벽한 것도 아니었고 실수가 없는 것도 아니었는데, 조금씩 어긋나고 틀어지고 부딪치는 소리가 혜인의 귀에는 그것 그대로 아름답게 들렸다. 그렇게 세 곡이 끝나자 조끼를 입은 연주자가 앉은 채로 입을 열었다. 마이크가 없는데도 목소리를 크게 내지 않아서 귀기울여 들어야 했다.

이렇게 모여서 같이 기타를 친 것도 벌써 오 년이 넘어가네요. 해마다 연주회를 하게 된 것도 세번째고요. 와주셔서 감사합니다. 저희는 작년에도 격주에 한 번씩 모여 합주를 했습니다. 각자 생활에서 힘든 일들이 있었지만 꾸준히 합주할 수 있었다는 것이, 연주회를 할 때마다 놀랍게 느껴지네요.

인사가 끝나고 다시 연주가 이어졌다. 전체가 참여하는 합주가 대부분이었지만 중간중간 독주가 있었고 두 명이 연주하는 곡도 있었다. 여자의 독주가 시작되었을 때 혜인은 고개를 앞으로 빼고 그 모습을 유심히 지켜봤다.

느린 박자의 곡이었다. 여자는 한 음이라도 흘려버릴까봐 염려하는 사람처럼 기타를 안고서 연주에 집중했다. 미간을 찌푸리고 입을 꼭 다문 채로 악보를 응시했다. 한 음 한 음, 기타줄 위에서 손가락을 옮겨가는 모습이 신중해 보였다.

클래식 기타가 이런 소리를 내는 악기였나. 여자의 연주는 어느 조용한 사람이 사랑하는 사람 앞에서 조심스럽게 한마디씩, 겨우 자기 마음을 고백하는 목소리처럼 들렸다.

잠자리에 들 때, 가만히 옆에 누워 평소보다 한 음 낮은 목소리로 이런저런 이야기를 하던 여자의 모습이 떠올랐다. 그때 우리는 어떤 표정으로 서로를 바라봤을까. 혜인은 생각했다.

여자의 연주가 끝나자 이번에는 민트색 레이스 원피스를 입은 여자가 입을 열었다.

블라인드를 내리고, 불도 다 꺼서 완전히 깜깜해졌을 때, 저희쪽으로 조명이 들어오면 악보 말고는 다른 것들이 보이지 않습니다. 박수 소리를 들으면서 그곳에 계시다는 것을 알지만 잘 보이지는 않아요. 여러분은 저희가 잘 보이시나요?

네, 완전 잘 보여요.

누군가 외치자 다들 웃었다.

어느 날 저 친구가 그러는 거예요.

그녀가 맨투맨 티를 입은 연주자를 가리키며 말했다.

언니, 어두운 쪽에서는 밝은 쪽이 잘 보이잖아. 그런데 왜 밝은쪽에서는 어두운 쪽이 잘 보이지 않을까. 차라리 모두 어둡다면 아주 희미한 빛으로도 서로를 볼 수 있을 텐데.

그 말이 끝나자 무대 쪽의 조명이 꺼졌고 카페 내부가 온통 컴

컴해졌다. 어둠 속에서 연주가 시작되었다. 연주가 진행되면서 카페의 간접조명에 하나둘씩 불이 들어왔다. 아주 밝지도, 아주 어둡지도 않은, 해가 다 질 무렵의 빛이 공간을 채웠다. 연주자들은 처음에는 서로를 바라보더니 나중에는 객석에 앉은 사람들에게 시선을 줬다.

여자는 혜인이 이곳에 온 것을 알지 못했다. 어두운 객석에서는 자신의 모습을 숨길 수 있었지만 이렇게 된 이상 어쩔 수 없다고 생각하며 혜인은 그 자리에 그대로 앉아 있었다. 마침내 여자가 혜인에게 시선을 줬을 때 혜인은 잠시 망설이다 그 눈을 그대로 바라봤다.

이목구비가 어렴풋하게 보이는 정도의 조도와 거리였다. 알 수 없는 표정으로 여자는 다만 혜인의 얼굴에서 시선을 거두지 않았다.

숙모, 잘 지냈어요.

여자를 바라보는 혜인의 얼굴에 아주 희미한 빛이 내렸다.

아치디에서

1

스물다섯에 내가 좋아했던 사람의 이름은 일레인이었다. 일레인 월터. 주홍빛 머리칼에 회색과 초록이 섞인 눈동자. 연보라색 비키니를 입고 내가 일하던 해변의 파라솔 그늘에 하루종일 누워서 책을 읽던 사람. 그녀는 한 달간 우리 동네에서 휴가를 보냈다.

첫 데이트 날 나는 일레인의 귀여운 포르투갈어 악센트와 얇고 보드라운 입술의 촉감, 약간 찡그리며 웃는 표정에 빠졌다. 무채색 면바지와 파스텔 계열의 시폰 블라우스 밖으로 보이는 검붉게 그을린 피부, 플립플롭 샌들에서 삐져나온 기다란 발가락에서 눈을 뗄 수 없었다.

삼 주간의 데이트 후 일레인은 떠났다. 나는 그녀가 베고 자던 베개를 안고 오지 않는 잠을 자려고 노력했다. 베개에서는 라벤더와 파우더 향이 섞인 일레인의 향기가 났다. 나는 반년 동안 일레인에게 메일을 보내고, 스카이프로 영상통화를 걸었다. 처음에는 금방 오던 답신이 점점 뜸해졌고, 온라인 상태로 표시되어 있는데도 전화 연결이 잘 되지 않았다. 열 번 전화를 걸어서 한 번 연결이 되더라도 시험공부하느라 바쁘다거나 급히 가야 할 곳이 있다며 그녀는 일 분도 되지 않아 전화를 끊었다.

친구들은 내가 미쳤다고 했다. 그만 잊으라고. 정신이 어떻게 된 거 아니냐고 웃었다. 가끔은 그애들을 따라 나도 웃었는데 내가 생각해도 말이 안 되는 일이어서였다. 일레인이 내 전화를 끝까지 받아주지 않았던 4월의 어느 밤, 나는 일레인의 나라 아일랜드로 가는 비행기 표를 끊었다. 물론 그녀는 그 사실을 알지 못했다.

겨자색 잠옷을 입은 짧은 단발머리의 일레인. 양쪽 콧구멍 사이에 고리 피어싱을 하고, 잠이 덜 깼는지 눈이 부어 있었다.

랄도. 너 왜 여기 있어?

그녀는 웃고 있었다. 화를 낼까 걱정했던 마음이 풀리는 것도 잠시였고 그녀는 얼굴에서 웃음을 거뒀다.

설마 나 보러 온 거야?

널 보러 왔어.

랄도.

그녀는 내 이름을 부르더니 인상을 찌푸렸다.

난 우리가 좋은 친구라고 생각했어. 솔직히 스카이프에서 널 차단할 수도 있었지만 네가 내 친구라고 생각해서 전화도 받았던 거고. 그런데 이건 뭐라고 해야 하지?

거기까지 포르투갈어로 말하곤 일레인은 영어로 말을 이었다.

위협적이잖아. 올 거면 온다고 말을 하든가. 물론 그랬다면 내가 말렸을 거고. 무섭네.

그녀의 얼굴에 공포의 빛이 떠올랐다. 내가 너에게 무서운 사람이라고? 현관문에 손을 갖다 대려고 하자 그녀는 뒤로 물러났다.

네가 보고 싶어서 왔어. 널 좋아해.

그녀는 현관문 손잡이를 잡고 그 틈 사이로 나를 봤다.

정말 날 좋아한다면 떠나. 경찰 부르기 전에. 연락도 하지 말고.

일레인.

네 현실을 좀 봐. 엄마 집에서 메이드가 해주는 밥 먹으면서 대마초에 취해 비디오게임이나 하는 네 현실을.

눈앞에서 현관문이 닫히고 일레인은 사라졌다.

난 그런 사람이 아니야. 나는 닫힌 문 앞에 서서 생각했다.

넌 날 오해하고 있어. 내가 널 얼마나 사랑하는데.

나는 현관문을 몇 번 노크하다가 뒤돌아서서 앞으로 걸어갔다. 어디로 가는 줄도 모르면서 길이 난 쪽으로 걸었다.

그때 나는 많은 것들을 몰랐다. 내가 거의 열다섯 시간 동안 커피 말고는 먹은 게 없었다는 것, 한 번도 내 삶에 책임을 진 적이 없었다는 것, 이 밖에도 많은 것들을 몰랐지만 무엇보다도, 나는 그때가 에이야퍄들라이외퀴들 화산이 대폭발하기 열다섯 시간 이십 분 전이라는 것을 알지 못했다.

다음날 새벽, 브라질로 돌아가는 비행기 창가 자리에 앉을 때만 해도 다시는 아일랜드에 발을 붙이지 않으리라고 생각했다.

나는 창문 밖, 어두운 활주로를 응시했다. 탑승 수속이 마감되고 나서도 비행기는 한 시간 넘도록 활주로를 벗어나지 않았다. 사람들의 웅성거림, 아기들이 우는 소리, 각양각색의 언어로 항의하는 소리가 이코노미 클래스를 가득 채웠다.

처음에는 영어로, 다음에는 포르투갈어, 그다음은 스페인어로 안내 방송이 나왔다. 한 시간쯤 전 아이슬란드의 에이야퍄들라이외퀴들 화산이 폭발해 화산재가 아일랜드와 서부 유럽 쪽으로 빠르게 퍼지고 있다는 내용이었다. 우리는 올라탄 지 한 시간 반 만에 비행기에서 내렸다. 우리 비행기뿐만 아니라, 그 시각, 더블린 공항에서 대기중이던 모든 항공기는 이륙하지 못했다. 그 순간에도 에이야퍄들라이외퀴들 화산은 분화를 멈추지 않았고, 사람으로 가득찬 공항에서, 나는 앞으로 얼마나 지나야 아일랜드를 벗어날 수 있는지 알 방법이 없다는 말을 들었다.

결론적으로 더블린 공항은 그날 이후 열흘간 폐쇄됐다. 폭발 규모가 커서 아주 높은 대기층까지 화산재가 퍼져나가고 있다고 했다. 화산재는 제트기류를 타고 동쪽으로 퍼질 예정이었다. 심지어 한국, 일본 같은 극동 아시아까지도.

공항 바닥에서 하룻밤을 노숙하고 밖으로 나왔을 때, 피켓을 든 사람들이 여럿 보였다. 멈춰 서서 그들을 바라보고 있자, 어떤 나이든 남자가 피켓을 들고 내 쪽으로 걸어왔다.

종이 박스를 잘라 만든 그 피켓에는 "하룻밤 삼십 유로, 중앙역과 가까움, 아침 포함"이라는 글씨가 보라색 매직으로 쓰여 있었다. 그는 이만하면 괜찮지 않으냐는 표정으로 자기를 따라오라는 눈빛을 보냈다. 배가 몹시 고파서 쓰릴 지경인데다 온몸이 욱신거렸으므로 나는 순순히 그를 따라갔다. 삼십 유로가 어느 정도의 돈인지도 계산하지 않았다. 내가 아일랜드에서 쓸 모든 돈은 엄마에게서 받은 것이었고, 내 돈이 아닌 돈은 쓰기 쉬웠으니까.

그의 집은 깨끗했지만 햇빛이 잘 들어오지 않았다. 첫날은 그가 해준 토스트와 구운 베이컨, 커피, 오렌지주스를 먹고 잠만 잤다. 둘째 날부터는 대낮에 일어나서 거리를 조금 걷다가 다시 돌아와 잠에 빠졌다. 저녁에는 가까운 펍에 가서 간단한 안주에 맥주를 마셨다. 텔레비전에서는 계속 에이야퍄틀라이외퀴틀 화산에 대한 뉴스가 나왔다. 화산재로 가득 덮인 아이슬란드 대기의 모습, 화산 폭발로 빙하가 녹아 대피하는 사람들의 모습을 나는 텔레비전으로 확인했다.

스탠드에 앉아 있으면 몇몇 사람들이 말을 걸기도 했다. 웃으면서 답했지만, 대화를 잘 이어나갈 수 없었다. 외로웠고 누구라도 붙잡아 말을 하고 싶으면서도 한편으로는 실제로 대화가 시작될까봐 겁이 났다. 그건 이상한 감정이어서, 내게 말을 건 사람들은 곧 그 마음을 알아차리고 자리를 떠났다. 스탠드에 앉아서, 민박집 부엌에 우두커니 앉아서 나는 내쫓기지도, 받아들여지지도 않는 사람의 처지라는 것을 느꼈다. 놀랍게도 그런 감정은 낯선 것이 아니었다.

스물여섯, 대학 중퇴생으로 나는 엄마와 함께 살고 있었다. 대도시에서 엔지니어로 일하는 누나는 언제까지 엄마에게 얹혀살 거냐고 타박했지만, 내 삶까지 신경쓰기에 누나는 너무 바빴다. 부활절, 여름휴가, 크리스마스에 와서 얼굴이나 잠깐 비치고 가는 누나가 내 삶에 대해 왈가왈부할 자격은 없다고 생각했다.

누나는 나를 죽여버리겠다고 했다. 얼씬도 하지 말라고, 참을 만큼 참았다고 했다.

화산 때문이라고! 내가 안 가고 싶어서 안 가는 게 아니라고.

핸드폰 너머 누나는 울고 있었다. 숨쉬듯이 꺼져, 꺼져, 라고 말하면서.

마리솔…… 나는 누나의 이름을 몇 번이고 불렀다.

누나는 다시는 나를 보고 싶지 않다고 말했다. 돈줄을 다 끊어버렸으니 유럽에서 굶어 죽든지 말든지 상관하지 않을 거라고.

이건 좀 심하잖아. 이건 아니지…… 내가 우물쭈물하는 사이 누나는 전화를 끊었다.

나는 거실에 쓰러져 있는 엄마의 모습을 떠올렸다. 옆집 아주머니가 쓰러진 엄마를 발견하지 않았더라면, 앰뷸런스를 부르지 않았더라면 엄마는 이미 죽은 사람이었다는 누나의 말을 곰곰이 생각했다. 네가 그냥 원래대로 집에만 있었더라면. 누나는 말했다. 인생에 도움이 안 되는 인간은 끝까지 도움이 안 되는 거야. 약물 알레르기로 인한 쇼크였고, 엄마는 입원실로 옮겨져 안정을 취하고 있다고 했다. 엄마의 핸드폰은 꺼져 있었다.

놀란 마음을 추스르려고 펍에 가서 맥주를 마셨다. 맥주를 다 마시고 결제하려는데 카드가 되지 않았다. 다른 카드 두 장도 마찬가지였다.

셋 다 정지됐다고 나오는데.

주인이 입맛을 다셨다. 나는 주머니를 뒤져서 십 유로를 내고 펍을 빠져나왔다. 민박집에 돌아와 남은 돈을 계산해보니 오십 유로가 전부였다. 우선 이틀 치만 계산한 터라 당장 내일 아침에 삼십 유로를 추가 결제해야 하는 상황이었다. 온몸의 피가 다 빠져나가는 것 같았다.

텔레비전에서는 유럽 지역 대부분의 공항에서 무더기 결항 사태가 발생했다는 뉴스가 나왔다. 이름도 얄미운 그 화산이 마치

'에이야꺄들라이외퀴들, 에이야꺄들라이외퀴들' 하면서 나를 놀리는 것 같았다. 나는 당장 돈이 필요했다.

다음날 아침, 숙박비를 결제하면서 나는 민박집 주인에게 사정을 설명했다. 비행기가 뜰 때까지 일할 곳이 필요하다고. 아일랜드에 도움을 구할 만한 사람이 아무도 없다고. 어머니가 스페인 사람이어서 나도 스페인 시민권을 지닌 유럽연합 시민이라고.

그는 내 쪽으로 몸을 기울이며 신중하게 내 이야기를 들었다.

브라질에서는 뭘 했어요?

대학에서 영어교육과를 다녔어요.

졸업은 했고?

나는 고개를 저었다.

일은 뭘 했어.

동네 해변에서 파라솔을 빌려주는 일을 했습니다.

그리고?

해변 매점에서도 일했구요.

그의 얼굴에, 거의 다정하다고 할 법한 미소가 떠올랐다. 그는 한 번 웃더니 한숨을 쉬고 내 어깨를 두드렸다.

돈이 다 떨어진 여행자라면 비행기 타고 자기 나라로 가라고 하면 되지만…… 이건 뭐 가고 싶어도 갈 수가 없는 상황이니 어쩌나.

그 순간, 이제는 이름조차 잊은 그만큼 가까이 느껴지는 사람은 없었다. 그가 아주 오랫동안 알고 지낸 사람처럼 여겨졌다. 그런 마음의 한편에는 그가 나를 도울 이유가 전혀 없으며, 부탁을 거절하는 것이 오히려 더 자연스러운 일이라는 생각이 함께했다.

잠시만.

그는 방에 가더니 이곳저곳에 전화를 했다.

사람들은 내가 그저 운이 좋았다고 말할지도 모른다. 세상 사람들은 철저히 계산적이며, 자기에게 득이 되지 않는 이상 낯선 사람을 결코 돕지 않는다고. 설사 도와준다 해도 그런 선의의 이면에는 자신보다 못한 사람을 돕는다는 오만한 기쁨이 어려 있다고. 그 말은 아마 많은 경우 사실일 것이다. 어쩌면 그도 나를 돕는 행동으로 자기만족을 얻었는지 모른다. 그러나 그것이 어떤 의지의 결과였든지 내가 당시 그에게 도움을 받았다는 사실에는 변함이 없다. 그날 저녁, 나는 그의 친구의 전처가 운영하는 과수원을 향해 떠났다. 그곳은 더블린에서 버스로 세 시간 걸리는 소도시에서 다시 차를 타고 이십 분쯤 더 들어가야 하는 외진 마을이었다. 마을의 이름은 아치디였다.

아치디에 도착한 한밤중에 엄마에게서 음성 메시지가 왔다.

네가 보낸 메시지들을 읽었어. 랄도, 네 누나와 내 생각은 같구나. 죽다 살아나니까 예전처럼 살고 싶지는 않네. 내가 널 망쳤다고 생각한 적도 있지. 그래서 너에겐 늘 미안하고 죄책감을 느꼈어. 근데 말이야, 내가 뭘 잘못한 거지? 내가 멍청하긴 했지만 죄를 지은 건 아닌 거지. 네 인생은 내 인생이 아니야. 네가 열 살 먹은 애도 아니고 내가 왜 널 책임지고 살아야 해? 아, 넌 그렇게 말하겠지. 너도 돈 번다고. 그래, 네가 그렇게 용돈 번 거, 다 대마초 사는 데 들어간다는 걸 내가 모를 것 같냐. 말아 피우는 담배라고? 내가 대마초 냄새도 모르는 바보로 보여? 제기랄.

엄마는 한동안 흐느꼈다.

랄도, 널 사랑하지만 더이상은 안 되겠어. 네 엄마로 사는 거 진짜 돌아버리는 짓이야. 내 마음 약한 거 이용해서 상황 바꾸려고 노력하지 마. 안 먹힐 테니까.

게임을 할 때, 낮잠을 잘 때, 술을 마시고 아침에 집에 들어올 때, 나를 보던 엄마의 표정이 떠올랐다. 언젠가부터 엄마는 내게 아무 말도 하지 않았고, 그래, 문자 그대로 내게 아무 말도 하지 않았다. 나를 보는 엄마의 표정에는 어떤 감정도 담겨 있지 않았다. 엄마는 그저 지쳐 보였는데, 어느 날인가는 엄마의 얼굴이 너무 나이들어 있어서 속으로 놀란 적도 있었다. 엄마도 나를 포기했으니까 나도 그 관계를 포기하겠다고, 그렇게 살 수도 있다고 생각했다. 그게 더 간편한 방법이니까. 소리지르면서 싸우는 건 피차 소모적인 일이라고.

엄마의 친구나 친척들, 누나가 오면 같이 이야기하기는 했지만, 우리 단둘이 마지막으로 이야기를 나눈 게 언제였는지 잘 기억나지 않았다.

그래서 엄마의 음성 메시지를 들었을 때 내가 처음 느낀 감정은 반가움이었다. 랄도, 널 사랑하지만. 엄마는 그렇게 말했다. 더이상은 안 되겠어, 라는 말은 중요하지 않았다. 엄마는 타들어갈 듯 분노하고 있었는데, 나는 내가 아직도 엄마를 요동치게 하고 돌아버리게 할 수 있는 사람이라는 사실이 기뻤다. 타고난 사디스트여서가 아니라, 그저 그런 식으로라도 우리 관계에 아직도 피가 흐른다는 것을 확인할 수 있었기 때문이다. 내가 엄마와의 감정적인 교류를 오래도록 바라왔다는 사실은 나조차도 놀랄 일이었다.

"엄마가 무사하다니 기뻐." 나는 그렇게 문자를 보내려다 "아치디라는 마을의 사과 과수원에서 일하기로 했어. 랄도"라고만 보냈다. 엄마에게서는 답신이 없었다.

2

언젠가 하민은 나에게 어떻게 그런 무모한 결정을 했느냐고 물었었다. 생판 남인 민박집 주인만 믿고 생전 처음 들어본 동네로 가는 경우가 어디 있느냐고. 왜 더블린에서 일을 찾아볼 생각은 못했느냐고. 그러네, 대답하고 나는 이어 말했다. 돌이켜 생각해보면 그때 나는 사람이라기보다는 길거리에 널브러진 비닐봉지 같은 존재였다고. 바람이 불면 허공으로 날아갔다가 가까운 나뭇가지에 아무렇게나 걸려버리는, 될 대로 되라는 식으로 가고 있었다고 말이다. 내가 그 말을 할 때 하민은 화난 것 같은 표정으로 날 보고 있었다.

처음부터 하민은 화난 사람 같았다.

아치디에 온 지 일주일쯤 지났을 때였다. 그녀는 오물이 잔뜩 묻은 장화를 신고, 무릎 아래까지 내려오는 방수 앞치마를 두르고 빠른 속도로 걷고 있었다. 나는 맞은편 길가에 서서 내 쪽으로 걸어오는 그녀를 멍하니 쳐다봤다. 그녀는 나보다 큰 키에, 중단발머리를 하나로 묶고 있었다. 오토바이에 시동을 걸면서 나를 잠시 쳐다보고는 곧 출발하는 그녀의 뒷모습을 나는 바라보고 있었다. 얼마나 오래된 오토바이인지 엔진 소리가 요란했다.

이런 시골에 웬 동양인이 있지, 그것도 저렇게 키가 크고 사나워 보이는 동양인이. 나이는 십대라고 해도 믿을 것 같았고, 사십대라고 해도 믿을 수 있을 것같이 보였다.

내가 일하던 과수원 뒤편으로는 낮은 언덕이 무리 지어 있었다. 하루는 오후 휴식 시간 때 언덕을 지나가는데, 멀리서 어떤 사람 하나가 짚더미 위에 누워 자고 있는 것이 보였다. 승마 체험장의 마구간 앞이었다. 그곳에는 가끔 짚더미가 놓였는데, 햇볕을 받은 짚 위로 동네 고양이들이 몰려와서 따뜻하게 볕을 쬐곤 했다. 그런데 사람이라니.

울타리 문이 열려 있어서 가까이 다가가니 저번에 봤던 동양 여자가 고양이 세 마리와 함께 짚더미 위에 대자로 누워서 침을 흘리며 잠을 자고 있었다. 삼색 고양이 한 마리는 아예 그녀의 배 위에 앉아서 졸았다. 그 모습을 보고 있자니 나도 아무데나 누워 잠을 자고 싶었다. 실로 사람을 노곤하게 하는 봄볕이었다. 눈앞에 보이는 모든 것들이 현실처럼 느껴지지 않았다. 나도 짚더미 위에 엉덩이를 붙이고 앉아 햇빛을 쬤다. 햇볕에 달궈진 짚 냄새와 말똥 냄새, 물먹은 흙 냄새, 이끼 냄새를 맡았고, 머리와 어깨 위로 내려오는 햇볕의 온기를 느꼈다. 나도 모르는 사이에 고개를 떨어뜨리고 잠에 빠져들었다.

눈을 뜨자, 삼색 고양이가 내 무릎 위에서 자는 모습이 보였다. 여자의 배 위에서 자던 고양이였다. 자리에서 일어나니 여자는 사라지고 없었다. 나는 마구간 쪽으로 걸어갔다. 아까 본 그 여자가 커다란 플라스틱 삽으로 말똥을 치우고 있었다. 그녀가 나를 쳐다봤을 때에야 나는 내가 마구간 안쪽까지 들어왔다는 사실을 알아챘다.

마구간 안의 공기는 바깥보다 차가웠다.

누구죠?

이웃이에요. 아래쪽 회색 지붕 집.

그녀는 삽을 든 채로 나를 물끄러미 쳐다봤다.

무슨 일인가요.

그냥 구경 와봤어요. 울타리 문이 열려 있어서.

레베카 보러 왔으면 앞쪽 뜰로 가세요. 여기 없어요.

그녀는 나가라는 손짓을 하고 다시 똥을 치우기 시작했다. 화가 난 얼굴을 보고 무안해져서 나는 쭈뼛거리며 자리에 서 있었다.

좀 나가주시죠.

분노가 담긴 목소리였다. 나는 쫓겨나듯 마구간을 빠져나와 숙소로 걸어갔다.

오후 휴식이 끝나고 다시 과수원에 갔다. 주인인 리사와 그의 남자친구 레오, 파트타임으로 일을 하러 오는 동네 사람들 서넛이 일꾼의 전부였다. 나를 제외하고는 평균연령이 육십 세쯤 되었는데 가위로 꽃대를 솎는 속도가 나보다 더 빨랐다. 새벽 다섯시쯤 일어나 레오가 해주는 아침을 먹고 여섯시부터 일을 했다. 열한시쯤 오전 일을 정리한 뒤 점심을 각자 자유롭게 먹고, 두시에 다시 일을 시작해서 다섯시에 마쳤다. 일을 마치면 파트타임 일꾼들은 저마다의 집으로 돌아갔고, 나는 조금 쉬다가 리사와 레오와 함께 식탁에 앉아서 레오가 해주는 저녁을 먹었다.

그러고 나면 일고여덟시쯤 되었다. 도시라면 젊은 사람들을 만날 기회가 많았겠지만 아치디에서는 그러기가 어려웠다. 기분 전환 삼아 마을을 돌아다니다보면 더 울적해졌다. 내가 뚫고 들어갈 수 없는 분위기라는 것이 있어서였다. 집집마다 불이 켜져 있었지만 내가 들어갈 수 있는 곳은 어디에도 없었다. 답답해서 찾아간

샌드위치 가게에서도, 동네 남자들이 모여 웃고 떠드는 펍에서도 쭈뼛거리다 도로 나오기 일쑤였다.

내가 펍 게시판에 붙은 광고문을 본 건, 아치디에 도착한 지 한 달이 되었을 무렵이었다.

"저녁, 영어 말하기 모임. 누구든 환영합니다." 장소는 아치디의 작은 성당이었다. 외국인들을 그런 식으로 꾀어서 종교를 강요하려 한다고 생각했지만 이틀 뒤, 나는 그곳으로 향했다. 하루 여덟 시간을 꼬박 사과나무만 바라보고 있노라면, 눈을 감아도 보이는 것이라고는 사과나무와 전지가위뿐이라면, 말수가 적은 중년 커플과의 저녁 시간마저도 기다리게 되는 정도의 외로움에 빠져 있노라면 한 달은 견딜 수 없을 정도로 긴 시간으로 느껴지기 마련이므로. 내게는 시간을 흘려보낼 구멍 같은 것이 필요했다.

오래된 성당은 온기를 잃은 듯했다. 회색 돌을 쌓아 만들어 차가워 보였고, 한눈에 봐도 이미 사람들의 발길이 끊긴 곳 같았다. 예배당에는 작은 고상 하나가 걸려 있었다. 우리는 예배당 옆 응접실에 동그랗게 의자를 두고 모여 앉았다. 스탠드를 하나 켜고, 가운데 빈자리에는 초를 한 자루 올려놓았다. 나는 젊은 남자에게서 핫초코를 한 잔 받아들고 자리에 앉았다.

저는 조반니입니다. 젊은 남자가 말했다. 이번 봄부터 이 모임을 시작했구요. 오늘 새로운 분이 오셨네요. 돌아가면서 자기소개

할까요?

나는 그곳에서 마케도니아에서 오페어로 온 니코, 헝가리에서 오페어로 온 이레네, 조지아에서 와 농장에서 일하는 아냐의 자기소개를 들었다. 다들 모임을 몇 번 해서인지 이 말을 다시 해야 하나, 라는 표정으로 웃으며 자기 이야기를 했다.

나도 내 이야기를 했다. 이름은 에두아르두, 보통은 랄도라고 불린다. 고향은 브라질이고 이곳에 온 지는 한 달이 됐다. 사과 과수원에서 일하고 있다. 대학에서 영어교육을 전공했는데 졸업은 하지 못했다.

다들 나를 호의적으로 바라보던 모습이 떠오른다. 아치디에 온 뒤 거의 매일 느꼈던 벽 같은 것이 그곳에는 존재하지 않았다. 모두 들을 준비가 되어 있었고, 그건 나도 마찬가지였다. 우린 모두 비슷한 처지였으니까.

말을 계속 이어나가려는데 응접실 문이 열렸다. 마구간에서 봤던 동양 여자가 그곳에 서 있었다. 여자는 나를 한 번 보더니 안으로 들어왔다.

에두아르두, 하민을 위해서 다시 말해줄 수 있어요?

조반니가 물었다.

그녀는 자리에 앉아서 팔짱을 끼고 나를 쳐다봤다. 여전히 화나 보이는 얼굴이었다.

나는 그녀의 시선을 피하려고 노력하면서 다시 내 소개를 했다.

그럼, 우리끼리는 서로 다 아니까 하민이 에두아르두에게 자기소개를 해봐요.

해야 돼요?

그녀는 그렇게 말하고 나를 쳐다봤다.

내 이름은 하민. 한국 사람이야. 아일랜드로 온 지 일 년쯤 됐어. 처음엔 영어도 배우고, 야채가게에서 일하다가 지금은 마구간에서 일해.

북한이야, 남한이야?

나도 모르게 그 말이 나와서 나는 슬며시 입을 다물었다.

남쪽. 남쪽이라고 해서 따뜻한 나라는 아니고.

그렇게 말하는 그녀의 얼굴에 처음으로 적개심이 없는 표정이 어렸다.

사람들은 돌아가면서 지난 일주일 동안의 이야기를 했다. 영어로 말하는 능력은 제각각이었는데, 말을 가장 잘하는 니코는 천천히 말하려고 노력했고, 아냐도 사전에서 단어를 찾아가며 떠듬떠듬이나마 자신이 전하고자 하는 말을 했다. 이곳에서의 생활을 말하다보면 약속이라도 한 것처럼 자연스럽게 떠나온 곳의 이야기를 하게 됐다. 무슨 일을 했는지, 그곳에 대한 감정은 어떤지 같은 것들이었다.

나도 브라질에서의 삶에 대해 이야기했다. 별다른 직업도 없이 엄마 집에 얹혀살았다는 이야기를. 내 딴에는 재미있으리라는 생각에 웃으면서 말했는데 내 이야기는 모두를 당혹스럽게 했다. 특히 하민은 듣는 내내 인상을 찌푸리고 불만스럽다는 표정을 지었다.

하민은 돌보는 말들에 대한 말을 많이 했다. 전부 여덟 마리인데 가장 말을 듣지 않는 게으른 녀석과 나이가 제일 많은 녀석은 손님이 여덟 명이 되지 않는 이상 언제나 제외된다고. 이건 비밀인데, 사실 자기는 그 두 녀석이 가장 좋다고. 그중에서도 게으른 녀석이. 왜 말썽 피우는 거냐고 다그치면서도 속으로는 응원하고 있다고 했다. '게으른 녀석lazy one'이라고 발음할 때의 그녀의 얼굴은 그때까지 본 모습 중 그나마 가장 즐거워 보였다.

꽤나 짧은 시간이었다고 생각했는데 시계를 보니 두 시간이 지나 있었다. 대부분 다음날 새벽부터 일을 해야 해서 그쯤에서 흩어졌다. 말 그대로 동서남북으로 찢어졌는데 나와 하민이 동행이었다.

우리는 한 뼘 정도 거리를 두고 나란히 걸었다. 선선한 바람이 불었다. 어색한 사이일수록 이런저런 이야기로 침묵을 피하려 하는 법이라고 생각했는데, 하민은 그런 침묵이 익숙한 사람 같았다. 한참을 걷던 하민이 입을 열었다.

더블린 공항 다시 열렸잖아. 표도 받았을 텐데 왜 안 갔어?

몰라.

나는 그냥 그렇게 대답했다. 한동안 다시 침묵이 이어졌다.

그럼 너는? 왜 이 시골에서 일해?

하민은 별 대꾸 없이 어깨를 으쓱하더니 주머니에 손을 넣었다.

너, 화난 것처럼 보여.

그 말에 하민이 걸음을 멈추고 나를 봤다.

여기 와서 그런 말 많이 들었어. 근데 아니야. 미안한데 너 이름
이 뭐라고 했지?

랄도.

그래, 랄도. 나 화 안 났어. 오해 마.

그 말을 하던 하민의 표정을 어떻게 묘사할 수 있을까. 하민은
내 말에 상처받은 것처럼 보였다. 그런 오해를 받은 게 당황스러워
어떻게든 해명해야 한다는 조급함까지 느껴졌다.

내가 아시아인들을 많이 못 봐서 그랬을 거야.

그래, 그럴 거야.

그녀는 메마른 표정으로 나를 봤다. 우리는 한동안 말없이 걷다
가 하민의 집 앞에 다다랐다.

심심하면 연락해. 정말 심심하면.

나는 주머니에서 볼펜과 종잇조각을 꺼내 내 연락처를 적었다.
하민은 팔짱을 낀 채 우리가 걸어온 길 쪽을 돌아보고 있었다. 나
는 연락처를 적은 종이를 그녀에게 건넸다. 화가 난 것처럼 보인다
는 말을 한 게 걸리기도 했지만 그보다는 무척 외로웠던 탓이 컸던
것 같다.

과수원을 지나면 작은 숲이 나왔고 그 숲 끝에 언덕들이 있었

다. 언덕 아래에서 손님들을 태우고 걸어가는 하민의 말들이 멀리서 보이기도 했다.

근처에 큰 강이 있는데다 언덕이 있어서인지 아치디에는 자주 안개가 꼈다. 보통은 아침 아홉시 정도가 되면 걷혔는데 심할 때는 열한시가 지나도록 사라지지 않았다. 그럴 때면 눈앞의 나뭇가지만이 볼 수 있는 것의 전부여서, 우리는 손목에 작은 방울을 달고 일했다. 가위를 든 서로를 방울 소리로 피해 갈 수 있도록. 차츰 안개가 걷히고 세상이 눈에 들어올 때면 나는 이상한 안도를 느꼈다.

나는 침묵 속에서 일했다. 나무 아래쪽 가지를 치는 건 어렵지 않았지만 위쪽 가지를 칠 때는 사다리를 타고 올라가야 했다. 챙이 넓은 모자를 쓰고 가만히 일을 하고 있으면 브라질에서 있었던 일들이 생각났다. 스냅사진처럼 떠오르는 장면과 장면들이 모두 꿈같이 느껴졌다.

하민을 다시 본 건 이틀 뒤, 금요일 늦은 오후였다. 심심해서 소도시의 펍에 가려고 버스 정류장에 다다랐을 때였다. 거기에 하민이 있었다. 그녀는 검은색 옷으로 차려입고 굽이 높은 앵클부츠를 신고 서서 책을 읽고 있었다. 우리는 가볍게 눈인사를 하고 버스에 올랐다. 나는 맨 뒤에, 하민은 맨 앞에 앉았다.

창밖으로 해가 지는 들판이 보였다. 들판 위로, 언덕 위로, 지붕 위로 따뜻한 햇살이 내렸고, 그건 마치 하늘이 본연의 빛으로 세상에 흘러내리는 것 같았다. 아름다운 것들을 보고 있으면 위로가 된다는, 누군가 내게 했던 말이 떠올랐다. 나는 너무 많은 것들에서 아름다움을 봤다. 그래서 위로가 되었을까. 그러나 내게 위로받을 자격이 있는지 그때의 나는 확신하지 못했다.

하민은 종점에 도착해서도 고개를 완전히 떨군 채로 계속 졸고 있었다. 가방과 책은 바닥에 떨어진 지 오래였다. 나는 그것들을 주워 들고서 그녀를 깨웠다. 그제야 눈을 뜬 그녀는 아마 한국어일, 내가 이해할 수 없는 말로 중얼거렸다. 나와 하민은 버스에서 내렸다.

방금 나한테 뭐라고 했던 거야?

아무 말도 안 했는데.

아까 잠 깨웠을 때 네가 뭐라고 했어.

정말? 전혀 기억 안 나는데.

그녀는 그렇게 말하고 길을 건넜다. 멀어져가는 그 모습을 바라보면서 나는 이로 손끝을 뜯었다. 그만둬야지, 그만해야지 생각하면서도 그 짓을 멈출 수가 없었다. 열 살 무렵 습관이 생긴 이후로 나는 하루도 그 짓을 멈춘 적이 없었다. 상태가 그나마 좋을 때는 조금 뜯다 말았지만 불안하거나 마음이 좋지 않은 날은 피가 날 때까지 뜯어야 멈출 수 있었다.

앞으로 걸어가는 하민을 보며 문득 내가 찾아갔을 때 놀라던 일레인의 얼굴이 떠올랐다. 현관문을 열려고 하자 문 뒤로 숨던 그 얼굴이. 보고 싶었다느니 좋아한다느니 하는 말들은 모두 변명일 뿐이었다. 내가 만들어냈던 것은 오로지 일레인의 공포와 두려움이었으므로. 눈물이 날 때까지 손끝을 뜯고서야 나는 메인 도로에 있는 펍으로 향했다.

펍은 의외로 넓었다. L자 모양의 스탠드도 크고, 서서 술을 마실 수 있는 테이블도 있었다. 스테이지도 널찍했는데 시간이 아직 일러서인지 춤을 추는 사람은 아무도 없었다. 빌보드 차트 최신 히트송 같은 음악이 흐르고 있었다.

나는 스탠드에 앉아서 맥주 한 잔을 주문했다. 그렇게 혼자서 두 잔째 마시고 있을 때 하민이 들어왔다. 그녀는 내게 눈인사를 하고는 맥주 두 잔을 시켰다. 그러고는 서서 마시는 테이블에 가서 맥주를 마시기 시작했다. 나에게 등을 돌리고서.

하민이 두 잔을 다 비우고 나도 세 잔을 비웠을 무렵, 펍에 사람이 하나둘씩 들어왔다. 음악 소리가 점점 커졌고, 몇몇 커플이 춤을 췄다. 블랙 아이드 피스의 노래가 시작됐을 때, 하민이 스테이지로 걸어갔다.

하민은 스탠드 쪽을 향해 서서 춤을 췄다. 그걸 춤이라고 부를 수 있다면 말이다. 어떻게 저런 몸짓을 할 수 있는 것인지, 저렇게까지 춤을 못 출 수 있는 것인지. 하민은 리듬과 리듬 사이에서 혼자만의 리듬을 탔다. 심각한 표정을 짓다가, 신이 나는지 웃기도 하고 눈을 감기도 하면서 큰 동작으로 춤을 췄다. 사람들이 웃음을 터뜨렸는데 그 소리가 음악 소리에 묻히지 않을 정도였다. 어떤 남자들은 하민 옆에 서서 그녀의 춤을 따라 추기도 했다.

저게 무슨 짓이지. 그녀가 스스로를 웃음거리로 만들고 있다는 생각에 나는 하민 쪽으로 걸어갔다. 그때 한 무리의 사람들이 스테이지에 합류했고, 나는 말도 안 되는 춤을 추는 하민과 다른 무리에 치이며, 멀뚱히 그녀를 바라봤다. 노래 한 곡이 끝날 동안. 그건 생각보다 긴 시간이었다. 사람들의 움직임에 이리저리 떠밀리면서, 하민을 향해 큰 소리로 웃는 사람들의 목소리를 들으면서, 맥주를 마셔 약간은 몽롱해진 정신으로 그곳에서 나는 엉망으로 춤을 추는 하민을 봤다.

노래가 끝나자 하민은 춤을 멈추고 계산대로 갔다. 나도 그녀를 따라 술값을 계산하고 밖으로 나왔다.

펍 입구에서는 사람들이 삼삼오오 모여 담배를 피우고 있었다. 하민은 주머니에 손을 넣고 그 사람들을 지나 앞으로 걸어갔다.

너 자주 이러니?

나는 그녀를 따라가며 물었다.

자주 뭘?

여기서, 혼자 춤추는 거.

추고 싶을 때 와서 춰. 여기서만 추는 건 아니고.

집에 가?

버스 타고 가야지.

그렇게 말하고 그녀는 정류장 쪽으로 뛰어갔다. 우리는 때마침 도착한 버스에 올라탔다. 주말을 앞둔 가벼운 공기, 웃음, 차창으로 들어오는 산뜻한 밤바람이 버스 안을 가득 채웠다. 우리는 버스 앞쪽에 나란히 섰다. 버스가 출발하고 얼마 지나지 않아 그녀가 입을 열었다.

너 왜 여기 있어?

그 말을 하는 그녀의 얼굴이 피곤해 보였다. 눈에는 핏발이 서 있었고 턱에는 붉은 뾰루지 두 개가 보였다. 나는 재미있는 이야기랍시고 웃으면서 말했다.

말했잖아. 여자친구 일로 왔다가 화산이 터졌다고. 그 와중에 엄마는 쓰러지고, 카드는 정지되고, 돈은 안 주겠다 하고. 그래서 여기 있지. 시시한 우연들 때문에.

응. 난 그게 전부란 거 안 믿지만.

그런 너는?

내 말에 그녀는 심술궂은 표정으로 웃었다.

네가 궁금해하니까 말해주기가 싫네.

그럼 관둬.

하민은 무표정한 얼굴로 차창을 바라봤다. 검은 차창으로 빛에 반사된 그녀와 내가 보였다. 어둠 속에서 흰 개 한 마리가 버스를 쫓듯이 빠른 속도로 달리고 있었다.

그 주말 내내 비가 내렸다. 나는 오래 잠을 자고 일어나 창밖을 보다 다시 잠을 잤다. 요란한 소리에 현관문을 열고 밖을 보니 언덕 위로 선명한 번개가 내리치고 있었다. 짧은 간격을 두고 천둥이 쳤고 뒤이어 다시 번개가 내리쳤다. 나는 지붕 아래에서 홀린 듯이 그 모습을 보았다. 땅에서는 뜨거운 블랙티 냄새가 났다. 비가 들이쳐 옷이 젖는 줄도 모르고 나는 내 몸에서 빠져나온 사람처럼 그곳에 앉아 있었다.

너 왜 여기 있어? 하민은 그렇게 물었었다. 몰라. 나는 입술을 움직여 그 말을 했다. 엄마도 예전에는 그런 말을 했었지. 그나마 내게 인간적인 기대가 남아 있었을 때는. 너 왜 여기 있어? 그 말 이후에는 언제나 싸움이었다. 나를 좀 내버려두라고 말했을까. 들이치는 비를 맞으며 나는 엄마의 그 말을 떠올렸다. 랄도, 너 왜 여기 있어? 나를 보던 일레인의 회색과 초록이 섞인 눈동자를 떠올렸다. 네가 보고 싶어서. 그렇게 답했지만 그날, 지붕 아래에 앉아서 나는 그때의 내 대답이 옳았는지 확신할 수 없었다. 너 왜 여기 있어?

별다른 직업 없이 엄마 돈으로 살아왔다고 웃으며 말하는 거 보면서 처음에는 조금 화가 나더라. 근데 넌 자꾸 웃잖아. 웃을 일이 아닌데도 웃잖아. 하민은 펍에서 돌아오던 버스에서 무표정하게 말했다. 심심하면 연락해. 나도 연락할게. 그 말을 하기 전, 그녀는 버스 손잡이를 잡고 있던 내 손을 봤다. 내 손가락들로부터, 그녀는 자연스럽게 시선을 돌리려고 노력했다.

나는 현관 앞 콘크리트 바닥에 누웠다. 가장 오래 방에서 나가지 않은 기록은 한 달이었다. 암막 커튼을 쳐놓은 채 최소한으로 음식과 물을 먹고 누워만 있었다. 누구보다 대학을 졸업하고 싶었다. 클럽에 가서 춤을 추고 싶었고 새로운 사람들을 만나고 싶었다. 집밖으로 나가 삶을 살고 싶었다. 하지만 진심을 말하는 것보다는 뻔뻔하고 게으른 사람이 되는 편이 쉬웠다. 가볍고 한심한 사람처럼 보이는 정도가 가장 좋았다. 랄도, 너 왜 여기 있어? 나는 양쪽 주먹을 움켜쥐고 뻣뻣하게 누워 대답했다. 나갈 수가 없었으니까. 그러고 싶었는데도 그럴 수가 없었으니까. 그랬으니까요, 엄마.

나는 스물 이후의 삶에 만족했다. 대학에서는 친구를 사귈 수 있었고 예전의 나를 아는 사람들도 없었으니까. 사람들에게 처음으로 받아들여진다고 느꼈을 무렵 아버지가 돌아가셨지만, 나는 그 고비도 수월하게 넘겼다. 이상이 찾아온 건 아버지가 돌아가시고 일 년이 지난 후였다.

내가 할 수 있었던 일. 세 시간 동안 샤워하기. 돌아와 다시 두 시간 동안 샤워하기.

그뒤로 내가 할 수 있었던 일. 먹지도 자지도 않고 열여섯 시간 동안 텔레비전 보기.

한심하게 사는구나. 사람들은 그렇게 생각했을 것이다. 그러나 한심하게라도 살기까지 얼마나 힘을 내야 했는지, 마침내 배가 고

프고 몸을 움직일 수 있고 밖으로 나갈 힘이 생긴다는 것이 얼마나 어려운 일이었는지 아는 사람은 없었다.

천둥은 하늘이 아니라 땅이 우는 소리 같았다.

얼굴 위로 차가운 물이 흘렀다. 몸이 떨렸다.

그다음 주 말하기 모임에 하민은 오지 않았다. 지난번처럼 늦는가 싶었는데 모임이 끝날 때까지도 모습을 보이지 않았다. 집에 두고 온 핸드폰이 떠올랐다. 집으로 가서 확인하니 하민에게서 문자가 와 있었다.

—작은 사고. 넘어져서 손가락 두 개에 금이 갔음. 깁스를 했어. 아는 번호가 이거 하나야. 모두에게 전해줘. 하민.

다음날 점심때 나는 샌드위치 하나를 더 만들어서 하민이 일하는 승마장으로 갔다. 승마장 뒤쪽 울타리 밖에서 그녀의 이름을 불렀다. 유독 화창한 날이었다. 챙이 넓은 모자를 쓰고 방수 앞치마를 두른 그녀가 외바퀴 수레를 끌고 마구간에서 나왔다. 왼손 넷째 손가락과 새끼손가락에 깁스를 한 채로.

나는 그녀에게 나오라고 손짓했다.

잠시만 기다려봐. 손 좀 씻고.

울타리에 기대앉아 있을 때 그녀가 나왔다. 앞치마를 벗고 운동화로 갈아 신은 모습이었다. 우리는 성당 뒤쪽에서 샌드위치를 먹기로 하고 그쪽으로 걸어갔다.

손은 어쩌다 그렇게 됐어?

새벽에 화장실 가다가 맥주병 밟고 뒤로 넘어졌어. 아픈 줄도 모르고 자고 일어났는데 부어올라서. 그냥 참고 진통제 먹고 일하다가 손가락이 소시지처럼 변했어.

그 지경이 될 때까지 어떻게 참아? 그러다 더 나빠지면 어쩌려고.

할 일은 해야지. 처음엔 부러진 줄 알았는데 그건 아니라니 다행이지. 일 빨리 마치고 병원 갔거든. 엑스레이 찍어보니 금이 갔대. 그래서 깁스했지. 그래도 왼손이잖아.

나는 그 말을 하는 그녀의 얼굴을 봤다. 화나 보인다고 오해했던 무표정한 얼굴 그대로 그녀는 별 감정 없이 그렇게 말했다. 별로 애정 없는 물건이 파손되었다고 이야기하는 듯한 사람의 얼굴로.

성당 뒤편에는 큰 나무들 몇 그루와 벤치가 있었다. 노인 몇몇이 벤치에 앉아서 햇볕을 쬐고 있었다. 나와 그녀도 그중 하나를 차지하고 앉았다. 6월 초였지만 바람이 찼다. 나는 천 가방에서 랩에 싼 치킨샌드위치 두 개와 커피가 든 보온병과 물병, 컵 두 개를 꺼냈다. 커피를 컵에 따르고, 먹기 좋게 샌드위치의 랩을 벗겨서 하민에게 건넸다. 그녀는 커피를 맛보더니 샌드위치를 한입 베어물고 나를 봤다.

이렇게 다쳤는데도 레베카가 일을 시켜?

내가 하겠다고 한 거야. 일이 많지도 않고.

한국에서도 이 일 했어?

아니, 병원에서 일했어. 간호사로. 대도시에 있는 큰 병원에서.

거기까지 말하고 그녀는 허겁지겁 샌드위치를 먹었다. 크게 베어 문 뒤 충분히 씹지 않고 삼켰다. 뜨거운 커피도 급하게 마셨다. 샌드위치를 다 먹은 그녀가 입을 열었다.

네가 저번에 물어봤지. 왜 여기에 있냐고.

그녀는 주위를 둘러보고 나를 봤다.

여기에 일이 있으니까 왔지. 막상 왔는데 여기 참 좋더라. 좋은 소리가 나. 들어봐.

들리는 것이라고는 바람 소리, 바람이 나뭇잎에 부딪치는 소리, 새들 소리, 가끔 자동차 지나가는 소리, 노인들이 이야기하는 소리, 기침 소리, 웃음소리뿐이었다.

이런 소리는 사람을 지치게 하지 않아.

한국에는 이런 곳이 없어?

그녀는 무표정하게 나를 보다가 대답했다.

내가 자란 곳도 이런 시골이야. 그런데 난 그곳이 제일 싫거든. 생각만 해도.

왜?

사람들.

그녀는 그렇게 답하고 물끄러미 깁스한 손을 바라봤다. 노란 고양이 한 마리가 성당 벽에 기대어 햇볕을 쬐고 있었다.

그래도 한국에 있는 사람들 그립지 않아?

몇몇은.

그녀는 잠시 생각하다 말을 이었다.

그런데 이제는 다시 돌아가서 살 자신이 없어졌어.

나는 망설이다가 입을 열었다.

깁스 풀 때까지 나랑 점심 먹을래? 어차피 챙기는 거, 하나 더 챙기는 게 어렵지도 않고.

충동적이고 무리한 제안이라고 생각했지만 그녀는 별다른 말 없이 그러자고 했다.

그날부터 우리는 별일이 없는 이상 점심 도시락을 같이 먹었다. 하민이 깁스를 다 풀고 나서도 그랬다. 대부분 샌드위치였지만 가끔은 굽거나 으깬 감자에 생선튀김이나 닭튀김을 먹기도 했고, 여러 종류의 샐러드를 먹기도 했다. 기온이 올라가면서 시원한 맥주를 한 병씩 챙겨와 마시기도 했다.

하민은 아일랜드 라페스트에 있는 대학원 간호학과에 들어가려고 준비중이었다. 학생 비자를 받지 않는 이상 이 년 이상의 체류는 불가능했고, 학위를 받으면 현지에서 취업할 수 있는 기회가 있었다. 법으로야 가능하지만 대학원 입학도, 현지 취업도 완전히 확실한 일은 아니라고, 처음 비자를 받아 아일랜드에 들어왔을 때는 사 개월의 구직 끝에야 야채가게 아르바이트 자리를 구할 수 있었다고 했다.

난 항상 열심히 살았어.

하민은 종종 그 말을 했다. 나는 '살다'라는 동사에 '열심히'라는 부사가 붙는 것이 이상하다고 생각했다. 'hard'는 보통 부정적인 느낌으로 쓰이는 말 아닌가. 'hardworking'이라는 말이 있긴 하지만 사는 게 일하는 건 아니니까. 나는 하민이 어떤 맥락에서 그 말을 하는지 궁금했다. 자기를 몰아붙이듯이 살았다는 것인지, 별다른 재미 없이 살았다는 것인지, 열심히 산다는 게 그녀에겐 올바르다는 가치의 문제라는 것인지, 삶의 조건이 그녀를 힘들게 했다는 것인지 말이다. 그녀가 그 말을 할 때, 그래서 나는 별다른 대답을 하지 못했다.

3

말하기 모임에 참여한 지 두 달 정도 지났을 무렵 우리는 여행을 갔다. 가까운 섬에 가보고 싶다는 이레네의 바람에 날을 잡았지만, 서로 바빠 계속 날짜를 미루다가 7월 중순이 되어서야 출발할 수 있었다.

버스를 타고 항구에 내려 작은 섬으로 가는 페리를 탔다. 섬에 도착해서는 지붕이 열리는 지프차를 한 대 빌려서 해안선을 끼고 돌았다. 니코가 지프차를 몰았고, 우리는 작은 것 하나에도 크게 웃고 떠들었다. 내리막길을 내려갈 때면 놀이기구라도 타는 것처럼 소리쳤고 바다의 빛깔이 얼마나 예쁜지, 지나가는 요트가 얼마나 크고 멋진지 쉬지 않고 떠들면서 바람에 헝클어진 서로의 머리를 보고 웃었다. 그때 하민은 예의 그 무표정한 얼굴로 창밖을 바라보고 있었다. 바람에 날리지 않게 머리를 하나로 묶고, 그러지 않으면 떨어질 거라는 듯이 손잡이를 꼭 붙잡았다.

해변 근처 식당의 야외 테이블에서 점심을 먹었다. 푸른색과 흰색의 체크무늬 비닐 식탁보가 바닷바람이 불 때마다 펄럭였다. 공기에 바다 냄새가 섞여 있었다. 기다란 테이블에 우리는 일렬로 앉아서 바다를 보며 점심을 먹었다. 오목하게 들어선 작은 백사장에 흰 파라솔이 드문드문 보였다. 파도가 거셌다.

어디 아파?

아냐가 하민에게 물었다.

아니, 안 아파.

하민, 넌 좀 쉴 필요가 있어.

그 말을 한 사람은 이레네였다. 나는 하민의 얼굴을 바라봤다. 선크림을 대충 발라서 군데군데 흰 얼룩이 진, 지쳐 보이는 얼굴.

그래. 좀 쉬어. 긴장한 것처럼 보여. 어깨 좀 펴고 숨을 쉬자.

조반니가 이레네의 말을 거들었다. 호의와 염려가 깃든 말이었다.

포크로 밥을 뒤적이던 하민이 입을 열었다.

나 긴장한 거 아니야. 신경쓸 것 없어.

그렇게 말하고 하민은 밥을 입에 넣었다. 말을 건넨 사람들이 머쓱해질 정도로 건조한 말투였다.

쟤가 밤마다 술을 마셔서 그래. 숙취 때문이지 뭐.

내가 말했다.

하민이 그래?

아냐가 하민을 보고 웃었다.

말도 마. 얼마나 술을 사랑하는지.

나는 손을 휘휘 저으면서 하민을 봤다. 하민은 표정을 풀고 나를 향해 웃었다.

사실이야.

하민이 말했다.

랄도랑 하민이 좀 친해졌구나.

이레네가 말했다.

전혀 아닌데.

하민은 그렇게 말하고 나를 봤다. 특유의 심술궂은 웃음을 지으면서.

전날 비가 와서 바람이 평소보다 시원했다. 우리는 해변에 비치 타월을 깔아놓고 햇볕을 받으며 파도 소리를 들었다. 검은 비키니를 입은 하민은 엎드려 잤다. 키에 비해 비치 타월이 짧아서 타월 밖으로 발이 삐죽 나와 있었다. 그녀는 자다가 가끔씩 잠꼬대를 했다. 누군가와 대화하듯이 말을 하면서 웃기도 하고 인상을 쓰기도 했다. 그럴 때 그녀는 예의 내가 알아들을 수 없는 언어로 말을 했다.

영어를 배울 때 교수는 우리에게 생각도 영어로 하라고 조언했다. 의식적으로 노력해도 결국 나는 포르투갈어로 생각했다. 영어로 말을 할 때도 머릿속에서 포르투갈어 문장이 먼저 구성됐다. 나는 내가 어디에 있든 살아 있는 한 영원히 포르투갈어를 벗어날 수 없으리라는 것을 알았다. 포르투갈어로 생각하고 포르투갈어로 꿈을 꾸고 포르투갈어 안에서 산다. 하민 또한 그렇겠지. 한국어로 생각하고 한국어로 꿈을 꾸고 한국어 안에서 살 것이다. 자신의 모국어를 조금도 이해하지 못하는 사람들에게 둘러싸여서 살아갈 삶을 선택했지만, 그 선택과 무관하게도 그녀는 언어의 국경을 마음대로 벗어날 수 없다. 응, 그건 확실히 제한된 조건일 거야. 언젠가 그녀는 그렇게 말했다.

자고 있는 하민을 두고 우리는 바다에 나가 놀았다. 여자아이들은 웅크리고 앉은 내 어깨를 밟고 일어서서 바다로 점프했다. 별것도 아닌 그 놀이에 우리는 배가 아프도록 웃었다.

어릴 때 어른의 어깨를 밟고 올라가서 이렇게 놀았던 일이 떠올랐다. 학교도 다니기 전 아주 어렸을 때, 그렇게 놀면서 잘 노는 모습을 가족들에게 보여줘야겠다고 생각했던 마음이 기억났다. 엉뚱하고 철딱서니 없는, 말도 안 되는 얘기로 모두를 웃게 하는 막

내 랄도. 그런 역을 맡으려고 노력했던 내 모습이. 나는 모두를 실망시켰지. 그런 생각을 할 때면 누군가가 내 배를 걷어찬 것처럼 아팠다.

백사장과 파도에 햇빛이 반사되어 눈에 보이는 모든 것이 눈부셨다. 멀리 잠에서 깨어 앉아 있는 하민의 모습이 보였다. 하민, 이리로 와. 하민은 우리를 보고 손을 흔들었다. 다리를 앞으로 펴고 편안한 자세로 앉아서 그녀는 우리를 구경했다. 멀리 있어서 얼굴이 제대로 보이지 않았는데도 웃고 있다는 것을 알 수 있었다. 그 모습을 보면서 그녀가 한없이 가깝게 느껴졌다. 이건 순간일 뿐이겠지. 결론적으로 그건 사실이었지만, 멀찍이 앉아 있는 그녀를 보던 순간, 파도에 몸을 맡기고 앞으로 떠밀려 갈 때, 해변에 앉아 우리들을 보며 경계심 없이 웃는 그녀의 얼굴을 보던 순간과 그때의 마음은 사라지지 않고 내 안에 남아 있다. 친족에 대한 애정 같은 것을, 그런 애정이 어쩔 수 없이 품고 있는, 따뜻한 온도에서 가슴이 무너지는 느낌을 나는 멀리서 웃고 있는 그녀를 보며 받아들였다.

그날 오후 해변을 떠날 무렵에는 모두의 볼과 어깨가 붉게 익어 있었다. 우리는 다시 지프차를 타고 섬을 돌았다. 유명한 절벽 앞에 내려서 한참 동안 절벽을 내려다보기도 했다. 깎아지른 듯한 절벽 아래는 그대로 바다였다. 그곳에 서서 우리들은 서로 겁을 주며 웃었다. 무서운 것들을 보면 웃음이 났으니까. 태양이 서서히 바다 쪽으로 내려오고 있었다.

배를 타고서는 다들 지쳐서 갑판에 나가지도 못하고 선실 의자에 앉아서 잠을 잤다. 나도 잠이 들었다가 목이 말라 깼는데, 해가 언제 졌는지 밖이 깜깜했다.

갑판으로 걸어나가자 난간 근처에 서 있는 하민의 모습이 보였다. 후드가 달린 흰 바람막이 옷을 입고서 하민은 배가 지나온 길을 바라보고 있었다. 혼자 있는 시간을 방해하기 싫어서 다른 쪽으로 가려는데 하민이 내 이름을 불렀다.

랄도.

피곤하지 않아?

나는 하민의 옆에 서서 물었다.

아니.

넌 항상 그러더라. 안 피곤하다, 안 아프다, 괜찮다, 괜찮다.

내가?

응.

넌 내가 솔직하지 못하다고 생각했겠네.

그 말을 하고 하민은 배가 그리는 물길을 바라봤다.

근데 나 사실 잘 몰라. 내 기분이 어떤지, 내가 어떤 느낌을 받는지 무감각하다고 해야 하나. 그래서 모른다는 말 대신에 그렇게 얘기했나봐.

피곤할 수밖에 없잖아. 일하고 공부하고 말도 계속 외국어로 해야 하니 피곤하지.

자리잡아야 하니까.

하민은 두 손으로 눈을 비볐다.

한국에서 직장도 좋았는데 왜 관뒀던 거야?

그간 한 번도 하지 않은 질문이었다. 하민은 잠시 생각하다가 입을 열었다.

어떤 간호사가 있었는데, 내가 많이 싫어했거든.

일을 관둘 정도로?

응.

뭐가 어땠는데?

그냥 모든 게 다. 인간 같지도 않았지.

얼마나.

그녀는 손으로 눈을 다시 비비다가 입을 열었다.

내가 일했던 병원은 다른 병원에서 보낸 호스피스 환자들이 많았어. 더는 희망이 없는 환자들. 공부할 때부터 나는 그런 환자들이 가장 존중받아야 한다고 생각했었어. 사실 살날이 별로 남지 않은 사람들이잖아. 얼마나 무섭고 얼마나 외로워.

그렇지.

근데 그 간호사는 그런 환자들에게 제대로 된 대우를 하지 않았어. 기계적으로 일은 했지. 손이 빠르고 실수도 거의 하지 않아서 업무 평가도 좋게 받았어. 그런데 그게 끝이었어. 환자들이 조금이라도 감정적인 요구를 하면 등을 돌려버렸으니까. 환자들 마음 같은 거, 그녀에겐 듣기 싫은 소음이었어.

그런데?

그 사람, 처음부터 그랬던 건 아니었어. 처음에는 환자들의 말도 잘 들어주고 좋은 표정도 지으려고 애를 썼지. 그런데 오랜 시간 삼교대로 일을 하고, 그것도 너무 많은 일을…… 어느 순간 마음속에서 작은 블록 하나가 빠진 거야. 아주 작은 블록이었는데 그게 빠져버리니까 중요한 부분이 무너진 거지. 근데 본인은 자기가 엉망이 된 것도 모르는 거야.

불쌍한 사람이네.

환자 하나가 쓰러져서 발작을 해. 밤근무중이었는데, 당직의가 전화를 안 받아. 그래서 다른 의사에게 전화를 한 거지. 의사가 말해. 당직 표 봤냐고. 그렇다고 하니 당직 표를 봤는데도 왜 자기한테 전화하느냐는 거지. 그녀가 말해. 환자 하나가 쓰러져서 발작을 하는데 당직의는 전화를 안 받는다고. 의사가 말해. 당직 표를 보라고. 자기 책임이냐고. 당신 이름이 뭐냐고.

그녀는 그 말을 하고 자기 어깨를 주물렀다.

내가 하고 싶은 말은 그냥, 그런 일들이 끊이지 않았다는 거야. 그런데 그건 변명이 안 되지. 그런 상황에서도 환자의 존엄을 지키는 간호사들이 대부분이니까.

일이 몰릴 때가 있어. 한시도 앉지 못하고 거의 뛰어다니다시피

304

해야 하는 때가. 시간이 어떻게 가는지도 모르고 그렇게 계속 일을 해. 그런 날 중 하루였어. 거의 백 살이 다 된 할머니가 환자로 들어온 거야. 딸은 팔십 먹은 노인이고. 그 노인이 그녀에게 부탁하는 거지. 자기 엄마 욕창에 드레싱 좀 해달라고. 그녀는 짜증이 나. 그리고 생각하지. 왜 노인들은 이렇게 짜증나는 존재들일까. 다른 일들도 많으니까 조금만 기다리라고 해. 정신없이 일해. 할 일이 너무 많아. 노인이 다시 찾아오지. 할머니, 기다리시라고 했잖아요. 네 시간 기다렸어. 노인이 대답해. 조금만 더 기다리세요. 우리 엄마가 아파서 울잖아. 기다리세요. 그녀는 차갑게 말해. 급한 일들을 다 끝내고 가서 드레싱을 하지. 손길은 빠르지만 거칠어. 그리고 생각하는 거야. 왜 백 살까지 살아서 모두를 귀찮게 하느냐고. 왜 이렇게까지 살고 싶어하느냐고.

그녀는 건조하게 말하고 있었다.

상상이 안 되네.

가장 고통스러워하는 환자들, 호흡기를 차고 많이 자야 두 시간밖에 못 자는 환자가 그녀에게 빨리 죽고 싶다고 이야기할 때도 그녀는 그 환자와 감정을 섞지 않아. 환자들 앞에서 그녀는 벽이 돼. 눈도 귀도 입도 없는 벽. 환자가 죽어도, 배변 주머니와 오줌줄, 주삿바늘을 환자의 몸에서 빼내면서도 환자의 얼굴을 보지 않으려 해.

그녀는 거기까지 말하고 팔짱을 꼈다. 나를 바라보지 않은 채였다.

그런데 그 여자 생각까지 네가 어떻게 알아? 그래 보여서 추측하는 거야?

알지.

그녀는 바람에 날리는 머리카락을 하나로 묶고서 나를 봤다. 무슨 말을 하려다가 머뭇거리고는 잠시 뒤 입을 열었다.

내가 그 사람이니까.

나를 바라보는 그녀의 눈이 붉어졌다.

네가 나를 싫어하게 되더라도 나는 이해해.

하민.

나는 어정쩡한 자세로 서서 한 손으로 그녀의 등을 두드렸다. 그렇게 가까이 서서 한동안 우리는 아무 말도 하지 않았다.

사람은 누구나 실수를 해.

나는 망설이다 그 말을 했다.

아니, 모두가 그런 건 아니야.

그녀는 난간에 기대어 눈을 감고 머리를 숙였다. 항구에 가까워져서 배는 서서히 속도를 줄이며 금속성의 소리를 냈다. 밤이었고, 대낮에 무리 지어 날아다니던 흰 새들은 사라졌다. 한 사람의 인간으로서 투명하게 알아낼 수 있는 세상의 일이 얼마나 될까. 나는 눈을 감은 그녀의 모습을 보면서 아무 말도 하지 못했다. 내가 알 수 있는 게 아무것도 없어서. 그저 그녀의 곁에 같이 서 있는 것 말고는 할 수 있는 일이 없어서. 하민, 하민, 하고 그녀의 이름을 몇 번 부르다 침묵이 내게는, 그녀의 고통과 무관한 내게는 더 합당하다는 것을 알아차릴 수밖에 없어서.

그렇지만 마음이 아팠다. 삶이 자기가 원치 않았던 방향으로 흘러가버리고 말았을 때, 남은 것이라고는 자신에 대한 미움뿐일 때, 자기 마음을 위로조차 하지 못할 때의 속수무책을 나도 알고 있어서.

4

하민은 아주 작은 것이라도 다른 사람에게 도움을 구하지 않았다. 내게도 마찬가지여서, 내가 조금이라도 그녀를 도우려 하면 불쾌해했다. 왜 모든 일을 다 자기 힘으로 하려는 것이냐고 묻는 내게 그녀는 아주 어린 시절부터 그렇게 살아와서 그렇다고 말했다.

넌 혼자서도 잘하는 아이야. 어른들은 아이였던 그녀를 그런 식으로 칭찬했다고 했다. 부지런한 아이, 오빠 동생에게 잘 양보하는 아이, 아무에게도 의지하지 않는 아이라는 칭찬을 받으며 그녀는 자라왔다. 그리고 그녀는 어른들의 그런 말들을 증명이라도 하듯 살아왔다고 했다. 그런 칭찬이 기뻤고, 그래서 그 칭찬에 부합하는 아이가 되고 싶었던 것뿐이라고.

그녀는 말했다. 무거운 짐을 짊어질수록 박수 소리가 커진다는 것을 알아서, 무리를 해서, 열심히 해서, 착하게 굴어서, 그렇게 조그마한 칭찬이라도 받아서 사랑받는다는 느낌을 경험하고 싶었다고. 타인이 자신에게 무언가를 해줄 거라는 기대는 하나씩 버렸다고. 다른 사람에게 기대지 말자. 어린 시절부터 그렇게 다짐하며 살아왔다고. 그녀에게 삶이란 오로지 자기 스스로 감당해야 하는 것이었다.

그녀의 그런 말들을 제대로 이해하기는 어려운 일이었다. 그런 인정 욕구가 자신을 몰아붙이는 것에 대한 이유가 될 수는 없었다. 도움이 필요하면 도움을 구하면 되고, 혼자서 감당하기 어려운 일을 자신을 해치면서까지 해나갈 이유는 없는 것이니까. 그러나 나는 입을 열어 나의 생각을 그녀에게 전하지는 않았다. 마음이 아파서였다.

일 년 일찍 초등학교에 들어간 하민은 스물둘에 간호사로 일을 시작했다. 학자금 대출을 갚으면서도 악착같이 돈을 모았다. 번 돈의 일부를 부모에게 보냈다. 자신을 위해 돈을 쓰는 일에는 언제나 죄책감이 따랐다.

스물다섯이 되던 해에 오빠가 결혼 소식을 알렸다. 여자친구가 임신을 했는데 자기 수중에 모은 돈이 없어서 당장 큰돈이 필요하다는 말이었다. 부모는 입을 모아서 가족 일을 도와야 한다고 말했다. 가족이 돈을 떼먹는 것도 아니고 차차 갚아나갈 일 아니겠냐면서.

네가 착하잖아. 엄마는 그녀의 손을 잡고 말했다. 겨우 스물을 넘긴 오빠의 여자친구를 보자니 마음이 약해졌다. 그녀는 모아둔 돈의 대부분을 오빠에게 보냈다. 오빠는 대수롭지 않은 일이라는 듯이 그녀의 돈을 받았다. 오빠 자존심도 네가 좀 생각해줘. 엄마는 그렇게 말했다. 마음속에서 무언가 삐걱대는 소리가 들렸지만 무시했다. 남자는 아이를 낳으면 마음을 잡아. 엄마의 말과 다르게 그녀의 오빠는 아내가 아이를 낳자 더 밖으로 돌았다. 다니던 회사를 관두고 일자리를 알아본다면서 피시방에서 살았다. 술집에서 싸움이 붙어 사람을 구타한 오빠가 구치소에 들어갔을 때 그녀는 빌려준 돈에 대해서 완전히 체념했다. 잃어버린 거야. 그녀는 속으로 중얼거렸다. 액땜했어. 그 생각을 할 때면 이상하게 웃음이 나왔다. 술을 마시지도 않았는데 어쩐지 계속 웃게 됐다.

그녀의 이야기 속 등장인물들은 누가 제일 피곤하게 사는지 경쟁하는 사람들 같았다. 일은 믿을 수 없이 고되고, 변변한 휴가도 없고, 엄마라는 사람은 아들을 위한답시고 딸의 희생을 요구한다. 가장 이해하기 어려운 건 그 모든 상황을 다 받아들인 하민이었다. 하지만 나는 차마 그녀에게 왜 그렇게 살았는지 따져 물을 수도 없었다. 왜 한국을 떠나왔는지도.

그녀의 이야기를 들을 때면 브라질에서의 내 모습이, 그리고 나를 바라보던 엄마의 얼굴이 떠올랐다. 하민에게 아무렇지 않게 돈을 받아간 그녀의 오빠 모습이 브라질에서의 내 모습 위로 겹쳐 보였다. 나의 누나 마리솔도 떠올랐다. 언제나 알아서 잘하고 동생 잘 챙긴다고 칭찬을 받았던 누나도 하민처럼 외로웠을까. 누구에게도 걱정을 끼치지 않는 사람이 되려고 그녀도 애를 썼을까. 그렇게 태어난 사람은 없는 거잖아. 깊게 후회한 건 아니었다. 그러나 마음이 아픈 건 부정할 수 없었다.

엄마와 이메일을 주고받기 시작한 것도 그즈음이었다. 비행기로 열한 시간 거리의 대서양은 우리에게 숨을 쉴 수 있는 공간을 줬다. 처음에는 형식적인 말을 주고받았지만 시간이 지나면서 조금 더 솔직한 이야기도 할 수 있게 됐다.

글로 이야기하는 엄마는 말을 하는 엄마와는 또다른 사람 같았다. 일상의 작은 순간들에서 너무 많은 것을 보고 많은 것을 느끼는 사람. 나는 내가 엄마와 비슷한 사람이라는 말 대신, 이곳에서 만난 아름다운 것들과 내게 아픔을 주는 것들에 대해 썼다. 대마초가 내 방 매트리스 아래에 있으니 기분 전환하고 싶으면 꺼내서 피우라고도 했다.

덕분에 오랜만에 즐거웠다고 엄마는 답했다.

내가 그 이야기를 전하자 하민은 조금 웃다가 입을 열었다.

많이 의존했어?

아니, 어쩌다가 한 번씩 재미로 했지.

나는 거짓말을 했다.

그게 그렇게 좋아? 지금은 안 하고 싶니?

이젠 별로네.

그렇게 말하면서 나는 내가 다시는 예전으로 돌아갈 수 없다는 것을 깨달았다. 그때의 일을 떠올리니 이상한 피로감이 느껴졌다.

처음엔 친구들과 나눠 피우던 것을, 어느 순간부터는 방에서 혼자 피웠다. 텔레비전을 보면서, 먹을 것들을 잔뜩 쌓아놓고 먹으면서 나는 웃고 또 웃었다. 비루한 현실은 그 나른한 피로 속에서 엷게 빛났고 폭발하는 웃음은 내게 위안을 줬다. 그러나 공허했다. 잠에서 깨어나 먹다 남은 음식들과 함께 침대 위에서 뒹굴고 있는 내 모습을 볼 때면. 취한 눈에 빛나 보이던 것들은 예전과 같은 모습이었지만 어쩐지 색이 바랜 것처럼 느껴졌다.

너 같은 애 예전에 만났으면 말도 안 섞었을걸.

하민이 말했다.

나도 마찬가지야.

나약한 사람들이 싫었거든. 견디는 걸 잘 못하는 사람들.

그게 왜?

몰라.

하민은 그렇게 말하고 싱겁게 웃었다.

만날 일도 없었겠지만. 화산이 아니었다면.

하민은 손으로 눈을 비볐다. 그 무미건조한 대화 속에서 나는 나를 향한 하민의 애정을 느꼈다. 마음에 없는 말을 예쁘게 포장해서 보여주는 식이 아니라 해가 빛나듯, 비가 내리듯 그저 그렇게 마음으로 내려오는 말이 있다는 사실이 신기하기도 했다.

하민은 말했다. 강한 사람이 되고 싶었다고. 징징거리지 않고 울지 않고 불평하지 않는 강인한 사람. 감정이라는 것은 내리누르면 누를수록 그녀에게 복종하며 흐려졌다. 업무 스트레스 때문에, 환자에 대한 감정이입 때문에 눈물을 흘리고 동요하는 간호사들을 그녀는 냉정하게 바라봤다. 엄살떨지 마. 이게 그럴 일이야? 너만 힘들어? 왜 이렇게 예민해? 이것도 못 견디면 어디서도 못 살아남아. 때로는 속으로, 때로는 입 밖으로 그런 말들을 하면서.

병원에서 일할 때 좋아하던 선배가 있었어.

하민이 말했다. 하민의 일 년 선배인 그녀는 매사에 동료들을 존중하고 일도 잘하는 사람이었다. 하민은 그녀에게 잘 보이고 싶었고 그녀와 가까워지고 싶었다. 같은 시간에 일을 배정받으면 기뻤고, 따로 많은 말을 나눴던 건 아니었지만 함께 있으면 마음이 놓이고 편안했다. 그녀가 퇴직한다는 소식을 듣고 하민은 당황했다. 누구보다도 병원 생활에 잘 적응한 것처럼 보인 사람이었기에 더 그랬다.

하민은 내내 망설이다가 그녀에게 물었다. 왜 퇴직하게 되었느냐고. 탕비실 정수기 앞에 나란히 서 있을 때였다. 그녀는 텀블러에 물을 따르고 하민을 보더니 별말 없이 웃었다. 하민이 다시 물었다. 왜 관두느냐고.

그녀는 텀블러에 시선을 뒀다가 다시 하민을 보고 잠시 뜸을 들인 뒤 뜻밖의 말을 했다.

하민씨 눈엔 자기가 어떻게 보여요?

그녀는 상냥한 말씨로 그 말을 하고 밖으로 나갔다.

그게 무슨 말씀이에요?

탕비실을 나가는 그녀를 복도까지 따라가서 하민은 물었다. 조급해져서 절박한 마음으로 물었다.

무슨 말씀인지 얘기해주세요.

그녀는 특유의 사람 좋아 보이는 웃음을 지으며 하민의 어깨를 툭툭 쳤다.

별말 아니에요.

그렇게 대답하고 그녀는 복도를 걸어갔다. 어쩐지 더이상 그녀를 따라갈 수 없어서 하민은 그 자리에 가만히 서 있었다. 그 일이 있은 후에도 그녀는 예전과 다르지 않은 모습으로 하민을 대했다. 예의바르고 부드러운 모습 그대로. 그런 태도가 자신을 향해 세운 벽이었다는 것을 하민은 그제야 이해했다. 하민씨 눈엔 자기가 어떻게 보여요? 그 말이 하민에게는 당신, 상대할 가치도 없는 사람이야, 라는 뜻으로 다가왔다. 당신 같은 사람이 왜 사는지 모르겠어, 라는 말로도 느껴졌다. 대놓고 하민을 모욕하고 비난했던 동료들도 있었지만 그들을 경멸했으므로 견딜 수 있었다. 그러나 좋아하던 선배의 그 말은 하민을 얼어붙게 했다.

그날 이후로 때때로 떠올랐다. 하민씨 눈엔 자기가 어떻게 보이냐는 말이, 그 말을 하던 그녀의 표정과 그 공간에 고여 있던 공기가.

그 말이 기억날 때면 엉망이 된 사람 하나가 보였다. 이 사람한테는 이런 말투로 말하고, 저 사람한테는 저런 표정으로 말하는 사람 하나가. 한없이 상냥하다가 누군가에게는 비정할 정도로 무심하고, 진심도 아닌데 그런 것처럼 말하고 웃다가도 돌아서면 웃는 법을 모르는 사람이 되는. 그렇게 하루를 살고 보면 자신의 진짜 말투가 무엇이었는지, 어떻게 표정을 지어야 하는지도 잘 모르게 된 사람이. 길거리에서 웃음을 터뜨리는 사람들을 보면 그들이 그 이상한 사람을 보고 웃는 것만 같았다. 자주 추웠다.

그 일이 있고 얼마 지나지 않아 동생 하은이 병원 앞으로 찾아왔다.

언니 얼굴이 왜 그래? 그녀는 그렇게 물었다. 어디 아픈 거 아니냐고 몇 번이나 물으면서 그녀는 하민의 안색을 살폈다. 밥을 먹고, 카페에 가서 이야기를 나누다가 하은이 입을 열었다. 오빠 결혼할 때 언니가 목돈을 대췄다는 얘기를 들었다고. 하민은 상관하지 말라고 했지만 하은은 화가 난다고 말했다. 얼마나 고생해서 번 돈인지 아는데 그렇게 주면 어쩌자는 거냐고. 언니는 왜 자기 소중한 걸 모르냐고. 그곳에 앉아서 하민은 동생이 하는 말들을 애써 막고 있었다. 듣고 싶지가 않았다.

엄마가 그러더라. 언니는 가족을 위해서 희생한 거라고. 희생?

그냥 착취라고 말하라고 얘기했어. 남 착취하면서 그럴싸한 말로 왕관 씌워주면 다야? 뭐 언제 언니한테 고생했다는 말 한마디 한 적 있어? 혼자 타지 나가서 그 고생을 하고 있는데 걱정 한 번을 했냐고. 언니, 언니 나는……

나더러 뭘 어쩌라고.

위협적이고 무서운 목소리. 내 몸에서 어떻게 이런 소리가 나오지. 하민은 남의 목소리를 듣듯이 자기 목소리를 들었다. 하은이 놀란 얼굴로 하민을 바라봤다.

다들 나한테 말만 많지. 내가 이런저런 사람이라고. 내가 내 인생 망치고 있다고. 그래서, 그래서 뭐 어쩌라는 건데. 나더러 뭘 어쩌라는 건데.

하민은 테이블에 얼굴을 묻고 몸을 떨며 아이처럼 울었다. 그쳐야지, 조절해야지 생각했지만 멈출 수가 없었다.

언니…… 하은이 자리를 옮겨와 하민 옆에 앉았다. 세상에, 언니…… 하은의 심장이 빠르게 뛰는 소리가 들렸다. 한 번도 이런 적은 없었다. 다른 사람 앞에서 이런 모습을 보였던 적은. 나도 숨을 쉬고 싶어, 하은아. 그녀의 말에 하은은 그래, 그래, 언니, 라고 답했다. 그래, 그래, 우리 언니.

처음에는 수치스러웠지만 울음이 잦아들 무렵에는 후련했고, 온몸을 채우던 열기가 빠져나가자 조금 추워졌다. 코로 숨이 잘 쉬어지지 않아서 입으로 숨을 내쉬었다. 무슨 힘이 그때 나를 무너뜨렸을까. 하민은 내게 말했다.

그날, 다섯 살 어린 동생 하은은 하민에게 많은 질문을 했다.

언니는 뭐가 좋아? 뭘 할 때 즐거워? 야간 근무할 때 기분이 어때? 언니가 제일 좋아하는 노래가 뭐야? 다시 태어나면 어떻게 살고 싶어?

간단한 질문에도 제대로 답하지 못하는 자신의 모습을 하민은 물끄러미 바라봤다. 잘 모르겠어. 모르겠는데. 이런 말만 반복하는 자신을. 무슨 기분이냐고? 그게 뭐가 중요하지. 그렇게 대답하고는 사실 자신이 자기 감정에 대해 아는 바가 별로 없다는 것을 깨달았다.

집으로 돌아가는 길에 하은에게서 문자가 왔다.

—착하게 말고 자유롭게 살아, 언니. 울어서 미안하다고 말하는 사람은 싫어.

답신 버튼을 누르고 한참을 생각해도 무슨 말을 써야 할지 알 수 없었다.

—조심히 들어가.

그렇게 보내려다 하민은 이어서 썼다.

—내가 나아질게. 나아져서 만나.

그 상태로 일을 해나간다면 몇십 년 뒤에는 수간호사가 될 수 있을지도 몰랐다. 비록 망가지더라도 그곳까지 올라갈 수 있다면 망가진 것에 대한 값은 되돌려받을 수 있으리라고 하민은 생각했

316

다. 그러나 한편으로는 알고 있었다. 누구보다도 더 확실하게 알고 있었다. 삶의 희미함과 대조되는 죽음의 분명함을. 삶은 단 한순간의 미래도 보장하지 않는다는 사실도.

그녀의 말을 듣고 집으로 돌아가는 길이면 이상하게도 예전 내모습이 불쑥불쑥 머릿속에 떠올랐다. 우리가 그토록 다른 삶을 살았음에도 불구하고.

그래서 나도 그녀에게 내 이야기를 하게 되었는지 모른다. 나도 처음부터 이랬던 건 아니었다고. 언덕 위에 올라갔던 어느 늦은 여름 저녁이었다.

내 이야기를 하려니 속이 울렁거리고 얼굴에 피가 쏠렸다.

정말 아무것도 아닌 이야긴데……

나는 망설이다가 다시 말을 이었다.

어쩌면 너무 배부른 소리인지도 모르겠어.

하민은 재촉하지 않고 그런 나를 가만히 바라봤다.

아버지가 쉰 살이 됐을 때 내가 태어났어. 그분, 결혼을 세 번 했는데 내가 여섯번째 아들이었어. 딸은 우리 누나 하나. 내가 태어났을 때 첫째 형이 서른이었지. 다들 아버지를 닮아서 키도 크고 골격도 컸어. 학생 때 운동선수를 했던 형들도 있었고. 그런데 나는 영 딴판이었던 거야. 작고, 마르고, 거리에 나가 뛰어놀기보다는 집에서 책 보고 그림 그리는 걸 더 좋아했으니까. 동네 누나들

노는 데에 가서 놀고. 그런 내가 아버지는 탐탁지 않았겠지.

아버지를 기쁘게 하고 싶어서 예쁜 말을 하고 꽃을 선물해도 계집애 같은 짓 하지 말라는 대답이 돌아왔어. 네가 짐승이었으면 이미 도태되어서 없어졌을 거라는 말도 들었지. 아버지는 남자가 우는 걸 거의 죄라고 생각했던 것 같아. 그래서 슬픈 감정이 들면 늘 무서웠어. 눈물을 흘리면 벌을 받을 거라는 생각이 들어서. 목이 메고 혀뿌리가 아파도 울지 않으려고 노력했어. 그렇게 살다보니 슬플 때면 오히려 웃게 되더라.

아버지는 늘 걱정했던 것 같아. 내가 남자답지 못해서 남자들 사이에서 따돌림당할 거라고. 그건 뭐 사실이었지. 야생이었으면 이미 도태되었을 거라는 아버지의 말이 무슨 뜻인지 학교를 다니기 시작하면서 알게 됐으니까. 내게서 어떤 냄새가 나는 건지, 여길 맞히면 된다고 누가 내 얼굴에 과녁이라도 그려놓은 건지 괴롭힘을 피할 길이 없었어. 새 학년으로 올라가도 별로 달라지는 게 없었고. 중학교 때가 가장 힘들었어.

나는 거기까지 말하고 조금 놀랐다. 짧은 순간이었지만 그런 말을 하는 내가 부끄럽지 않았고, 그때의 내가 부끄럽지 않았기 때문이다. 그러다 곧 괜한 소리를 한 것 같아서 무안해지고 자꾸 웃음이 났지만, 나는 이야기를 멈추지 않았다.

어느 날 학교에서 집에 돌아가는 길에 많이 맞았어. 그렇게까지 맞은 적은 없었는데. 한 명이 바로 경찰에게 잡혀갈 정도였지. 그래서 아버지도 알 수밖에 없었던 거야. 아버지가 그러더라. 네가 약해 보이니까, 만만해 보이니까 그런 거라고. 죽일 기세로 한 번이라도 덤벼봤냐고, 미친놈처럼 맞서봤냐고, 당하고만 있으니까 널 얼마나 쉽게 봤겠냐고, 다 네 탓이라고, 네가 여지를 줬다고, 어떻게 네가 내 아들일 수 있냐고. 네 형들은 한 번도 이런 적 없었다. 치욕스럽다.

그런 아버지에게 화가 나지는 않았어. 그즈음에는 그가 두렵지도 않았지. 하지만 상처받지 않았던 건 아니야. 그저 슬펐어. 아버지는 그때 육십대 중반에, 류머티즘이 심해져서 늘 통증을 호소했고 일도 계속할 수 없게 된 상황이었어. 평생 약함을 혐오하며 살아온 사람이 처음으로 그렇게 약해졌을 때, 자신을 받아들이지 못하는 모습을 지켜보는 거…… 어려운 일이더라. 내가 조금이라도 힘든 내색을 하면 말하는 거지. 넌 내가 어떻게 살았는지 알아? 그렇게 모든 걸 다 갖고서 어디서 앓는 소리야? 돌아가실 때까지 한번을 꺾이지 않고 그랬어. 넌 그래선 못 살아남아. 존경받는 남자가 되지 못해. 그런 말들을 하면서.

언제 돌아가셨어?

나 스물한 살 때. 폐렴으로.

나는 그렇게 말하고 하민을 향해 웃었다. 하민은 미간을 찌푸린 채로 그런 나를 바라봤다. 듣는 것에 집중할 때, 혼자 골똘히 생각할 때 짓는 표정. 처음에는 화났다고 오해했던 얼굴. 묶은 머리에서 빠져나온 가느다란 머리카락들이 바람결에 날려 그녀의 얼굴을 스쳤다.

이게 어떻게 아무것도 아닌 이야기야?

나는 할말이 없어 어깨를 으쓱했다.

언덕을 내려가는 길에 하민은 나보다 앞서 걸었다. 뒤에서 보니 하민이 자꾸 자기 얼굴에 손을 가져다 대고 있었다. 조금 가까이 다가가 소리를 듣고서야 나는 그녀가 울고 있다는 걸 알았다. 내 이야기 때문이었을까. 나는 왜 우느냐고 묻지도 못하고 다만 조금씩 속도를 늦춰서 걸었다. 그녀가 울었다는 사실을 숨길 수 있는 시간을 주고 싶어서. 그것이 그녀에 대한 배려라고 그때의 나는 믿었다.

5

하민의 숙소는 승마장 뒷마당에 별채로 지어진 콘크리트 건물이었다. 작은 건물 안에 방 하나와 작은 싱크대, 화장실이 있었고, 문을 열고 밖으로 나가면 넓은 뒷마당에 테이블과 의자, 선베드가 있었다. 뒷마당 그늘에 앉아 있으면 시원했다. 하민의 숙소에 와이파이가 설치돼 있어 영상통화를 하거나 이메일을 보낼 때 나는 하민의 노트북을 빌려 썼다. 그럴 때 그녀는 책을 보거나 일기를 쓰거나 선베드에 누워 잤다.

그녀는 보통 옆으로 누워서 잤다. 빨강과 검정이 섞인 체크무늬 담요를 덮고 자면서 중얼거렸다. 나는 그녀 옆에 앉아서 연필로 메모장에 그녀의 잠꼬대를 받아 적었다. 문장으로 말해서 다 적지는 못했지만 할 수 있는 한 받아 적으려 했다. 하민이 일어나면 메모를 보여줬다. 그녀는 나 또 잠꼬대했어? 물으며 메모를 유심히 읽었다.

하민의 숙소에 놀러갈 때면 마구간에 들러 말 한 마리 한 마리에게 인사를 했다. 생김새도, 성격도 다 제각각인 여덟 마리 말들이 우리가 들어가면 한 발자국씩 앞으로 나와 알은체를 했다. 말의 눈을 가만히 들여다보고 있으면 아주 오래, 이백 년은 살아온 사람의 눈을 보는 것 같았다. 사람이 아는 것을 말은 모르지만, 말이 아는 것을 사람은 모른다. 그리고 나는 말이 알고 우리는 모르는 그 무언가가 우리가 알고 말은 모르는 것보다 더 크고 깊을지도 모른다는 생각을 하곤 했다.

하민도 비슷한 말을 했다.

불교에선 그러더라. 윤회를 거듭해서 동물이 인간이 된다고. 그리고 인간이 되어서야 깨달음을 구할 수 있다고. 그런데 난 모르겠어. 반대로 인간이 맨 밑바닥에 있는 거 아닌가 싶어.

하민이 병원을 관두고 여행을 떠났을 때는 한겨울이었다. 아주 추운 날이었고 비가 내렸다. 길을 가고 있는데 관광지 입구에 서 있는 말 한 마리가 보였다. 그녀는 발걸음을 멈추고 길 건너편에 서서 그 말을 봤다. 마차를 끄는 말들이 다 그렇듯이 눈 양옆엔 가리개가 씌워져 있었고 고개는 아래로 숙인 채였다. 그렇게 추운 날 내리는 비를 온몸으로 다 맞으며 한 발자국도 움직일 수 없는 말. 하민은 말이 아니라 인간이었고, 그렇게 추운 날 움직이지 못하고 떨며 비를 맞지 않아도 됐다. 건너편의 말은 인간이 아니라 말이었고, 그렇게 추운 날 움직이지 못하고 떨며 비를 맞아도 됐다. 그 사실이 오래도록 하민의 마음에 남았다.

하민은 그 이야기를 승마 체험장 폐쇄가 결정되던 날 내게 했다. 갑작스러운 뉴스는 아니었다. 레베카는 아치디에서의 생활을 정리하고 싶다는 말을 종종 했으니까. 환갑이 넘어 승마장 일을 하기에도 벅찼던 그녀는 몇 년의 고민 끝에 땅과 집을 팔아 더블린으로 이주하기로 결정했다.

얘들, 다른 곳으로 팔려갈 거래.

하민은 무표정한 얼굴로 그렇게 말했다.

이게 다 뭐야.

그러고는 자기가 테이블에 벌여놓은 책과 과자 봉지, 피스타치오 껍데기, 티슈, 노트 등을 신경질적으로 치우기 시작했다.

왜 이렇게 다 엉망인데.

나는 한쪽에 서서 그런 그녀를 바라보기만 했다. 대학원에 합격하더라도 종종 말들을 보러 오고 싶다고 말하던 그녀의 얼굴이 기억났다. 그날, 뒷마당을 치우던 하민은 내가 본 그 어떤 모습보다도 피로해 보였다.

넌 좀 쉬어야 해.

나는 용기를 내어 그렇게 말했고 하민은 내 말을 못 들은 척했다. 말은 그렇게 했지만 그녀가 쉴 수 없는 상황이라는 것은 나도 잘 알고 있었다. 계약은 크리스마스 연휴 전에 끝날 것이었고, 대학원에 합격하지 못하면 그녀는 아일랜드를 떠나야 했으니까.

그다음 주 금요일 저녁, 하민은 라페스트로 떠났다. 시험은 토요일 오전에 있었지만 아치디에서 라페스트까지는 버스로 네 시간이 걸려 전날 미리 출발했다. 나는 비닐 가방에 라즈베리 크루아상과 우유, 사과, 초콜릿, 오백 밀리리터 생수 하나를 넣어 하민에게 건넸다. 하민은 초록색의 네모난 백팩을 메고 버스에 올라서 나를 보며 장난스러운 표정을 지었다.

버스가 떠나고 숙소로 돌아가는 길에 나는 언덕 아래에서 줄을 맞춰 사람을 태우고 천천히 걸어오는 여섯 마리의 말을 봤다. 하민이 가장 아끼는 게으른 녀석과 나이 많은 녀석은 그 그룹에 속하지 못한 듯 보였다.

시험 잘 보라는 문자에 하민은 답을 하지 않았다. 시험이 끝날 무렵 전화를 했지만 핸드폰은 꺼져 있었다. 돌아오기로 한 토요일 저녁에 그녀는 돌아오지 않았다. 레베카에게 전화했지만 레베카도 아무런 연락을 받지 못했다는 말만 반복했다. 일요일 아침, 아직도 하민이 돌아오지 않았다는 레베카의 말을 듣고 나는 서둘러 차를 타고 라페스트로 갔다.

라페스트에 도착한 건 정오가 다 되었을 무렵이었다. 터미널 안내 데스크에서 지도를 받고 나서야 나는 라페스트가 얼마나 큰 도시인지 체감했다. 대성당과 광장이 있는 구시가지와 강 건너 시청이 있는 신시가지가 있었고, 한곳에서 하루를 꼬박 앉아 있더라도 하민과 마주칠 가능성은 낮았다. 내가 도시를 헤집고 다닌다면 그 확률은 더 낮아질 것이었다. 하민의 핸드폰은 여전히 꺼져 있었다.

햄버거로 점심을 때우고 광장 귀퉁이에 서 있을 때 누군가 기타를 치며 노래하는 소리가 들렸다. 그쪽으로 걸어가 멍하니 노랫소리를 듣다가 나는 내가 그곳에서 하민을 찾을 수 없다는 사실을 깨달았다. 노래를 듣고, 대성당을 보고, 강가를 걷고, 그러고서도 발길 닿는 대로 골목길을 헤매고 다니다가 저녁이 되어서야 나는 다시 터미널로 향했다. 가장 많이 물어뜯은 오른손 엄지에 피가 맺혀 티슈로 손가락을 싸맸다. 버스 창가 자리에 앉아서 등받이를 뒤로 조금 젖히고 눈을 감았다.

너 왜 여기 있어?

목소리에 눈을 뜨자 버스 통로에 서 있는 하민이 보였다. 우리 둘은 잠시 멀뚱히 서로를 봤다.

집에 가려고.

내 대답에 그녀는 얼굴에서 웃음을 거뒀다.

진지하게 묻는 거야. 너 왜 여기 있어?

하민은 백팩을 위쪽 선반에 올려놓고 내 옆에 앉았다.

랄도. 왜 여기 있어?

나는 어깨를 으쓱하고 그녀를 봤다.

설마 나 때문에 온 거야? 연락 안 돼서?

나는 고개를 끄덕였다.

핸드폰을 어디 흘렸나봐. 근데 내가 일요일에 간다고 했잖아.

네가 금요일에 떠나면서 내일 보자고 했어. 레베카에게도 그랬대.

내가?

응.

시험 때문에 정신이 없었나봐. 그래놓고 하필이면 핸드폰도 잃어버리고.

그녀는 옆으로 멘 작은 가방을 열어서 안을 뒤졌다.

시험은 어땠어?

그냥 봤지 뭐.

그렇게 말하는 그녀의 얼굴이 어느 때보다도 편안해 보였다. 승객을 반쯤 태운 버스가 출발하자 그녀는 가방에서 캐러멜을 꺼내 입에 넣고 나에게도 하나 줬다. 약간 탄 맛이 나는 쌉쌀한 캐러멜이었다. 그녀는 시험을 어떻게 치렀는지, 시험을 끝내고 라페스트의 어느 곳을 둘러보았는지 이야기했다. 내부 조명이 꺼져서 어두웠다.

춤은 안 췄고?

내 물음에 그녀는 심술궂게 웃더니 고개를 저었다.

너처럼 춤 못 추는 사람 처음 봤어.

나는 춤추는 시늉을 했고 우리는 소리 죽여 웃었다. 웃음을 그쳤을 때 그녀가 입을 열었다.

내가 춤을 추면 사람들이 웃어. 그러면 마음이 아프거든.

어둠 속에서, 하민의 얼굴 위로 고속도로 가로등 빛이 스쳐지나갔다.

그렇게 마음이 아프면 편해지는 게 있었어. 그래서 그랬어.

지금도 하민을 떠올릴 때면 그때의 그 얼굴이 생각난다. 그래서 그랬어, 속삭이듯이 말하던 그 얼굴이.

랄도.

하민이 내 이름을 부르고 잠시 머뭇거렸다.

응?

네 시간이야.

뭐가?

아치디에서 라페스트까지.

하민은 그 말을 하고 나를 빤히 쳐다봤다.

왜 나를 찾아왔니.

나는 뭐라고 대답해야 하는지 알지 못했다. 나조차도 그 이유를 알 수 없었으니까.

연락이 안 되니까 걱정되잖아.

그렇게 말하고 나는 그녀의 시선을 피해 창밖을 바라봤다.

대화가 끊기자 운전사가 액셀을 밟아 엔진을 가속하는 소리만 들렸다. 이어지다가 끊어지고, 이어지다가 끊어지는 기계의 소리가.

얼마 지나지 않아 우리는 둘 다 잠이 들었다. 내가 하민의 어깨에, 하민이 내 머리에 기댄 채로 잤다. 하민을 향한 나의 마음은 담백한 종류의 것이었다. 하민의 얼굴에서도 나를 향한 여분의 감정은 발견할 수 없었다. 나는 하민에게 그 이상을 기대하지 않았고 하민도 그랬다. 우리 둘 중 누구라도 상대를 사랑했다면 그 사실을 눈치챌 수밖에 없었을 것이라고 그때의 나는 생각했다. 우리 사이에는 그 어떤 긴장도, 설렘도, 실망도, 좌절도, 배타적 소유에 대한 갈망도 존재하지 않았으니까. 내가 그녀를 사랑했다면 그런 식으로 잠들 수는 없었을 것이다. 나는 오래도록 그렇게 생각했다.

쌀쌀한 공기중에서는 지푸라기를 태운 냄새가 희미하게 났다. 사람들도 말들도 모두 잠들었을 시간이었다. 아치디는 어두웠다. 어둠 속에서 언덕은 보이지 않았고 하민은 나보다 한 걸음 앞서서 걸어갔다. 하민은 종종 나를 의식하지 않고 먼저 걸어갔고, 같이 있을 때도 별다른 말을 하지 않는 사람이었다. 그걸 알면서도, 그날, 그렇게 먼저 걸어가는 하민의 뒷모습을 보면서 나는 설명할 수 없는 감정을 느꼈다.

대문을 연 하민은 잠시 뒤를 돌아보고 잘 가, 라고 말한 뒤 다시 등을 돌려 숙소로 들어갔다. 하민이 사라지고서도 그곳에 그렇게 서 있는 내 마음을 나는 이해할 수 없었다.

11월이 되면서 야외에서 도시락을 먹을 수 없었다. 하민과 나는 서로의 집을 오가며 점심을 같이 먹었다. 하루는 나의 호스트인 리사의 식탁에서, 하루는 그녀의 호스트인 레베카의 식탁에서. 리사는 우리를 은퇴한 부부라고 했고, 레베카는 우리를 이란성쌍둥이라고 불렀다. 그럴 때 하민은 별다른 표정 없이 음식을 먹었다. 별로 즐거운 이야기가 아니라는 듯이. 그래도 우리는 즐거웠다. 은퇴한 부부처럼, 사이좋은 이란성쌍둥이처럼.

하민이 대학원 합격 통지를 받은 날, 나는 해가 지기 전에 하민과 함께 말들을 보러 갔다. 근무시간이 끝났는데도 그녀는 빗으로 말들을 손질하고 있었다.

내가 먼저 떠나려고.

그녀는 내 쪽을 돌아보지 않고 말했다.

다행히 애들이 가는 날보다 내 계약이 먼저 끝나.

말들 가는 거 안 보려고?

하민은 몸을 돌려서 나를 봤다.

내가 그만큼 강하지가 못하네.

그녀는 입술을 실룩거리며 그 말을 했다.

아무도 좋아하지 말아야지 결심하고 마음을 굳힌다고 해도 소
용없어.

하민의 곁에 서 있던 말 한 마리가 고개를 돌려 그녀의 얼굴을
바라봤다.

눈을 보면. 그리고 목소리를 들으면…… 소용이 없어져서.

마구간의 어두운 조명 아래에서 하민은 검은 눈동자로 나를 응
시했다. 그 잠깐의 침묵이 불편해서 나는 그녀의 눈을 피해 그녀
곁의 말에게로 시선을 돌렸다.

난 네가 얘들을 그 정도로 생각하는 줄은 몰랐어.

사람들은 때때로 자신도 의미를 알지 못하는 말을 하곤 한다.
내 말에 하민은 다시 등을 돌려 빗질을 했다. 그녀는 상처받은 것
처럼 보였고 나는 그 이유를 알 수 없어 잠시 당황하다 후에는 화
가 났다. 무엇에 화가 나는지도 모르면서.

6

먼저 떠난 건 나였다. 마지막 사과 박스를 공판장에 넘기고 나
는 그곳에서의 일을 정리했다. 근처 맥주공장에 일자리가 있다는
말을 들었지만 계속 그곳에 머무르고 싶지는 않았다. 크리스마스

연휴에 마요르카에서 열리는 가족 모임에 오라는 이모의 연락을 받은 것도 그즈음이었다. 크리스마스까지는 한 달 정도 남아 있어서 그전까지는 기차와 버스를 타고 다니며 아일랜드를 여행할 계획이었다.

떠나기 일주일 전에 나는 하민에게 나의 계획을 말했다. 크리스마스가 지난 후에는 어쩌면 스페인에서 일을 하게 될지도 모른다고. 마요르카에 있는, 이모가 경영하는 작은 레스토랑에서.

아치디에 있는 작은 펍의 구석자리에 앉아서 하민은 내 말을 들었다. 하도 입어서 소매가 나팔 모양으로 늘어난 밤색 니트 차림에, 긴 머리카락은 부스스하고 엉클어져 있었다. 많이 피곤했는지 두 눈은 충혈되어 있었고 커다란 손은 거칠어 보였다. 그녀는 손으로 눈을 비비더니 활짝 웃었다. 잘됐다고, 잘된 일이라고, 마요르카라면 겨울에도 이렇게 춥지는 않을 거라고 말했다.

조금의 서운함도 묻어 있지 않은 그녀의 얼굴을 보며 나는 마음을 다쳤다. 어떻게 사람이 이렇게 매정할 수 있지, 그렇게 생각하고는 그녀가 모두에게 등을 돌려 한국을 떠나왔다는 사실을 떠올렸다. 그 사실은 하민의 태도를 납득하는 데 도움을 줬지만 그렇다고 해서 내 마음의 통증을 줄여주지는 않았다. 이 정도로 간편하게 정리할 수 있는 일이었다면 대체 왜 우리는 그렇게 수없이 만나고 그렇게 많은 이야기를 한 거지. 너는 나를 지나가는 사람쯤으로 대하고 있어. 나는 네 눈빛 앞에서 너무나 형편없는 사람이 된 기분이 들어. 그 자리에 앉아서 나는 그렇게 생각했다.

우리 이제 언제 만나?

모르겠어.

하민은 그렇게 대답하고 별다른 표정이 없는 얼굴로 나를 봤다.

아무렇지도 않아 보여, 너.

그녀는 의자에 걸어놓은 외투를 입고 머플러를 둘렀다.

많이 춥네, 여기.

하민은 등을 굽히고는 두 손을 비비다 주무르다 했다. 그녀는 떨고 있었다. 나는 쓰고 있던 비니를 그녀의 머리에 씌우고 내 외투로 그녀의 무릎을 덮어줬다.

메일 주소 좀 알려줘. 메일 쓸게.

내 말에 하민은 가만히 내 얼굴을 바라보기만 했다.

메일 없어?

그녀는 대답하지 않았다.

하민.

다시 보자. 나 라페스트에 가면 그때 놀러와서 연락해.

그녀는 고집스레 메일 주소를 알려주지 않았다.

마요르카 가기 전에 한번 놀러와. 여행하다 심심하면.

그녀는 그렇게 말하고 얼마 전, 마구간에서 이상한 감정 다툼을 했을 때의 표정으로 나를 봤다.

언젠가 아내가 내게 물었다. 내가 언제 다시 삶으로 돌아왔느냐고. 나는 내가 아일랜드에서 살아 돌아왔다고 말했다. 과수원에서의 단순한 생활, 과수원 일을 정리한 뒤의 여행이 나를 예전과는 다른 사람으로 바꾸어놓았다고. 하지만 나는 그녀에게 하민에 대한 이야기는 하지 않았다. 정작 애인이라는 이름으로 만났던 사람들의 이야기는 했으면서도 어쩐지 하민에 대해서는 입이 떨어지지 않았다.

내가 아치디를 떠나던 날, 하민은 숙소 앞으로 나를 찾아왔다. 안개가 많이 긴 아침이었다. 빽빽한 안개가 머리카락과 얼굴에 닿았고 시야가 흐렸다. 구름 속을 걸어가듯이 우리는 나란히 걸어서 버스 정류장에 닿았다.

멀리서 헤드라이트 불빛이 보이자 하민이 팔을 벌려서 포옹하자는 몸짓을 했다. 나는 하민에게 안겼다. 그렇게 그녀를 안고 작별 인사를 해야 했지만 도무지 말이 나오지 않았고 그건 그녀도 마찬가지였다. 그럴 때 사람은 운다. 버스가 가까이 다가와서 포옹을 풀었을 때 나는 울고 있는 것이 나만이 아니라는 걸 알았다. 랄도. 그녀는 잘 가라는 말이나 안녕이라는 말을 하는 것처럼 작은 목소리로 내 이름을 불렀다. 랄도, 랄도. 그녀는 한자리에 붙박인 채 서서 울고 있었다. 내가 올라타자마자 버스는 출발했고 안개 속에서 하민은 빠르게 멀어졌다.

울음이 그칠 때까지 기다리다 잠이 들었던 일이 떠오른다. 잠에서 깨어 나는 하민이 내게 건넨 종이봉투를 꺼냈다. 거기에는 두 개의 종이봉투가 들어 있었다. 하나에는 치킨샌드위치와 오렌지 주스, 캐러멜 여러 개가, 나머지 하나에는 비상약 꾸러미와 하민의 아이팟이 담겨 있었다. 나는 비상약 꾸러미를 풀어봤다.

여러 개의 비상약마다 사용 방법을 적은 작은 포스트잇이 붙어 있었다. 진통제, 소화제, 수면 유도제, 상처 연고…… 상처 연고에 붙여진 포스트잇에는 "아플 때 발라"라고 적혀 있었다. 지난 몇 달 동안 내 손에 대해서 단 한마디도 언급하지 않았던 하민이었다.

그 한 달 동안 나는 하민이 준 아이팟으로 음악을 들었다. 버스를 타고 이동하면서, 십육 인실 도미토리 침대에 누워서 데미안 라이스를 들었다. 어느 날에는 눈이 내렸고 어느 날에는 비가 내렸다. 살면서 본 모든 성당을 합한 것보다 더 많은 성당을 봤다. 버스커들을 봤고 덩치 큰 갈매기들을 봤다. 게스트 하우스 응접실에서 다른 여행객들과 함께 술을 마시기도 했고 버스에서 우연히 만난 여행자들과 며칠 동안 같이 다니기도 했다. 춤을 추는 사람들을 보면 하민이 생각났다. 우리는 종종 문자를 했고, 여행이 끝나갈 무렵 하민에게서 라페스트로 이주했다는 문자를 받았다.

어떻게 말해야 할까. 나는 라페스트에 가지 않았다. 어쩌면 하민을 마지막으로 볼 수 있는 기회라는 걸 알면서도 그랬다. 충동적인 선택은 아니었다. 라페스트 근처까지 가서 며칠을 머무르며 고민한 끝에 가지 않기로 마음먹은 것이었으니까. 나는 라페스트로 가는 대신 짐을 챙겨 더블린으로 갔다. 마요르카로 떠나기 직전, 공항에서 하민에게 전화를 했다. 라페스트에 가지 못하게 되었다고, 이곳에서 바로 마요르카로 가게 될 거라고 말하기 위해서였다. 그런데 입이 떨어지지 않아서 더블린에 있다는 사실까지만 말하고 망설이고 있었다.

넌 여기 안 와. 맞지.

하민은 별다른 감정이 없는 말투로 그 말을 했다. 나는 대답하지 못했다.

네가 아치디를 떠날 때, 나는 그게 마지막이라는 걸 알았어.

아니야.

괜찮아, 랄도. 꼭 계속되어야만 좋은 건 아니잖아.

핸드폰 너머로 하민의 숨소리가 들렸다.

난 그냥…… 너에게, 있잖아, 그냥 고맙다는 말을 하고 싶었어. 이상하게도 그 말이 잘 안 나와서. 말이 너무 가벼운 것 같아서 그랬던 건데. 랄도, 늦었지만, 너에게 고마워.

하민.

또 모르지. 수많은 우연이 겹치면 다시 볼 수 있을지. 그러니까. 메일 쓸게. 주소 좀……

아니. 그냥 이렇게 하자.

하민의 목소리 뒤로 기차가 선로를 달리는 듯한 소리가 들렸다.

너도 나를 소중하게 생각한다면 그렇게 해줘.

네가 무슨 말을 하는지 모르겠다.

아니, 너는 알아.

내가 망설이는 동안 그녀가 입을 열었다.

잘 가, 랄도……

그녀는 잠시 침묵하다 말했다.

넌 네 삶을 살 거야.

그때 나는 하민의 말을 믿지 않았다. 아치디에서 영원히 헤어진 것이라는, 우리는 앞으로 만날 수 없으리라는 하민의 말을. 아무리 다른 나라라고 하더라도 버스 타듯, 비행기로 한 번이면 아일랜드에 갈 수 있었으니까. 나는 배낭을 메고 출국장으로 걸어갔다.

마요르카에 도착해서 하민에게 다시 전화했지만 핸드폰은 꺼져 있었다. 내가 마요르카에 머물렀던 겨울 내내. 그때도 나는 하민을 다시 만날 수 있다고 생각했다. 어느 대학원에 들어갔는지 알았으니 라페스트에 찾아가면 쉽게 만날 수 있을 거라고 여겼던 것이다. 마요르카에서 겨울을 보내고 봄이 될 무렵 나는 브라질로 돌아왔다. 그때도 여전히 시간만 잡으면 아일랜드에 갈 수 있을 거라고 생각했다.

그러나 그 이후로 팔 년 동안, 나는 아일랜드에 한 번도 가지 않았다. 출국장을 나서면서 언제든지 돌아올 수 있다고 자신했던 건 착각이었다. 시간이 가면서 아일랜드는 내 마음속 우선순위에서

밀리고 밀려 현실의 선택지 밖으로 떨어져나갔다. 아일랜드에서 돌아온 이후 나의 삶은 전과는 다른 속도와 리듬을 얻었으니까. 나는 엄마의 집에서 독립했고 대학에 재입학했으며 아내가 될 사람을 만나 연애하고 직장을 구했다.

내가 일하는 호텔에는 아주 가끔 한국인들이 오곤 한다. 대부분 출장을 온 회사원들로 짧게는 이틀, 길게는 한 달 정도 묵는다. 때때로 텔레비전에서 한국 드라마를 방송하기도 해서, 나는 거기서 하민이 살던 대도시의 모습을 본다. 하민이 노트에 쓰곤 하던 그림 같은 글자가 적힌 간판들과 네온사인, 초록색 병에 담긴 술, 의자 없는 바닥에 너무도 편하게 앉아 밥을 먹는 모습들을. 그런 모습을 볼 때면, 나는 내가 이제 어떤 감정의 짓눌림도 없이 하민을 그리워한다는 사실을 알게 된다.

이사를 하던 날, 예전 메모장을 우연히 발견했다. 장 볼 목록, 지출 내역, 마을버스 시간 등을 써놓은 게 대부분이었고 아치디 생활 초반의 외로움과 지루함에 대해 길게 써내려간 글도 있었다. 착하게 말고 자유롭게 살아. 하민의 동생이 하민에게 해줬다는 말에 큰따옴표를 쳐서 적은 것, 작업복을 입은 하민을 작게 그린 그림도 있었다. 언덕 앞을 지나가는 말들과 그 뒤를 따라 걷는 하민. 언제 이런 그림을 그렸었지, 생각하며 페이지를 넘기자 이해할 수 없는 알파벳들의 나열이 시작됐다. 하민의 잠꼬대였다.

나는 손가락으로 문자를 짚어가면서 그 말들을 소리 내어 읽었다. 잠꼬대를 하며 웃거나 미간을 찌푸리던 하민의 얼굴이 아직도 나를 웃게 한다는 사실이 어쩐지 이상해서 나는 잠시 한 문장에 머물러 있었다. 네가 나를 싫어하게 되더라도 나는 이해해. 흔들리는 갑판 위에서 겁에 질린 듯이 그 말을 하던 하민의 얼굴. 마음이 아프면 편해지는 게 있었어. 그래서 그랬어.

팔 년 전, 베개를 끌어안고 일레인을 그리워하던 사람을 나는 멀리서 바라본다. 곧 아일랜드로 떠날, 화산 폭발로 발이 묶여 아치디라는 마을로 향하게 될, 결국 그곳을 떠나 다시 돌아올 사람을.

넌 네 삶을 살 거야.

하민은 그에게 그렇게 말할 것이다.

해설 | 강지희(문학평론가)

끝내 울음을 참는 자의 윤리

1. 서늘한 파열음

최은영의 소설은 민감한 감각과 감정들로 가득차 있다. 수줍음과 어색함 사이에서 서성거리는 순정한 인물들은 누군가의 마음에 잠시 일렁이는 잔물결이나 그림자를 놓치지 않고 "겨우겨우 짐작하면서 눈물을 참"아내기에(「지나가는 밤」, 111쪽), 우리는 그 헤아림 앞에서 어쩔 수 없이 "따뜻한 온도에서 가슴이 무너지는 느낌"(「아치디에서」, 301쪽)을 받게 된다. 최은영의 첫 소설집을 두고 쏟아진 감탄사들은 대개 이 섬세한 따뜻함을 향해 있었다. 감정을 짧은 호흡의 재치 있는 문구나 감각적인 사진으로 압축하고 대체하는 것에 익숙해진 사회 속에서 이 시대가 망각해가는 감정의 결을 섬세한 손으로 발굴해내는 최은영이란 존재가 더없이 매혹적으로 다가왔던 것이다. 그는 사람들이 무엇을 하는가가 아니라, 그러는 동안 마음을 채우고 흘러가는 감정들에 대해 주의를 기울인다. 프루스트의 소설에서 마들렌을 입에 무는 순간에 어린 시절이 끝없이 흘러나오듯, 최은영의 소설에서 누군가 고개를 떨어뜨리거나 한숨을 내쉬는 순간에 세계는 온통 뒤흔들리며 멈춰 선다. 많은 이들이 최은영의 소설에서 감지한 다정함은 누구나 한 번쯤 베인 적 있는 상실의 감각에 대해 예민한 촉수로 그려내는 것을 넘어서, 거대한 세계와 사소한 개인 사이의 위계를 무너뜨려버린다는 데 있을 것이다. 작가는 다만 한 사람의 마음속에서 벌어지는 혼돈일지라도 그것이 세계 종말 이상의 사건이 될 수도 있음을 전제한 채, 나비가 날개를 파닥이듯 얇게 흔들리는 마음의 무늬들을 그리는 데 집중한다.

그러나 이 따뜻함의 이면에는 분명 서늘함이 자리하고 있다. 주로 과거를 회상하는 구조로 이루어져 있는 그의 소설에서는 관계의 끝을 알아차리는 순간이 자주 등장한다. "이제 그곳에 수이와 다시 올 순 없을 거라는 예감"(「그 여름」, 28쪽)에 젖고, "모래를 다시 볼 수 없으리라는 걸 직감"(「모래로 지은 집」, 203쪽)하는 순간들은 자기기만적인 배신을 품고 있거나 모든 것이 오인에 불과했음을 알면서도 돌이킬 수 없는 자리에서 발생한다. 이때부터는 삶이란 곧 회한에 다름 아님을 받아들인 채 한 걸음씩 헤쳐나갈 도리밖에는 없다. 끝내 외면하고 싶었던 결정적인 한 장면에 다다를 때까지 소설은 채찍질하듯 스스로를 다그치며 나아간다. 그리고 그 끝에서 우리는 잔혹한 이해 속에 서 있게 된다. 첫번째 소설집 『쇼코의 미소』(문학동네, 2016)에서 우리는 다양한 세대 간의 수직적 관계가 수평적 관계로 전환되는, 즉 느슨하게 엮인 선량한 공동체를 목격했다. 이 중추에는 다만 선한 한 인간이 고통받는 다른 이의 어깨 위에 손을 얹는 부드러운 동감의 정조가 굳게 자리하고 있었다. 두번째 소설집 『내게 무해한 사람』은 가장 맑으면서도 미숙한 시기인 십대와 이십대 초반의 인물들을 스쳐가는 우정과 사랑에 집중한다. 그러나 이들의 감정이 어떤 조건도 걸지 않는 순연한 것인 만큼, 그것이 어긋날 때 이들은 더 깊이 서로를 베며 상대에게 치명상을 입힌다. 그리고 이들은 그 기억과 끝내 화해하지 못하고 마음 깊숙이 그 시절을 품은 채 살아간다. 최은영 소설의 관계망을 구성하던 미세한 균열들은 이번 소설집에서 더욱 선연하게 깊어졌다.

여성주의와 관련된 인식 역시 복잡해졌다. 「601, 602」의 '나'는 옆집 친구 효진이가 그녀의 오빠에게 맞는 걸 막기 위해 오빠의 로봇 장난감을 집어던진다. 그리고 그 사실을 알게 된 '나'의 엄마는 "넌 여자애야"(84쪽)라고 못박으며 오늘 더 나쁜 일이 없었던 것은 그저 운이 좋았기 때문이라고 말한다. 이 생물학적 육체의 환기는 묵직한 불편함을 안긴다. 효진이가 오빠에게 이유 없이 맞는 것을 방임하는 효진이네 엄마와, 그 폭력 앞에서 약한 여성의 육체성을 인지시키며 함부로 나서지 말 것을 경고하는 '나'의 엄마는 한 몸이다. 아들에게 굴종의 포즈를 취하는 효진이네 엄마와, 대를 이을 아들을 낳으라는 시가의 압력을 이기지 못하고 아들을 갖기 위해 퇴사한 '나'의 엄마가 다른 사람일 수 없다. 이 엄마들은 약자로서의 여성성을 체득했으며, 그 여성성에 대한 인식을 딸에게 대물림하고, 이는 동일한 약자들 간의 연대를 막는 결과를 낳는다. 그런데 마음 어딘가가 시린 것은 그런 엄마 앞에서 '나'가 느끼는 감정이 "외로움이 서린 분노"(같은 쪽)라는 사실 때문이다. 이 분노에는 이해가 녹아들어가 있다. 딸인 자신을 향한 엄마의 본능적인 우려를 너무나 잘 이해하기에, 결국에는 그런 부당한 말을 한 엄마를 용서하게 될 거라는 사실까지 이미 예감하는 데서 오는 쓸쓸함이 있다. 그렇기에 이 분노는 누군가를 원망하거나 해칠 수 있는 것이 아니며, 때로 자신을 겨누는 위태로움까지 품고 있다. 이 복잡다단한 감정은 남성과 여성의 대립이나 생물학적 여성들 간의 무조건적 연대와 무관한 먼 자리까지 우리를 데리고 간다. 사회구조 속에서 여성들이 부당하게 놓여 있는 자리를 확인하고, 그럼에도 약자들 간의 연대는 왜 더 어려운지 들여다보고, 순간적인 감정의 솟구침과 무관하게 찾아오는 이해의 고통스러움에 젖는 이 복잡한 감정의 결들을 따라가지 않고 최은영의 소설을 선명하게 읽어내기란 불가능하다. 그의 두번째 소설집은 여전히 유순한 눈동자를 지니고 있지만 그 안에 서늘한 파열음을 품은 채, 영원한 여름의 기억으로 뚜벅뚜벅 걸어들어간다.

2. 사랑보다 깊은 상처

　정말 우정은 사랑보다 가볍거나 손쉬운 것일까. 우리는 대개 운명처럼 서로에게 빠져들고 거센 정념에 휘말리는 관계에 낭만성을 부여하며 사랑이라 부른다. 이에 비해 우정은 보다 잔잔하고 느슨하게 거리를 둔 채 이어지는, 하지만 그렇기에 쉽게 끊어지지 않는 견고함을 지녔다고 여긴다. 그러나 십대와 이십대 초반의 우정에 대해서라면 조금 다른 이야기를 할 수밖에 없지 않을까. 그 시절 우리가 지니고 있는 천진함이란 연약하면서도 맹목적인 것이어서, 상대의 표정과 몸짓 하나하나를 해석하기 위해 온 신경을 기울이고 희미한 낌새 하나에도 민감해지며 속없이 자신을 상대에게 내어주게 한다. 하지만 이 천진한 무방비함은 미숙함의 다른 말이기도 해서, 관계 끝에는 쉬이 지워지지 않는 상흔들이 남는다. 최은영은 인생의 가장 연한 시기에 순도 높은 우정들이 남긴 흔적들을 좇아 그 강렬한 감정의 밀도를 복구해낸다.

　「고백」은 화자인 종은이 수사가 되기 전에 사귄 마지막 여자친구 미주로부터 시작된다. 미주, 주나, 진희 세 사람은 고등학교 1학년 때 만난 뒤 언제나 함께 어울리며 지낸다. 셋이 만드는 관계 속에서 모두가 미묘하게 소외감을 느끼면서, 뜨겁고 헌신적인 애정 가운데 이해할 수 없는 희미한 악의를 발견하기도 하면서 그들은 함께한다. 그러나 타인의 감정에 가장 예민해 누구에게도 상처를 주지 않으려 하던 진희가 자신의 열여덟번째 생일에 커밍아웃을 하고 다른 두 사람이 이를 받아들이지 못하면서 모든 것은 돌이킬 수 없는 상황으로 변해버린다. 유서 한 줄 없이 떠난 진희가 남긴 "쓰고 또 써도 채울 수 없는 공백"(224쪽)은 버거운 것이어서 미주와 주나는 더이상 예전처럼 지내지 못한다. 그들이 간신히 재회해 대화를 나눌 수 있게 된 것은 대학교 1학년 때가 되어서이고, 그로부터도 반년이 지나 그들은 망가진 놀이터에서 진희가 죽은 결정적인 이유를 서로의 탓으로 돌리며 상대에게 상처를 낸다. 그리고 이 대화를 통해 진희가 커밍아웃을 하던 순간에 진희에게 막말을 하고 떠난 주나보다, 경멸의 눈빛으로 진희를 바라본 미주가 어쩌면 진희에게 더한 상처를 남겼을 수도 있다는 사실이 드러난다. 이것은 진희의 생일날 보다 선량한 자리에 서 있는 것 같았던 미주에게 감정을 이입하며 이야기를 따라온 우리에게 충격으로 다가온다. 작가는 미주를 포함해 우리가 본능적으로 스스로를 기만함으로써 자신을 지키려 하는 방식을 들춰낸다. 이 진실 앞에 산포되어 있었던 "그때로 돌아간다면"(221쪽)이라는 가정법 과거의 문장은 차갑고 단단하게 다시 부딪쳐온다. 그것은 자신이 진희를 지켜주지 못했다는 사실에 대한 미주의 유약한 회한이 아니라, 이 모든 파괴적인 상황을 자신이 야기했을 수도 있다는 잔인한 진실과 자기기만에 대한 참담한 응시다. 밝고 화사한 미래가 아니라 죄책감에 매인 채 자신을 상처 입히는 과거로 거듭 돌아가는 이 회상의 움직임을 윤리라 말하지 않을 수 있을까.

소설은 진희와 얽힌 가장 깊은 상처에 직접 다가가는 대신, 주나의 폭로와 미주의 고백을 거쳐 종은의 독백으로 이어지는 세 겹의 계단을 만들어두었다. 종은은 미주의 고백 앞에서 오래전 미주의 말과 그녀를 바라보던 무당의 안타까운 표정에 끌린 이유를, 종은의 연민이 끔찍해서 연인으로 만날 수 없다고 했던 미주를 비로소 이해한다. 대개의 액자소설에서 액자 바깥의 청자에게는 사건과 무관한 존재로서 안전망을 씌워주는 것과 달리 작가는 어떤 청자에게도 구경꾼의 자리를 허용하지 않는다. 너의 이야기에 내가 슬픔을 느낀다는 사실 자체만으로도 "너에게 또다른 수치가 될 수 있다는 것"(233쪽)을 인지하는 작가의 예민한 경계심에 동감하면서, 그럼에도 불구하고 왜 수사인 종은이 듣는 자리에 있어야만 하는지를 생각하지 않을 수 없다. 여기에는 초월적인 종교를 경유해 용서하는 자리로, 또 무결한 자리로 도약하려는 움직임에 대한 거부가 있다. 신과 인간 사이에 놓여 있는 종은이 미주의 뼈아픈 고백 앞에 돌아서서 신에게 간구하는 대신, "사람에게 이야기해서만 구할 수 있는 마음이 존재"(234쪽)함을 인정하며 온전히 인간을 향하는 지점은 위로로 남는다.

친구 세 명이 만들어가는 우정의 어려움은 「모래로 지은 집」에서도 반복된다. '나'와 공무와 모래, 이 세 사람은 고등학교 삼 년 내내 통신 친구로만 지내다가 대학교 1학년 여름에 정모를 통해 만난다. 소설 곳곳에 등장하는 '천리안' '프리챌' '정모' 'MSN' '싸이월드' 같은 기표들은 그 시대를 추억하게 하는 주요한 장치이기도 하지만, 어떤 매체든 매개해서 관계를 맺는 것이 자연스러워진 그 시대의 거리 감각과도 연결되어 있다. 온라인으로 서로의 감정이나 취향을 공유하고 닉네임, 채팅 창을 만들고 댓글을 다는 방식, 문자를 보내는 빈도수 등의 형식은 지금의 세대들에게 내용과 무관하게 그 사람이 어떤 사람인지 알려주는 중요한 척도 중 하나다.

세 사람의 닉네임인 '나비'와 '공무'(비어 있는 안개空霧)와 '모래'는 모두 연약하고 흩어지는 속성을 가지고 있다. 그리고 공무와 모래의 실명이 처음 불리는 순간들은 그들이 현실에 부딪쳐 상처로 깨져나갈 때다. 직업군인 아버지의 분신 같은 첫아들로서 사법고시 실패의 고통을 공무에 대한 폭력으로 풀었던 공무의 형이 교통사고를 당해 중태에 빠졌을 때, 모래는 병원에서 떨고 있는 공무를 향해 거듭 "현우야"(139쪽)라고 부른다. 공무의 첫 휴가 때 취한 모래 대신 전화를 받은 '나'는, 모래의 권위적인 남자친구에게 "은아 친구 선미"(162쪽)라고 모래와 자신의 이름을 밝힌다. 이 순간들은 세상 앞에서 그들의 세계를 방파제처럼 세워보아도 이를 온전히 지켜나가기에는 역부족이라는 것을, 어떻게든 침범당하고 파괴될 거라는 것을 예고하는 것만 같다. 물론 이는 세 사람의 사이가 유토피아적으로 평화롭다는 것을 의미하지는 않는다. 사람에게 기대기보다 초연하고 외로운 인간이 되는 편이 낫다고 생각하는 '나'에게 공무는 애틋함을 불러일으키지만, 온실 속 화초 같은 모래는 자신을 전혀 과시하지 않음에도 불구하고 그 관대함마저도 '나'에게는 사치스러운 것이라 생각되는 존재다. 공무에게는 "마음이 무슨 물렁한 반죽이라도 되는 것처럼 조금씩 떼어"(146쪽) 전하며 공무를 자신의 일부처럼 느끼면서도, 모래에게는 "넌 정말 아무것도 모른다"(141쪽)고 비난하며 "마음이 구겨져 있는 사람 특유의 과시"(142쪽)를 부릴 수밖에 없었던 것도 그 때문이다. 공무와 모래의 마음은 서로를 향해 있지만 모래의 고백을 공무가 거절하고 모래가 다른 남자와 사귀게 되면서, 이들의 균형은 조금씩 깨져간다.

세상에서 살아남기 위해 뭔가를 포기하고 참는 데 익숙해져가는 동안, 서로를 보듬는 대신 오히려 날을 세우고 서로에게 상처를 주는 이들의 존재를 부드럽게 또 온전히 담아내는 것은 공무의 디지털카메라다. 그 카메라에는 무엇이 담기는가. 물결 위에 반사된 빛처럼 온기와 함께 빛나는 모래가, '나'와 모래가 번갈아 공무의 농구공을 던지는 모습이, 눈송이에 가려진 아주 작은 모래와, 그들이 졸업한 고등학교, 그리고 모래의 서툰 솜씨로 찍은 것이 분명한 공무가 근무하는 수원의 경찰서 사진과 경찰서 옥상 위의 한 사람이 있다. 뭉개지거나 잘못 찍힌 사진들, 화소가 부족해 흐릿하게 남아 있는 이 사진 조각들이 보여주는 또렷한 응시의 흔적을 두고 사랑이 아니라고 말할 수 있을까. 소설 속에서 그들의 말은 자주 서로를 공격하고 체념하게 하며 상처를 남기지만, 서로를 향해 있는 시선은 그 모든 것을 넘어선다. 자고 있는 모래를 다시는 못 볼 사람처럼 바라보던 공무의 응시가, 휴가 나온 공무를 보며 시간의 한 부분을 접듯이 공무를 포옹하고 싶어했던 '나'의 시선이, 잠에서 깨자 다정한 눈으로 '나'를 바라보던 모래의 눈빛이 사랑이 아니라면 무엇일까. 때로 어떤 사랑은 두 사람이 아니라 세 사람이 우정의 선을 넘어서며 만들어가는 것임을, 어떤 근사한 말들 사이가 아니라 상대방을 물끄러미 바라보는 시선에 깃드는 것임을 그들은 보여준다.

그래서 소설이 마지막에 들여다보는 것은 공무와 모래 사이의 어긋남이 아니라, 공무와 '나'를 떠나버린 모래와 모래를 단죄하며 불편해했던 '나' 사이의 어긋남이다. 물질은 변형될 뿐 사라지지 않는다는 과학적 사실을 말하던 '나'에게 "그래도 사람은 사라져"(182쪽)라고 단호하게 말했던 모래는, 그 말대로 공무와 '나'를 두고 떠난다. 모래가 남긴 편지에 적힌 "나비야"(198쪽)라는 말을 읽는 순간 마음이 내려앉는 것은 그들의 세계 속 '나'의 별칭을 독자인 우리가 처음으로 알게 되어서일까. 이미 그 별칭 속에 불가피한 헤어짐이 내장되어 있음을 바로 깨닫게 되어서일까. '모래로 지은 집'은 언젠가 무너지기 마련이고, '공무(안개)' 속에서 '나비'가 떠돌 수는 있어도 '모래' 속에서 '나비'는 살 수 없으니까. 모래는 그렇게 떠남으로써 물질이 아닌 사람의 세계에 대해, 영원이 아닌 멈춤과 단절에 대해 알려준다. 그러나 소설은 사라진 존재에 대한 회한을 '나'가 성숙하는 계기로 삼지 않는다. 소설의 가장 마지막은 모래가 '나'를 만나기 위해 홍천까지 찾아왔던 어느 날, '나'의 무정하고 방어적인 태도 속에서 모래가 깊이 상처받던 순간을 부조해두었다. 되새기고 싶은 아름다운 추억이 아니라, 관계에 소리 없는 파열음을 남긴 서늘한 기억을 응축시켜 보여주는 방식은 최은영의 소설이 관계 속에서 지향하는 윤리를 투명하게 지시한다. 의도와 무관하게 자신이 누군가를 배반하고 그에게 상처 주었던 순간을 끝내 잊지 않겠다는 의연함은 이번 소설집의 한가운데 놓여 있는 것이다.

3. 영원한 여름 속으로

앞에서 살펴본 두 소설 속에서 세 사람이 만들어가는 우정이 점차 강렬해지며 사랑을 닮아간다면, 소설집의 처음과 마지막에 각각 자리한 「그 여름」과 「아치디에서」는 열렬한 밀도의 사랑이 진행되던 끝에 점차 수그러들며 다른 문양으로 남는 것을 보여준다.

「그 여름」은 열여덟 살 여름, 이경이 수이가 찬 공에 맞으면서 시작되는 사랑 이야기다. 풋풋한 청춘들의 사랑을 위해 자주 동원되어온 계절이 여름이지만, 솜털처럼 곤두선 감각의 내밀한 묘사들로 가득차 있는, 이만큼 순도 높은 사랑 이야기를 또 보기는 어려울 것 같다. 길쭉하게 자란 강아지풀이 팔다리를 간질이고, 교복 치마가 땀에 젖은 허벅지에 달라붙는 감각, 곁에 다가서기만 해도 철봉에 거꾸로 매달린 것처럼 어지럽고 속이 울렁거리는 몸에 대한 묘사들은 사춘기 소녀와 숙녀 사이의 경계선상에 있는 육체를 더없이 정확히 포착한다. 보편과 특수의 어느 한편으로 쏠리지 않는 놀라운 균형 감각을 보여주는 이 사랑의 서사에서 여성인 이경과 수이의 몸이 다루어지는 방식 또한 인상적이다. 그들의 육체는 놀랍고 신비로운 아름다움으로 예찬되거나 섹슈얼리티가 과잉되어 있지 않고, 단련할 수 있지만 쉽게 다치기도 하는, 그야말로 물질성을 지닌 피부와 살로 묘사되고 있기 때문이다. 축구선수였던 수이의 단단한 육체성이 남성적인 것으로 치환되지 않고 남자 중학교 선수들로부터 추행을 당하는 여성의 몸으로 남아 있는 것, 부상으로 인해 축구를 그만두고 자동차 정비 일을 하게 된 수이가 이 직업이 상기시키는 남성성과 달리 얼굴과 몸은 점점 부드럽고 물렁해지고 둥그스름해지는 것은 모두 성별을 가로지르며 물질로서의 육체를 중립적으로 보여주는 면면들이다.

사랑에 있어서도 성에 대한 고정관념들은 유동적으로 전환된다. 자동차 정비 일을 하는 수이가 "함께 있을 때 가장 편하게 숨쉴 수 있는 사람"이자 "가장 완전하게 위로해줄 수 있는 유일한 사람"(50쪽)으로서 어떤 상처도 안기지 않는 순연한 사랑으로 이경을 이끌었다면, 돌솥에 덴 손을 치료해주며 본격적으로 이경의 삶에 들어선 간호사 은지와의 사랑은 "한순간도 죄책감이나 불안함 없이 행복하지 못"(64쪽)하게 만드는 비수로 남는다. 직업에서 보여주는 젠더적 수행성은 사랑으로 확립되는 젠더성과 반드시 일치하지는 않는 것이다.

제도 속에 무사히 안착한 어떤 사랑도 결국에는 환멸로 실패에 다다르는 것이 사랑의 필연적인 운명일지도 모르겠다. 하지만 이 소설에서 처음 서로를 아찔할 만큼 들뜨게 만든 사랑이 바람이 빠져가는 풍선처럼 서서히 모양이 바뀌는 것을 바라보는 일은 유난히 마음을 아프게 한다. 수이를 마음으로 배신했다는 사실과 은지에 대한 간절한 갈망 사이에서 고통받다가, 결국 수이와 이별하기로 결단을 내린 이경이 수이의 일터 맞은편 골목길에 쭈그리고 앉아 수이를 기다리는 장면은 너무 생생하다. 회색의 가느다란 줄무늬를 띤 나뭇가지와 투명한 연둣빛의 이파리, 강 위를 위태롭게 날아가는 날갯죽지가 긴 새, 물냄새와 풀냄새 대신 그 자리를 채우는 것은 아스팔트의 열기와 코를 찌르는 시큼한 음식물 쓰레기 냄새, 쓰레기봉투에서 흘러나온 오렌지빛 액체다. 이 묘사는 "이 여름이 너무 길었다"(57쪽)는 말로 갈음된다. 그리고 이 한 문장은 '그 여름'이라는 소설의 제목을 날카롭게 환기시킨다. 수이를 배신하게 한 은지와의 관계는 헛되고 빠르게 끝나버리고, 그로부터 십삼 년이 지난 지금까지도 수이는 여전히 이경의 마음 가장 낮은 지대에 꼿꼿이 자리한다. 그 존재는 이경이 한 세계를 부숴버렸음을 아프게 인지시키지만, 또 동시에 헤어짐을 마음먹던 '이 여름'의 순간이 아니라 처음 사랑에 빠져들던 '그 여름'의 순간을 상기하게 만든다. 마지막 장면에 이르러 강물 가까이에서 날아가는, 우리 모두 이름을 알고 있는 '그 새'는 사랑이 끝나더라도 '그 여름'의 모든 것은 영원하지 않은지 우리에게 물어오는 것 같다. 그리고 이 물음 앞에 그저 순순히 수긍하는 것 외에는 다른 어떤 대답도 상상할 수가 없다.

소설집의 문을 닫는 「아치디에서」는 스물다섯에 자신을 찾아왔던 사랑을 회고하는 브라질 청년 랄도의 이야기다. 아니, 일레인이라는 여자와 사랑에 빠졌다고 믿고는 브라질에서 일레인이 있는 아일랜드까지 무작정 찾아갔던 맹목적 감정에 대한 이야기다. 아니, 대학 중퇴생으로 엄마에게 의존하며 대마초에 취한 채 무력하게 살아가고 있던 랄도가 아일랜드에서 비로소 '너 왜 여기 있어?'라는 질문을 받고 진짜 자신의 삶으로 답하기 시작한 이야기다. 아니, 사실은 이 모든 시행착오 끝에 하민과 만나고 그녀의 삶을 이해하고 그녀를 사랑하게 된 이야기다.

하민이 자기 환멸을 품고 한국을 떠나 아일랜드로 오도록 만든 것은 비인간적인 간호사로서의 모습이었다. 하민은 삼교대로 돌아가는 병원에서의 과도한 노동과 요청들 속에서 어느 순간 환자들의 감정적 요구를 무시하기 시작했으며, 아들을 위해 딸의 희생을 당연시하는 가족의 분위기로 인해 모아둔 돈의 대부분을 오빠의 결혼 자금 명목으로 빼앗긴다. 타인과 자기 감정에 대해 전혀 알 수 없을 정도로 무감각해졌다는 걸 충격적으로 인지한 후 한국을 떠나온 하민. 그리고 그녀의 이야기를 들으면서, 랄도는 비로소 브라질에서의 자신의 모습을 되돌아본다. 그 과정은 랄도 역시 하민의 오빠가 하민에게 그랬던 것처럼 누나 마리솔을 외롭게 하며 감정 노동을 무의식적으로 요구해왔던 '가해자'이자, 작고 마른 체구에 조용한 성품으로 태어나 아버지에게는 계집애 같다는 이유로 못마땅한 대상이 되고 학교에서는 괴롭힘을 당했던 '피해자'였음을 받아들이는 일이다. 랄도는 짧은 순간이지만 하민에게 이런 과거를 털어놓는 자신이 부끄럽게 느껴지지 않아 놀라고, 그 고백의 끝에 하민이 울면서 걷고 있다는 걸 느끼지만 왜냐고 묻지 못한 채 다만 속도를 늦춰 걷는다.

「아치디에서」가 여러모로 최은영의 작품세계에서 또 한번의 전환점이 되는 소설일 수밖에 없는 이유는 이 장면 속에서 찾을 수 있는 것 같다. 사랑이란 무엇일까. 이 소설은 사랑은 다만 상대 앞에서 자신의 가장 약하고 수치스러운 감정을 노출하고도 부끄러워하지 않을 수 있는 것, 그 곁에 침묵하며 함께 서 있는 것, 대신

해 우는 것, 조금씩 속도를 늦춰 걷는 것이라고 말하고 싶은 듯하다. 억압되고 제련당해온 감정으로부터 자유롭게 해방되는 일은 "가족을 위해서 희생"(314쪽)해온 한국 여성 하민만이 아니라, "슬픈 감정이 들면 늘 무서웠"(318쪽)던 브라질 남성 랄도에게도 똑같이 주어진 과제다. 소설은 여기에서 한 걸음 더 나아가 하민이 일하고 있는 마구간의 여덟 마리 말에 대해 애정과 의미를 부여한다. "말이 알고 우리는 모르는 그 무언가가 우리가 알고 말은 모르는 것보다 더 크고 깊을지도 모른다는 생각"(321쪽)과, "불교에선 그러더라. 윤회를 거듭해서 동물이 인간이 된다고. 그리고 인간이 되어서야 깨달음을 구할 수 있다고. 그런데 난 모르겠어. 반대로 인간이 맨 밑바닥에 있는 거 아닌가 싶어"(같은 쪽)라는 의문을 가질 때, 사람의 자유와 동물의 자유 사이의 위계 역시도 무너지고 만다. 최은영의 소설 속 여성주의는 이렇게 국적을 넘어 약자로서의 남성과 연대하며, 인간이라는 종種을 넘어 다른 생명체와 나란히 걷기 시작한다.

사실 이 말들은 소설에 처음 등장하던 순간부터 랄도와 연결되는 상징적 존재였다. 하민은 자신이 돌보는 여덟 마리의 말 중에서 가장 말을 듣지 않는 게으른 녀석과 나이가 제일 많은 녀석을 특히 아낀다며, 두 말에 대한 깊은 애정을 드러낸다. 정해진 수순처럼 승마 체험장 폐쇄가 결정되고 하민이 대학원이 있는 라페스트로 가게 되면서, 하민과 말들—특히 게으른 말—사이의 이별은 사실상 하민과 랄도의 이별에 대한 메타포로 기능한다. 말보다 "내가 먼저 떠나려고"(328쪽)라는 하민의 말 앞에서 두 사람이 비장해지고, "아무도 좋아하지 말아야지 결심하고 마음을 굳힌다고 해도 소용없어"(329쪽)라고 말한 하민이 도리어 상처받은 것처럼 보이며, 그 이유를 알 수 없지만 랄도 역시 당황하다 후에는 화가 나는 이유가 여기에 있다. 그러나 그들은 서로에 대한 감정의 실체를 인정하는 대신, 그 감정이 사랑이 아니라고 필사적으로 부인하는 데 마지막 순간들을 다 써버리고 만다. 그들은 비겁했던 것일까. 결국 이후에 라페스트 근처까지 갔던 랄도는 하민의 얼굴을 볼 마지막 기회일지도 모른다는 걸 알면서도 라페스트에 가지 않고, 핸드폰 너머의 하민은 그 모든 것을 이해하며 그들의 관계가 멈췄다는 사실을 받아들인다. 그런데 "넌 네 삶을 살 거야"(335쪽)라는 하민의 담담한 마지막 말 앞에서 우리는 왜 이토록 마음이 시린 걸까. 스쳐가고 결국 재회하지 못한, 우리를 떠나서 돌아오지 않는 존재들이 하나씩 떠오르기 때문일까. 어떤 아픈 사랑도 결국에는 서서히 사그라든다는 걸 깨닫게 되기 때문일까. 우리는 결국 이 우주 속에서 각자의 궤도를 홀로 돌고 있을 뿐이라는 걸 새삼 받아들이게 되기 때문일까. 최은영은 관계가 연결되고 넓어지는 지점이 아니라 단절되는 지점을 잔인하리만큼 섬세하게 그려나간다. 이것이 짙은 애상을 자아내는 것은 우리가 이 단절에서 어떤 결정적인 이유나 잘못도 찾아낼 수 없기 때문이다. 소설에는 극적인 각성과 도약의 순간이 없고, 특별한 치유의 순간 역시 좀처럼 찾아오지 않는다. 소설의 바탕이 되는 주요한 생각 중 하나는 우리가 유일하지도 소중하지도 않으며 끊임없이 대체될 수 있는 존재라는 것이다. 그러나이 생각은 부정적으로 치닫는 대신, 실망과 균열들을 끌어안은 채계속되는 평범한 일상의 삶을 의연하게 걸어가도록 한다. 시작도끝도 분명치 않은 그들의 사랑과 이후의 삶은 여름날의 불꽃놀이보다는 이 불꽃놀이가 끝난 후의 기나긴 여운과 닮아 있다. 하지만 이미 사라졌지만 여전히 남아 있는 것들이 주는 적막한 위로에 기대면서, 우리의 평범한 삶은 그 짧은 여름을 영원히 살아간다.

4. 실버 라이닝 앞의 어두운 구름

마지막으로 이번 소설집의 제목에 대해 말해야만 하겠다. '내게무해한 사람'은 「고백」에서 미주가 누구에게도 상처를 주지 않으려 하는 친구 진희에 대해 안도하며 스스로에게 속삭이듯 되짚던말이다. 상대에 대한 견고한 신뢰가 실려 있는 이 말에는 꿈결을걷는 듯한 나른한 달큰함이 있다. 그러나 소설은 이 달큰함이 진희가 품고 있던 고통에 대해 아무것도 알지 못했던 무지로 인해 가능했던 것임을 곧 드러낸다. 자신이 느끼는 안도와 행복의 풍경이 언제나 상대의 외로움과 아픔을 철저히 밀봉했을 때에야 가능한 것임을 선연하게 의식하는 예민한 윤리. 이 서늘한 거리 감각이란 최은영 소설의 요체이자 매력이다. 이것에 대해 알고 나면 왜 인물들이 쉽게 눈물을 흘리는 대신, 끝내 울음을 참아내는지도 이해할 수 있게 된다. 어떤 눈물도 결국에는 자신을 위한 것일지도 모른다는 나르시시즘에 대한 날 선 경계가 여기에 있다.

단시간에 빠르게 솟구쳐 상대에게 범람하고 금세 소진되는 열정과 달리, 상대를 손쉽게 이해해버리지 않으려는 배려가 스며 있는 거리감은 가늘게 반짝이는 빛처럼 오래 유지된다. 이 빛나는 실선silver lining 앞에 어두운 구름이 자리하고 있다는 사실을 잊지 않은 채로. 누군가가 전하는 작은 온기 뒤에 자리한 단단한 슬픔을 읽어내고, 관계의 어떤 미세한 균열도 사소하게 바라보지 않는 작가의 힘은 이 세계를 쓸쓸하지만 투명하게 빛나는 곳으로 비춰낸다. 도처에서 쉽게 말해지는 희망과 구원에 냉소적으로 변했던 마음도 이 신실한 선함 앞에서는 다시 두 손을 기도하듯 모으며 단정해지는 것이다.

작가의 말

이 책에 실린 일곱 편의 소설에는 내가 지나온 미성년의 시간이 스며 있다. 쉽게 다루어지고, 함부로 이용될 수 있는 어린 몸과 마음에 대해 나는 이 글들을 쓰며 오래 생각했다. 어린아이들만이 느낄 수 있는 고독을, 한량없는 슬픔과 외로움을 모두 기억할 수는 없지만, 어른이 된 우리 모두는 그 시간을 지나왔다.

나는 한때 그런 아이들 중 하나였다. 운동장 조회 시간에 일렬로 신발주머니의 줄을 맞추고, 친구들이 일사병으로 하나둘 쓰러져나가도 부동자세로 교장 선생님의 말씀을 들어야 했던 아이, 수련회에 가서 유사 군사훈련을 받으며 부모에게 효도하고 국가에 충성하고 여자로서 순결을 지키며 자기보다 나이 많은 사람에게 '다나까'로 말해야 한다는 교육을 받았던 아이.

그때 내가 하고 싶었던 건 개인행동이었다. 그 반듯한 줄을 탈

출해서 멀리로 달려나가고 싶었다. 운동장에 줄을 선 신발주머니들로부터, 국기에 대한 경례로부터, 야, 너, 51번, 차렷, 열중쉬엇, 앞으로나란히, 앉아, 일어서, 앞으로 나와, 싸가지 없는 년, 너희 부모가 돈이 없어서 이런 동네에 살지, 뭐, 너 같은 게 뭐가 되겠어? 지껄이는 입들과 너무 가벼운 손찌검들로부터 멀리, 아주 멀리로 가고 싶었다. 개인행동을 하고 싶었다. 나의 개인행동은 아무도 해치지 않으리라 믿었다. 나는 무해한 사람이 되고 싶었다. 고통을 주는 사람이 되고 싶지 않았다. 사람이 주는 고통이 얼마나 파괴적인지 몸으로 느꼈으니까.

그러나 그랬을까, 내가.

나는 그런 사람이 되지 못했다. 오래도록 나는 그 사실을 곱씹었다. 의도의 유무를 떠나 해를 끼치며 살아갈 수밖에 없는 나, 상처를 줄 수밖에 없는 나, 때때로 나조차도 놀랄 정도로 무심하고 잔인해질 수 있는 나. 내 마음이라고, 내 자유롭시고 쓴 글로 실제로 존재하는 사람들을 소외시키고 그들에게 상처를 줄까봐 두려웠다. 어떤 글도, 어떤 예술도 사람보다 앞설 순 없다는 것을 알면서도, 내가 지닌 어떤 무디고 어리석은 점으로 인해 사람을 해치고 있는 것은 아닐지 겁이 났다.

나쁜 어른, 나쁜 작가가 되는 것처럼 쉬운 일이 없다는 생각을 종종 한다. 쉽게 말고 어렵게, 편하게 말고 불편하게 글을 쓰는 사람이 되고 싶다. 그 과정에서 인간으로서 느낄 수 있는 모든 것을 느끼고 싶다. 그럴 수 있는 용기를 지닌 사람이 될 수 있기를.

허공을 걷고 있는 기분이 들 때도, 뜬눈으로 누워 잠들지 못했던 밤에도 나는 늘 이 글들에 붙들려 있었다. 그럴 때면 누군가를 사랑하고, 그리워하고, 누군가로 인해 슬퍼하게 되는 인간의 어쩔 수 없는 마음이 내 곁에 함께 누워주었다. 그 마음을 바라보며 왔다. 내 의지와 무관한 일이라는 것을 알지만, 살아 있는 한 끝까지 글을 쓰는 사람으로 살아가고 싶다. 이것이 내가 사람을, 그리고 나의 삶을 사랑하는 몇 안 되는 방식이라는 것을 이제는 안다. 사랑이 존재한다는 것을 내게 알려준 사람들이 있었기에 글을 쓸 수 있었다. 가까이, 멀리 있는 그 사람들에게 고마운 마음을 전한다.

더는 만날 수 없지만 여전히 나를 지켜보고 계실 할아버지께 사랑한다고 말하고 싶다.

2018년 여름
최은영

| 수록 작품 발표 지면 |

그 여름 …… 『21세기문학』 2016년 겨울호

601, 602 …… 『문학과사회』 2017년 봄호

지나가는 밤 …… 『현대문학』 2017년 1월호

모래로 지은 집 …… 문학3 문학웹 2017년 7월~9월

고백 …… 『문학동네』 2016년 겨울호

손길 …… 『자음과모음』 2017년 겨울호에 발표한 「손길」을 개작하여 수록

아치디에서 …… 『21세기문학』 2018년 봄호

문학동네 소설집
내게 무해한 사람
ⓒ최은영 2022

특별판 초판 인쇄 2022년 6월 30일
특별판 초판 발행 2022년 7월 22일

지은이 최은영
책임편집 김내리 | 편집 정은진 이성근 이상술
디자인 최윤미 유현아
마케팅 정민호 이숙재 박치우 한민아 이민경 박지영 안남영 김수현 정경주
브랜딩 함유지 함근아 김희숙 박민재 박진희 정승민
제작 강신은 김동욱 임현식 | 제작처 한영문화사

펴낸곳 (주)문학동네 | 펴낸이 김소영
출판등록 1993년 10월 22일 제2003-000045호
주소 10881 경기도 파주시 회동길 210
전자우편 editor@munhak.com | 대표전화 031) 955-8888 | 팩스 031) 955-8855
문의전화 031) 955-3578(마케팅) 031) 955-8864(편집)
문학동네카페 http://cafe.naver.com/mhdn
인스타그램 @munhakdongne | 트위터 @munhakdongne
북클럽문학동네 http://bookclubmunhak.com

ISBN 978-89-546-9972-3 (04810)
       978-89-546-9970-9 (세트)

www.munhak.com